KRIMIS

Hartmut Mechtel

Der blanke Wahn

VERLAG DAS NEUE BERLIN

ISBN 3-359 00702-6

1. Auflage
© 1994 Eulenspiegel · Das Neue Berlin
Verlagsgesellschaft mbH, PF 106, 10103 Berlin
Alle Rechte vorbehalten
Umschlaggestaltung: P. Fischer Sternaux
Titelbild: Erhard Grüttner
Satz: Pencil. Text-Satz-Korrekturbüro
Printed in Germany

Dreitagebuch

Nur die Lügen glaubt man mir. Vielleicht ist das sogar verständlich. Ich jedenfalls hätte Mühe, meine Geschichte zu glauben, wenn ein anderer sie mir erzählte. Aber ich habe sie erlebt, ich erlebe sie noch immer, der Alptraum dauert an, und ein Ende ohne Schrecken ist kaum vorstellbar.

Was mir hier geschieht, muß ich aufschreiben und weiß doch jetzt schon, daß Skepsis die Reaktion sein wird. Dieser Bericht entsteht auf Anraten meines Anwalts. Meine Freilassung hat zur Voraussetzung, daß ich die Adressaten des Textes – Polizei, Staatsanwaltschaft, Gericht – von der Wahrheit überzeugen oder sie wenigstens mit meinen Erlebnissen menschlich anrühren kann. Ich werde mich zur Logik zwingen und die Chronologie der Ereignisse wahren.

An jenem Tag, als das Verhängnis begann, saß ich daheim am Computer und schrieb an meiner Dissertation. Als es klingelte, hatte ich keine Lust, mich unterbrechen zu lassen, aber der Störer blieb hartnäckig. Ich sicherte den Text auf der Festplatte und öffnete die Wohnungstür.

Der Mann im Hausflur war mir unbekannt. Er mochte zehn Jahre älter als ich sein. Sein gar zu konservatives Outfit – zweiteiliger Anzug in Rotbraun und Grau, helles Hemd, Krawatte, schwarzer Aktenkoffer mit Zahlenschloß in der linken Hand – harmonierte nicht recht mit seiner jugendlichen Erscheinung. Selbst die Designerbrille, für sich betrachtet oder in einem anderen Gesicht eher extravagant, betonte die maskenhafte Seriosität seiner Erscheinung. Dazu noch das ungemein gewinnende Lächeln. Ein Versicherungsvertreter, dachte ich, noch ehe er ein Wort gesagt hatte.

»Herr Joseph Kowalski?« fragte er, und als ich dies bestätigte, stellte er sich vor: »Doktor Blome-Bernhardt vom Institut für forensische Psychologie.«

Ich war durch seine Erscheinung so sehr auf Vertreter festgelegt, daß ich es gar nicht registrierte.

»Ich nehme nie an Umfragen teil«, versuchte ich ihn abzuwimmeln.

»Das ehrt Sie«, sagte er und strahlte mich ohne Ironie an. »Nein, es geht um etwas ganz anderes. Sozusagen um die Möglichkeit, mühelos Geld zu verdienen.«

»Ich kaufe auch nichts.«

Noch immer war ich in Gedanken bei meiner Dissertation und nicht auf das Gespräch konzentriert.

»Keine Angst, Herr Kowalski, Sie sollen weder etwas kaufen noch etwas verkaufen. Ihr Betreuer, der Professor Hohmann, sagte mir, Sie seien für mein Vorhaben genau der Geeignete. Ich werde Ihre Zeit nicht durch ein ungebührliches Ansinnen vergeuden.«

Da hatte er endlich einen Namen genannt, der meine Sperre durchbrach. Er war kein Vertreter, sondern Gerichtspsychologe. Einer meiner Dozenten hatte ihn zu mir geschickt. Ein Dienstbesuch, keine Belästigung. Ich bat den Gast in meine Wohnung. Sie besteht – neben der winzigen Küche und einem noch kleineren Bad mit Duschkabine – nur aus einem einzigen Raum. Also setzte ich mich wieder an den Schreibtisch, und er nahm davor in einem meiner beiden Sessel Platz. Wehmütig betrachtete ich den Computer. Gerade hatte sich das Programm zum Schonen des Bildschirms eingeschaltet. Große bunte Fenster rasten auf mich zu wie die Enterprise durchs Weltall. Ich wollte endlich weiterschreiben und blieb reserviert.

»Wenn mein Mentor Sie schickt«, sagte ich, »dann werden Sie wissen, daß ich meine Dissertation schreibe.«

»Selbstverständlich«, versicherte er mir und lächelte sehr freundlich.

Obwohl der Kerl so stockbürgerlich aussah, begann mich seine Ausstrahlung für ihn einzunehmen.

»Ich weiß sogar, worüber Sie schreiben«, fuhr er fort. »Über die Freiheit des menschlichen Willens. Mir ist aber auch bekannt, daß Sie einen nicht unbeträchtlichen Teil Ihrer wertvollen Zeit für das Herumjobben und Geldverdienen vergeuden müssen.«

»So geht es den meisten Empfänger des BAFöG-Trinkgeldes«, sagtc ich, äußerlich noch immer abweisend, innerlich bereits gespannt darauf, was er von mir wollte.

»Ist mir bekannt; schließlich habe ich auch mal studiert. Wenn Sie auf mein Angebot eingehen, dann kommen Sie zehnmal besser zurecht«, begann er seine Werbung.

»Entweder man kommt aus, oder man kommt nicht aus. Alles andere sind lediglich graduelle Unterschiede, die mich nicht sonderlich interessieren. Wenn es mir um Geld ginge, hätte ich nicht Philosophie studiert, sondern Computertechnik oder Management.«

»Ich bin autorisiert, Ihnen für Ihre einmonatige Mitwirkung in einem Forschungsprojekt ein Entgelt von 40 000 DM anzubieten.«

»Wen soll ich dafür umbringen?«

Er lächelte so herzlich, wie man über diesen alten blöden Witz nur eben lächeln kann, ohne sich einerseits unglaubwürdig zu machen oder andererseits den Wiederkäuer zum Kretin zu degradieren.

»Ich erwarte nichts als Ihre Bereitschaft, über mein Angebot unvoreingenommen nachzudenken.«

Angesichts der für mich phantastischen Summe gab ich meine Widerspenstigkeit auf.

»Was hätte ich zu tun?«

Da machte er den ersten Fehler in seinem Verkaufsgespräch – genau das war es, ein Verkaufsgespräch, auch wenn er mir Geld anbot und nicht abschwatzen wollte –, den ersten und wohl auch einzigen Fehler.

»Gut so«, lobte er. »Die Frage gefällt mir. Gleich zur Sache kommen, nicht lange drum herum reden.«

Sofort verschloß ich mich wieder.

»Ihre Antwort gefällt mir weniger. Sie sind der Frage ausgewichen.«

Für einen Augenblick wurde sein Lächeln fadenscheinig, aber aus der Ruhe ließ er sich nicht bringen.

»Darf ich Sie, ehe ich Sie einweihe, um eines bitten: daß Sie, sollten Sie mein Angebot ablehnen, darüber Stillschweigen wahren.«

»Es ist etwas Ungesetzliches?!« vermutete ich sofort.

»Ich bitte Sie!« verwahrte er sich und wurde sehr ernst. »Ich bin Gerichtsmediziner! Sollten Sie etwas entdecken, das mit dem Strafgesetz kollidiert, dürfen Sie sich auf keinen Fall an Ihr Wort gebunden fühlen. Niemals würde ich etwas Illegales decken oder von jemandem erwarten, daß er dies tut. Wenn ich auf absolute Geheimhaltung insistiere, geht es mir lediglich um den Schutz des Forschungsthemas vor der Öffentlichkeit und vor Kollegen, die mir zuvorkommen könnten. An die Öffentlichkeit werde ich mich selber wenden, wenn die Zeit dafür reif ist, das heißt, wenn die ersten Ergebnisse des Experiments vorliegen. Ich unterbreite Ihnen mein Projekt, und Sie haben die Freiheit, mitzumachen oder das Angebot auszuschlagen.«

»Akzeptiert.«

»Gestatten Sie mir zuvor noch ein paar persönliche Fragen? Nur um mich zu vergewissern, daß Sie tatsächlich der Richtige für mein Vorhaben sind.«

»Wenn die Fragen nicht zu persönlich werden.«

»Ihr Alter?«

»Siebenundzwanzig.«

»Woher stammen Sie?«

»Ich bin hier geboren und wohne neuerdings auch ausschließlich wieder hier, seit das Studium meine ständige Anwesenheit in Berlin nicht mehr erforderlich macht. Es ist ja nicht weit. Ich kann morgens hin- und abends zurückfahren.«

»Ihre nächsten Angehörigen?«

»Keine. Meine Eltern sind tot.«

»Mein Beileid. Haben Sie Geschwister?«

»Ich bin Einzelkind. Glücklicherweise.«

»Und sonstige Angehörige?«

»Ein Bruder meines Vaters. Der ist allerdings rübergegangen, ehe ich geboren bin. Ich habe ihn bisher nur zweimal zu

Gesicht bekommen – im allgemeinen Vereinigungstaumel, das nächste Mal bei der Beerdigung meiner Eltern.«

»Haben Sie Freunde?«

»Freunde? Na ja … Doch, irgendwie schon.«

»Sie meinen, es gibt ein paar Leute, die Sie mehr oder weniger häufig sehen, für die Ihnen aber die Bezeichnung Freunde etwas zu anspruchsvoll erscheint?«

»Worauf wollen Sie hinaus?«

»Nur eine Frage noch, dann beginne ich mit dem Erklären. Haben Sie eine Frau oder Freundin?«

»Jetzt wird es mir zu persönlich.«

»Es ist doch nichts Ehrenrühriges, eine Freundin zu haben.«

»Nein, aber ich gehöre auch nicht zu den Typen, die sich mit ihren Eroberungen brüsten.«

»Nun gut, dann lassen wir es dabei bewenden.« Er räusperte sich. »Waren Sie schon mal im Gefängnis?«

Natürlich nicht, und das sagte ich ihm auch, verwundert darüber, daß er seine Erklärungen mit einer weiteren sehr persönlichen Frage eröffnete. Er nickte; es war nichts anderes zu erwarten gewesen. Trotzdem begann er mit einem Aber.

»Aber Ihnen ist gewiß bekannt, daß Häftlinge und auch Rechtstheoretiker und Psychologen über die Härten, ja, nennen wir es gar die Unmenschlichkeit des Strafvollzugs, klagen.«

Um der Korrektheit willen, weise ich darauf hin, daß ich kein Band mitlaufen ließ (und hätte ich's getan, so stünde es mir hier auf keinen Fall zur Verfügung). Ich gebe unsere Konversation aus der Erinnerung wieder – nach bestem Wissen und Gewissen. Mein Gedächtnis ist gut, ich bin dessen sicher, daß ich etliche Sätze wörtlich und alle wesentlichen dem Sinn nach notiert habe. Worauf ich verzichte, sind Floskeln, Wendungen, Laute, die zu jedem Gespräch gehören. An dieser Stelle steuerte ich sicher ein »Wem nicht« bei; auf solcherart Detailmalerei verzichte ich.

»Studien an Häftlingen belegen«, erklärte der Doktor, »daß die Klagen nicht ohne Substanz sind. Im Gefängnis scheint sich, vor allem bei langjährigen Strafgefangenen, ein Entmenschlichungsprozeß zu vollziehen. Der Verlust oder die starke Einschränkung von Kontakten zur realen Außenwelt läßt die Gefühle und übrigens auch die Intellektualität verkümmern. Aber Häftlinge sind, von einer Handvoll Justizirrtümer mal abgesehen, Kriminelle. Menschen, die auch in Freiheit ein Leben abseits der Normen der Gesellschaft führen. Menschen, die fähig waren, andere zu berauben, zu töten oder sie sonstwie zu schädigen. Vielleicht war es ja die von vornherein verkümmerte Intelligenz und Emotionalität, die sie zu ihren Taten trieb. Woran es uns gebricht für eine zwingende Untersuchung, die einzig Gesetzesänderungen bewirken könnte, woran es fehlt, sind Vergleichswerte. Was wir brauchen, sind durchschnittlich angepaßte Bürger, die bereit sind, für uns die Haftbedingungen zu testen. Menschen mit normalem Denken und Fühlen. Menschen wie Sie.«

»Ich weiß nicht, ob ich Sie richtig verstehe«, sagte ich, obwohl ich sicher war, ihn verstanden zu haben.

Geduldig präzisierte er: »Wir wollen feststellen, welche Auswirkungen die Haft auf unbescholtene Bürger hat.«

Mehr als ein »Hmm« fiel mir nicht ein; ich war schon fast weichgeklopft. Wodurch eigentlich? Ich begreife es bis heute nicht. Ich erinnere mich an das Gespräch, ich lese, was ich eben geschrieben habe, und ich begreife es dennoch nicht. War es sein Charisma? Oder sollte ich doch materieller orientiert sein, als ich von mir glaube?

Der Doktor ahnte wohl, daß er sein Ziel erreicht hatte, denn langsam erlaubte er sich auch wieder ein kleines Lächeln.

»Das Experiment sieht vor, daß die Freiwilligen – Sie wären, sofern Sie zusagen, natürlich nicht der einzige –, daß die Freiwilligen zu einem von uns noch festzulegenden Zeitpunkt in ein Gefängnis verbracht und dort einen Monat verwahrt werden. Sie sind dem normalen Gefängnisalltag ausgesetzt. Nach einem Monat kehren alle wieder in ihr gewohntes Leben zurück. Bestandteil des Experimentes sind zwei psychologische Untersuchungen – eine vorher, zur gründlichen Analyse der Persönlichkeit, die andere hinterher, um in der Lage zu sein, etwaige Veränderungen oder deren Ausbleiben festzustellen.«

»Wie viele Versuchskaninchen sind vorgesehen?« fragte ich.

»Fünfundzwanzig Freiwillige einstweilen.«

»Fünfundzwanzig?« Ich rechnete schnell aus: »Das kostet Sie eine Million!«

»Wir werden von zwei Ministerien gefördert«, sagte der Doktor, und sicher hätte er mir auch erzählt, von welchen, aber ich ließ ihn nicht ausreden. Wo der Haken sei, wollte ich wissen.

»Was für ein Haken?«

»Sie bieten mir 40 000 Mark an – fürs Nichtstun!« sagte ich ohne Umschweife. »Das wäre leichtverdientes Geld.«

»Nun ja«, er wiegte skeptisch den Kopf, hob dann beide Hände über die Tischplatte und ließ sie wieder sinken. »Die Bezahlung ist gut, weil das Experiment hoch angebunden ist. Sonderlich schwer wird es wirklich nicht, aber voraussichtlich nicht sehr angenehm. Einen Monat lang können Sie nicht selbst bestimmen, wann Sie aufstehen und wann Sie sich schlafen legen, Sie können nicht ins Kino oder ins Theater oder zur Disko gehen, und für Ihre Dissertation bliebe wenig Muße. Wahrscheinlich gar keine.«

Der Rattenfänger hatte mich.

»Einen Monat reduzierte Willensfreiheit aus freier Entscheidung«, versuchte ich eher ihn als mich zu überzeugen. »Danach könnte ich meine Dissertation in einem Ritt schreiben. Das klingt zu schön, um wahr zu sein. Ist das die *Versteckte Kamera*?«

Einen Moment lang fürchtete ich ernstlich, die Tür werde nun aufpendeln und ein lachendes, schwatzendes Fernsehteam ausspeien, das meine Leichtgläubigkeit zur Unterhaltung der Mit- und Nachwelt aufgezeichnet hatte. Denn so ähnlich hatten meine Träume ausgesehen. Eine Fee erscheint als Botschafterin des Landes, in dem Wünsche noch erhört werden, und versorgt mich mit den materiellen Mitteln, die es mir erlauben, die Dissertation in spätestens einem halben Jahr fertigzustellen. Das wäre leicht zu schaffen, würde mich nicht der Zwang zum Geldverdienen an kurzer Leine immer wieder aus dem Himmel brillanter Gedankenspiele auf den profanen Boden des Alltags herunterzerren. Mein überdurchschnittlich hohes Arbeitstempo würde es der Universität sicher erleichtern, in mir den geeigneten Kandidaten für eine Assistentenstelle oder wenigstens für einen hochschulnahen Honorarjob zu erkennen. Ein nicht zu unterschätzender Vorteil angesichts der Bewerberschwemme. Der Vorschlag könnte es mir erleichtern, mein künftiges Leben zu meistern. Wenn er echt war und kein Scherz.

»Ich bitte Sie!« beruhigte mich der Doktor mit sonorer Stimme.

»Können Sie mir das schriftlich geben?«

»Selbstverständlich haben wir einen Vertrag vorbereitet.«

Er öffnete seinen nappaledernen Aktenkoffer, indem er so lässig wie zügig an den beiden Zahlenschlössern drehte, und holte eine Handvoll Blätter hervor. Der Vertrag in fünf Exemplaren. Eines davon, bestehend aus drei mittels einer Heftklammer verbundenen Blättern, schob er mir über den Tisch zu.

»Lesen Sie ihn sich genau durch«, empfahl er mir.

Leider folgte ich seiner Empfehlung nicht. Ich habe, wie die meisten Menschen, ein gestörtes Verhältnis zu Formularen. So überflog ich den Text nur und stellte fest, daß aus dem juristischen Kauderwelsch etwa das hervorging, was er mir in einfacheren Worten erläutert hatte. So erinnere ich mich nicht einmal genau an den Kopf des ersten Bogens. *Institut für forensische Psychologie* stand darauf, blaugedruckt, aber die Anschrift seiner Arbeitsstätte entging mir. Falls ich überhaupt daran gedacht haben sollte, dann, daß ich das Institut ja spätestens bei der ersten psychologischen Untersuchung zu Gesicht bekommen würde. Viel mehr interessierten mich die Zahlungsmodalitäten. Die Hälfte der Summe – also 20 000 DM; die Zahl stand tatsächlich da – wurde bei Unterzeichnung des Vertrages fällig, die zweite Hälfte binnen 14 Tagen nach Entlassung aus der Haft. Zu überweisen auf das Konto … Die Nummer und die Bankleitzahl waren frei gelassen. Unterzeichnet hatten für das Institut jemand mit völlig unleserlichem Na-menszug sowie der Doktor Blome-Bernhardt, dessen Schrift kaum besser, dessen Name jedoch in Klammern daruntergedruckt stand. Auf der anderen Seite war der Raum für die Unterschrift des Vertragspartners frei gelassen. Unter der gepunkteten Linie stand in Klammern: *Der Freiwilli-*

ge. Alles schien seine Richtigkeit zu haben. Ich brummelte Zustimmung, und der Doktor nickte erfreut. Er legte einen Stift auf den Vertrag.

»Moment«, bremste ich ihn, obwohl ich das Unterzeichnen kaum noch abwarten konnte. »Wann wird das Experiment denn stattfinden?«

»So bald wie möglich«, versicherte er. »Wir sind am zügigen Verlauf des Experiments mindestens so interessiert wie Sie am Fertigstellen Ihrer Dissertation.«

Präziser wurde er nicht, und ich bohrte nicht nach. Ich ergriff den Kugelschreiber. Als ich unterzeichnet hatte, schlug er das Innenblatt des Vertrages auf und deutete darauf.

»Ich möchte Sie noch einmal auf den Paragraphen sieben hinweisen«, sagte er und klopfte mit dem Zeigefinger auf die Ziffer. »Absolute Geheimhaltung gegenüber jedermann. Also auch nahestehenden Personen gegenüber. Sie müssen für den einen Monat eine Legende erfinden. Auslandsrecherchen für Ihre Dissertation oder Urlaub. Vielleicht haben Sie in einem Preisausschreiben eine Reise gewonnen. Das bleibt Ihrer Phantasie überlassen, und ich denke auch, wir dürfen diesen Einsatz für unser Honorar erwarten.«

»Ich kann doch meine Freundin nicht beschwindeln«, wandte ich ein.

Da lächelte er sehr breit und sehr herzlich, und zum erstenmal schwang Ironie in seiner Stimme mit.

»Glauben Sie, Fräulein Weisbach sagt Ihnen immer die Wahrheit?«

Zugegeben: Ich fühlte mich überrumpelt. Da hatte er mich gefragt, ob ich eine Freundin habe, und kannte sogar schon deren Namen. Einen Moment lang wurde er mir unheimlich. Aber ich wandte nichts mehr ein und unterzeichnete auch die anderen vier Exemplare des Vertrages. Dabei und danach redeten wir nicht mehr viel miteinander. Es war, meinte ich, alles gesagt. Wir verblieben so, daß ich in den nächsten Tagen von ihm hören würde.

Als er gegangen war, betrachtete ich noch einmal den Vertrag. Genaugenommen las ich mir nur noch einmal das vereinbarte Honorar durch. Es war nicht mehr geworden und nicht weniger. Mir standen 40 000 DM ins Haus, und ich sollte es Ellen nicht mitteilen? Das war eine Bedingung des Vertrages, die ich nicht einzuhalten gedachte. Trotzdem ließ ich die Blätter zwischen den Bergen meiner Schnellhefter verschwinden, damit Ellen ihn nicht zufällig fand. Den Zeitpunkt meiner Offenbarung wollte ich selber bestimmen.

Ich wandte mich wieder meiner Arbeit zu, brachte die Fenster im Weltraum zum Verschwinden und versuchte, mich zu konzentrieren. Das gelang mir schneller als erwartet. Die Freiheit des menschlichen Willens ist nun mal ein sehr fesselndes Thema, jedenfalls für mich. Mit meiner Betrachtungsweise verstoße ich gegen das, was dem Zeitgeist als opportun erscheint. Als Sklavenmoral erscheint es mir, die Freiheit mit der Einsicht in die Notwendigkeit gleichzusetzen. Nichts dagegen, aus Einsicht in Notwendigkeiten vernünftig zu handeln. Die wahre Freiheit allerdings besteht darin, sich wider die Vernunft gegen Notwendigkeiten zu entscheiden. Diese kostbare Möglichkeit der Willensfreiheit ist dem Menschen und nur ihm gegeben. Ich berauschte mich an meinen Worten. Als am späten Abend Ellen kam, hatte ich den Vertrag vergessen.

Sie war müde, weigerte sich aber, ins Bett zu gehen. Unbedingt wollte sie mir ein Video vorführen. Sie hatte es von der Probe mitgebracht. Ellen ist Schauspielstudentin und steht kurz vor dem Examen. Weshalb ihr Studienjahr die Abschlußinszenierung ausgerechnet an unserem Theater macht, weiß ich nicht. Für mich war es ein glücklicher Zufall, denn dadurch lernte ich Ellen kennen. Sie stammt aus einem so kleinen wie noblen Kurort im Schwarzwald und wohnt hier bei Verwandten. Kennengelernt haben wir uns vor einem Vierteljahr. Seitdem ist sie fast jeden Abend und an Wochenenden auch tagsüber bei mir.

Der Regisseur inszenierte den *Hamlet*. Ich liebe dieses Stück, und da ich noch keine Zeit gehabt hatte, zu den Proben zu gehen, war ich schnell überredet, mir das Video vom zweiten großen Durchlauf anzusehen – dem ersten Vorspiel in der Öffentlichkeit; ein paar Angehörige hatten im Theater gesessen, erzählte mir Ellen. Ihre Quartiergeber allerdings nicht. Die waren eher an Ellens Mietzuschuß als an ihrer Schauspielerei interessiert.

Dicht nebeneinander saßen wir in den Sesseln. Kuscheln mochte sie allerdings nicht; das lenke meine Aufmerksamkeit zu sehr ab. Ich solle mich konzentrieren. Das tat ich, oder ich versuchte es zumindest. Meine Arbeit ging mir nicht aus dem Kopf, und die Inszenierung war nicht dazu angetan, sie mich vergessen zu lassen.

Daß Shakespeares Charaktere in zeitgenössischen Kostümen herumlaufen, ist man heutzutage gewohnt. Hamlet im Parka, Claudius in Nadelstreifen, Rosenkranz und Güldenstern in Ledermänteln und mit Schlapphüten. Ophelia in Minirock und hautengem Pulli, der durchscheinend an den Brüsten klebt, nachdem sie ins Wasser gegangen ist; sie hatten eigens eine Szene eingefügt, in der ihr wassertriefender Körper über die Bühne getragen und an der Rampe ausgestellt wurde – geschenkt, obwohl es meine Freundin ist, die sich da entblößt, zum einzigen Zweck, das Publikum aufzugeilen. Selbst daß Polonius die Aktionen Hamlets am Monitor verfolgt, mag noch angehen. Genau diese platte Originalitätssucht macht Regisseure berühmt. Wenn die Aufführung allerdings schlichtweg langweilig ist, dann handelt es sich um eine Meisterleistung: Aus einem der spannendsten Renaissancedramen ein banal gegenwärtigen, trotz zahlreicher Kürzungen quälend endlosen Langweiler zu machen dürfte nicht jedem Regisseur glücken.

Ich schlief nicht ein. Drei Stunden, die mir doppelt so lang vorkamen, hielt ich durch. Das war weniger auf das Video zurückzuführen als auf Ellens Haltung. Sehr gespannt und sehr nervös saß sie neben mir und verbat sich jede Berührung. Endlich, Mitternacht war lange schon vorüber, endlich watete Fortinbras übern Totenberg und übernahm die Macht, da sonst kein Herrscher überlebt hatte: »Nehmt auf die Leichen! Solch ein Blick wie der ziemt wohl dem Feld, doch hier entstellt er sehr. Geht, heißt die Truppen feuern!« So habe ich den Text aus Schlegels trefflicher Übersetzung im Kopf; Ellens Regisseur hatte eine andere Fassung verwendet, eine eigene, nehme ich an, die sehr nach Prosa und auf jeden Fall prosaisch klang. Ein sehr dünn klingender Beifall des im großen Saal verlorenen Häufleins der Angehörigen beendete meine Qualen. Ich ließ das Band zurücklaufen.

»Und?« fragte Ellen gespannt.

Ich hatte es befürchtet. Was sollte ich ihr nur sagen? Daß es großartig war? Daß es nichts taugte? Daß ich endlich ins Bett wollte nach vierzehn Stunden am Computer und drei weiteren vor dem Fernsehapparat? Ich konnte mich nicht entschließen und rettete mich in ein klägliches »Na ja«. Vergebens.

»Was soll das heißen?« beharrte Ellen.

Wenn mein Schwarzwaldmädel wütend ist, sieht sie noch schöner als sonst aus. Verliebt schaute ich sie an. Sie bemerkte es nicht einmal, gereizt, wie sie war.

»Ich will deine Meinung hören! Wenn du schon nicht hingekommen bist.«

»Nach der Premiere sage ich dir meine Meinung.«

Noch immer glaubte ich, mich irgendwie drücken zu können. Ich ergriff ihre Hand. Sie riß sie weg.

»Du magst die Inszenierung nicht!« behauptete sie.

»Ich habe das Gefühl, daß du Streit suchst.«

Auch diesem letzten Schlichtungsversuch erteilte sie postwendend eine kalte Abfuhr.

»Ich will deine Meinung hören!«

Ich hatte keine Wahl.

»Okay. – Mir hat die Inszenierung nicht gefallen. Damit meine ich nicht das holprige Deklamieren. Ihr seid ja noch Studenten. Aber der Regisseur ist kein Anfänger. Was für einen Hamlet präsentiert er? Einen Waschlappen. Einen langweiligen Allerweltskerl, der erst handelt, als er vergiftet ist.«

»Das hat sich nicht der Regisseur ausgedacht, sondern Shakespeare!«

»Bei Shakespeare ist Hamlet ein Prinz, kein Durchschnittsbürger. Ein hochgebildeter, tatkräftiger Mann. Der durchschaut den Hof, und der kann handeln, wenn er es für richtig hält.«

Natürlich sagte ich mehr als diese drei Sätze. Ausreden ließ Ellen mich nicht.

Gehässig unterbrach sie: »Jetzt kommt, daß er einen freien Willen besitzt.«

»Wie jeder Mensch«, bestätigte ich; so leicht ließ ich mich nicht provozieren. »Und mehr: Er besitzt Macht, Einfluß, Geistesgaben, Kraft, Gewandtheit. Er macht die Anschläge seiner Feinde zunichte und sorgt dafür, daß niemand vom Königsmord profitiert. Fast besiegt er die Übermacht. Bei euch ist er ein pubertierender Bengel, der nur aus Angst vor der Peitsche des berühmten Regisseurs bis zum Schluß auf der Bühne bleibt. Und deine Ophelia ist …«

»Hör auf!«

Genau in diesem Augenblick stoppte der Bandrücklauf, sozusagen aufs Stichwort. Ich war belustigt, aber leider gab ich dieser Regung nicht nach. Vielleicht hätte das Gespräch sich durch einen Scherz noch retten lassen. Ich sprach weiter.

» … ist dieses Hamlets wert. Das Flittchen vom Dienst. IM der Stasi oder des BND. Sie bringt sich nur um, weil es im Drehbuch steht, nicht aus der Verzweiflung verschmähter Liebe. Sie …«

»Hör auf!« schrie Ellen in meine Analyse hinein. »Ich habe übermorgen Premiere! Meinst du, daß ich spielen kann, wenn du alles so runterreißt?«

»Du wolltest es doch hören!« erinnerte ich sie.

»Ich hatte einfach vergessen, wie grausam unsensibel du sein kannst!«

»Unsensibel ist dein Regisseur. Ich …«

»Ich! Ich! Ich! Immer nur *ich*! Denkst du auch mal an mich? Schauspieler müssen an ihr Stück glauben können, sonst überzeugen sie nicht. Ich reiße mir auf der Bühne den Arsch auf.«

»Du verträgst keine Kritik!« sagte ich und wollte noch etwas Beschwichtigendes hinzufügen.

Sie ließ mich nicht zu Wort kommen.

»Sag mir, wie ich besser werde, aber nicht, daß alles Scheiße ist«, forderte sie.

»Das kann ich nicht«, gab ich zu. »Dein Regisseur hat sich monatelang damit befaßt und es nicht herausgefunden. Wie sollte es mir in Minuten glücken?« Und dann wurde ich meinen Trost doch noch los: »Es ist doch bloß eine Studenten-inszenierung. Die wird dreimal gezeigt und dann schnell vergessen.«

»So schnell wie du«, sagte sie. »Ich gehe.«

»Wohin?«

Schweigend erhob sie sich.

»Du bist heute nicht gut drauf, was?« fragte ich.

»Und bitte komm auf keinen Fall zur Premiere!«

Sie griff sich meine Reisetasche und warf wahllos ein paar ihrer auf dem Bett liegenden Sachen hinein.

»Das meinst du doch nicht ernst, Ellen«, warb ich mit weicher Stimme und einem Kloß im Hals.

»Diesmal bist du zu weit gegangen.«

»Ich bin gar nicht gegangen. Ich sitze noch.«

»Das schönste ist, daß ich mir deine blöden Witze nicht mehr anhören muß.«

Sie zerrte den Reißverschluß der Tasche zu und ging hinaus, ohne mich noch einmal anzusehen. Die Wohnungstür knallte sie hinter sich ins Schloß.

»Ellen!« sagte ich hilflos.

In dieser Nacht schlief ich sehr wenig. Natürlich glaubte ich nicht, daß es sich um eine endgültige Trennung handelte. Ihr Temperament war nun mal etwas hitzig. Das gehörte zum Beruf. Übermorgen würde ich zur Premiere gehen und ein paar lobende Worte über ihr sensibles Spiel sagen. Und in Zukunft würde ich Kritik an ihrer Arbeit dezenter formulieren. Es war nichts geschehen, das sich nicht mit einem Kuß reparieren ließ. Oder doch? Sie war nicht einfach nur türenknallend hinausgegangen, sondern hatte ihre Sachen gepackt. Eine Überreaktion im Probenstreß, beruhigte ich mich.

Früh am Morgen holte ich frische Brötchen vom Bäcker, brühte mir einen extra starken Kaffee und kehrte dann an meinen Computer zurück. Wenn man das Thema seines Lebens gefunden hat, wird man auch mit Liebeskummer fertig.

Gegen 9 Uhr klingelte es. Wieder hatte ich keine Lust zum Öffnen, und wieder war der Störenfried sehr hartnäckig. Da ich bei dem ständigen Dingdong ohnehin keinen klaren Gedanken mehr fassen konnte, öffnete ich die Tür. Ich hatte den Bruchteil einer Sekunde Zeit, drei Männer wahrzunehmen, zwei in Uniform und einen Zivilisten, da brüllte mich der Zivilist schon an:

»Hände hoch!«

Die Uniformierten zielten mit ihren Pistolen auf mich. Ich war so perplex, daß ich regungslos stehenblieb. Meine Kinnlade klappte herunter.

»Hoch! Keine Tricks!« bellte mich der Zivilist an.

Mechanisch gehorchte ich.

»Umdrehen. Gesicht zur Wand.«

»Was soll das?« fragte ich.

»Schnauze.«

Jemand tastete mich von hinten ab, sehr gründlich, kein Körperteil außer dem Kopf wurde ausgelassen. Mein Herz begann zu rasen. Ich konnte mir den Überfall nicht erklären. Einbrecher, die sich als Polizisten maskierten? Echte Polizisten, die mich verwechselten? Mit wem? Natürlich fanden sie keine Waffe. Ich besitze keine.

»Okay«, sagte der Zivilist, und es klang ein wenig enttäuscht. »Umdrehen. Hände langsam nach vorn.«

Direkt vor mir stand einer der Uniformierten, ein ungewöhnlich großer, stämmiger junger Mann, dem sich zu widersetzen mir nicht angeraten schien. Er legte mir Handschellen an.

»Was soll das?« fragte ich erneut, und wieder interessierte es den Mann in Zivil nicht. Er wandte sich an seine Leute.

»Seht euch in der Wohnung um, ob er allein ist. Äußerste Vorsicht!«

Sie nickten. Bisher hatten sie kein Wort gesagt. Sie verschwanden im Flur, mit ausgestreckten rechten Armen, wie gezogen von ihren Pistolen. Und ich stand im Hausflur, mit Handschellen gefesselt, und mußte machtlos zusehen.

Die Nachbarin öffnete einen Spaltbreit ihre Tür. Der Zivilist hörte es und blökte sie an: »Tür zu!« Sie gehorchte ihm auf der Stelle, aber ich bin sicher, daß sie uns durch den Türspion beobachtete.

»Was soll das?« fragte ich ein drittes Mal, und endlich bequemte er sich, mir zu antworten.

»Herr Joseph Kowalski, Sie sind vorläufig festgenommen. Sie haben das Recht zu schweigen. Sie haben das Recht, einen Anwalt zu verständigen. Alles, was Sie aussagen, kann gegen Sie verwendet werden.« Oder so ähnlich, ich kenne die offizielle Formel nicht.

»Warum nehmen Sie mich fest?« fragte ich.

»Paragraph 129 a.« Das hielt er wohl für eine ausreichende Erklärung.

»Weswegen?«

»Wenn Ihresgleichen auch sonst nichts weiß, dieser Paragraph ist Ihnen bestens bekannt!« bemerkte er. Sein Sarkasmus prallte an mir ab.

»Tut mir leid, ich studiere Philosophie, nicht Jura.«

»Bildung terroristischer Vereinigungen, Herr Kowalski.« Seine Stimme triefte vor Ironie.

»Was?«

»Sie sind der aktiven Unterstützung einer terroristischen Vereinigung verdächtig«, erklärte er etwas ernsthafter.

»Ich? – Ach so. Ich verstehe. Natürlich.«

Es mag unwahrscheinlich klingen, aber über dem Streit mit Ellen und meiner Arbeit hatte ich meinen Vertrag mit dem Doktor total vergessen. Erst bei diesem völlig absurden Vorwurf fiel er mir wieder ein, und erleichtert atmete ich auf. Das Experiment begann schneller als erwartet. In einem Monat würde ich um 40 000 DM reicher sein.

»Ich begrüße es, daß Sie sich nicht länger dumm stellen wollen«, sagte der Mann in Zivil.

»Ja, ich bin manchmal etwas begriffsstutzig«, entschuldigte mich mich. »Ich war nicht ganz auf der Höhe, hab gerade an meiner Dissertation geschrieben.«

»Dissertation, ah ja«. sagte er ohne echtes Interesse, fragte immerhin: »Welches Thema?«

»Über die Freiheit des menschlichen Willens«, informierte ich ihn.

»Die Freiheit, die Sie meinen, kennen wir«, glaubte er in seiner Rolle sagen zu müssen und setzte gar noch eins drauf: »Wollen Sie denn nie dazulernen?«

»Ich lerne nicht, ich lehre!« konterte ich ironisch.

»Das möge Gott verhüten!« versetzte er schlagfertig.

»Sie klingen ziemlich echt«, lobte ich.

Er sprach wie ein Polizist, und er sah irgendwie auch so aus. Woran erkennt man Polizisten? An ihrer Haltung. Sie besitzen Macht, zumindest den Nicht-Polizisten gegenüber, und sie sind es gewöhnt, immer Recht zu behalten, auch wenn sie gar keines haben. Das strahlen sie aus. Je länger sie im Dienst sind, desto borrnierter werden sie. Selbstgerecht und saturiert. Dieser Mann – inzwischen weiß ich natürlich, wer er ist, aber ich werde die Chronologie meiner Erzählung nicht verletzen – ‚dieser Mann konnte gut und gerne einen Kriminalkommissar darstellen. Mittelgroß, sehr aufrecht, gutgenährt, nicht fett, im Dienst ergraut und abgestumpft, ein routinierter Ermittler von fünfzig Jahren. Seinem Akzent nach stammte er vom Nordrhein. Eine realistische Wahl.

»Nur einen Fehler haben Sie gemacht«, teilte ich ihm mit.

»Ich?« fragte er, aus seinem Konzept gebracht.

»Sie sind nur zu dritt«, sagte ich und grinste. »Wenn Sie mich wirklich für einen Terroristen hielten, wären Sie mit zwei Hundertschaften GSG 9 angerückt. Vielleicht hätten Sie sich als Verhaftungsgrund einen Ladendiebstahl ausdenken sollen. Das wäre wesentlich glaubwürdiger!«

»Sie gestehen also Ladendiebstähle?« fragte er, noch immer verunsichert, besann sich dann seiner Rolle. »Wann, wo, wie oft?«

»So gefallen Sie mir schon besser«, lobte ich. »Borniert wie ein echter Bulle.«

»Du Arsch!« brüllte er mich an. »Deine Arroganz treiben wir dir schon aus. Wir haben ganz andere kleingekriegt, Kowalski, ganz andere!«

Ich feixte anerkennend. In diesem Augenblick kehrten die beiden Uniformierten zurück. Wortlos gaben sie ihrem Chef zu verstehen, daß sie niemanden gefunden hatten. Wahrscheinlich Statisten, denen man keinen eigenen Text zugestanden hatte, dachte ich. Was sie so lange in meinem einzigen Zimmer gemacht hatten, blieb ihr Geheimnis. Durchwühlt war die Wohnung jedenfalls nicht.

Ich erhielt die Erlaubnis, den Computer abzuschalten und ein paar Sachen einzupacken. Leider besaß ich nur eine Reisetasche, und die hatte Ellen am Vorabend mitgenommen. So stopfte ich zwei Plastiktüten voll. Das Packen mit gefesselten Händen war umständlich, aber es machte mir Spaß. Es wirkte so echt, so zünftig. Vor allem, als der Kommissar mich an die Zahnbürste erinnerte. Ich beschloß, den Monat Haft als großes, außergewöhnliches Abenteuer zu genießen.

Beim Hinausgehen sah ich dann, daß sie doch mehr Polizeistatisten aufgeboten hatten, als ich zuerst annahm. Vom oberen Treppenabsatz kamen zwei Uniformierte herunter, und an der Haustür nahmen uns weitere zwei Polizisten in Empfang. Zwei wurden vom Hintereingang herbeigerufen, und in der Wanne wartete noch der Fahrer – mit eingeschaltetem Sprechfunkgerät.

»Die Festnahme wurde um 10.03 Uhr erfolgreich durchgeführt«, meldete er in gelungenem Polizeideutsch. Sein einziger Satz, auch er war nur ein Statist.

»Wenn der Platz für mich nicht reicht, komme ich mit der Straßenbahn nach«, sagte ich.

»Er hält sich für einen Komiker«, erklärte mein Kommissar.

Die Statisten nickten finster. Es wirkte sehr echt. Ich zwängte mich zwischen sie und versuchte noch ein paarmal, ihnen ein Lächeln zu entlocken, aber sie blieben stur. Wenigstens stellte ich fest, daß sie nicht stumm waren, denn untereinander redeten sie. Es klang wie typisches Polizistengeschwätz. Fußball und ein Einsatz in einem Stadion, bei dem sie die Hooligans richtig aufgemischt hatten. Eine Schlacht, die sie gewonnen hatten, was sie nun voller Wonne nacherlebten oder nachzuerleben vorgaben.

Meine Ortskenntnis erlaubte mir die Feststellung, daß ich in das echte Untersuchungsgefängnis gefahren wurde. In einem Dienstzimmer wurden mir die Handschellen abgenommen. Der Kriminalist stellte sich vor als Erster Hauptkommissar Hans-Heinrich Everding. Er fragte mich, ob ich meinen Anwalt verständigen wolle; ein Anruf stehe jedem Festgenommenen zu. Ich erwog, Ellen zu benachrichtigen, aber die war im

Theater und gewiß unerreichbar. Also verzichtete ich, bat aber um die Vermittlung eines Pflichtverteidigers. Ich wollte austesten, wieviel sie in ihr Spiel zu investieren bereit waren. Verwundert, wie mir schien, nahm Everding meinen Antrag zur Kenntnis.

Nun sollte wohl das Verhör beginnen, doch da klingelte das Telefon.

»Everding ... Ich dachte, Sie sind längst unterwegs hierher ... Ach so ... Sehr schlecht ... Legen wir ihn auf Eis ... Da läßt sich nichts machen ... Bis gleich.«

Everding eröffnete mir, daß er mich im Augenblick leider nicht vernehmen könne. Sein Bedauern klang echt. Aber er komme so bald wie möglich wieder. Das sollte wie eine Drohung klingen. Ich nahm es, wie alles, mit innerer Heiterkeit auf. Es hatte etwas Rührendes, wie sie sich um den Anschein von Legitimität mühten. Als ob ich nicht genau wüßte, daß ich jetzt einen Monat lang im Gefängnis sitzen müßte. Dafür brauchten sie doch keinen Vorwand. Schließlich hatte ich mein Einverständnis gegeben, sogar schriftlich!

Die Zelle war klein und karg möbliert. Ein Klobecken, eine Liege, ein Hocker, ein kleiner Tisch, ein winziges Schränkchen, in das hinein ich meine Plastikbeutel entleerte. Auf dem Tisch eine Bibel. Ich bin Atheist, hätte ich gern gesagt, aber da war niemand, den das interessierte. Ich war allein. Ich setzte mich an den Tisch und harrte der Dinge, die da kommen würden.

Sie kamen in Gestalt eines Wärters. Ein dürrer, langer Kerl in grauer Uniform. Narbiges, verwittertes, düsteres Gesicht, strähniges graues Haar. Wahrscheinlich war er auch erst um die Fünfzig wie Everding, doch wirkte er wesentlich älter, verlebter. Als hätte er tatsächlich sein gesamtes Berufsleben in Haftanstalten verbracht. Die heisere Stimme paßte zu seiner Boris-Karloff-Erscheinung.

»Schnürsenkel«, sagte er.

»Guten Tag erst mal.«

»Schnürsenkel!«

»Was ist damit?«

»Rausziehen und hergeben.«

Ich tat, was er verlangte.

»Gürtel!«

»Dann rutscht die Hose.«

»Gürtel!«

Mit dem Ledergurt und meinen Schnürsenkeln zog er ab, ohne mich weiterer Erklärungen zu würdigen. Ich hatte nicht mal die Gelegenheit, ihn um angemessenere Lektüre zu bitten.

Dann geschah eine geraume Zeit gar nichts. Ich saß herum und langweilte mich. Langsam beschlich mich der Verdacht, daß Everding es ernst gemeint haben könnte mit dem Auf-Eis-Legen, denn mir wurde kalt. Zum Glück brachte ein anderer Wärter das Mittagessen, das zwar nicht schmeckte, aber wenigstens einigermaßen warm war.

Die Zeit verging langsam, sehr langsam. Die Uhr hatten sie mir gelassen, ich beobachtete, wie der Sekundenzeiger sich im Kreis herumquälte. Niemand wollte mit mir reden. Ich saß da und starrte die Wände an. Selbst auf meine Dissertation konnte ich mich nicht konzentrieren. Schon in diesen ersten Stunden gestand ich mir ein, daß ich mir das Experiment leichter vorgestellt hatte. Ich war nicht geschaffen für das müßige Herumsitzen. Der einzige Trost war das viele Geld, das ich dafür bekommen würde.

Irgendwann griff ich dann doch zur Bibel. Ich suchte die Story über meinen Namensvetter und fand sie im 1. Buch Mose. *Joseph war siebzehn Jahre alt, da er ein Hirte des Viehs ward mit seinen Brüdern. Als nun seine Brüder sahen, daß ihn ihr Vater lieber hatte, waren sie ihm feind. Und nahmen ihn und warfen ihn in die Grube; aber die Grube war leer und kein Wasser darin.* Es folgte keine nähere Beschreibung der Grube, aber ich konnte mir unschwer ausmalen, wie sie aussah: genau wie meine Zelle.

Auf die anderen Geschichten verspürte ich keine Lust. Ich starrte wieder die Wände an. Wartete. Zählte die Stunden. An jenem ersten Tag gab es nur noch zwei Unterbrechungen. Ein Wärter brachte mir das Abendessen – etwas Brot, Butter und harte Wurst, die ich nicht mag. Um 22 Uhr wurde das Licht ausgeschaltet. Nun konnte ich nicht einmal mehr vor dem Einschlafen lesen, wie ich es gewohnt bin. Ich starrte an die Decke, ohne etwas zu erkennen. War es klug gewesen, mich auf das Experiment einzulassen? Wo blieb das Abenteuer? Würden jetzt neundzwanzig oder gar dreißig Tage von vergleichbarer Ödnis folgen? Der Gedanke an das Geld beruhigte mich auf einmal nicht mehr. Das war mit Langeweile schwerer zu verdienen als mit harter Arbeit im Steinbruch.

Stundenlang wälzte ich mich auf der harten Pritsche. Ich sagte nacheinander die vier Gedichte auf, die ich kenne, um endlich einzuschlafen. Dann ein zweites, ein drittes Mal. Ich zählte bis hundert. Bis zweihundert. Weiter schaffte ich es nicht, weil meine Gedanken abschweiften. Ich zwang mich zur Konzentration, begann nochmals von vorn.

Ich hörte die Schritte der Wärter auf dem Flur. Einer schaute durch den Türspion in meine Zelle, wozu er von außen das Licht anschaltete. Ich stellte mich schlafend. Als er eine Stunde später ein zweites Mal hineinspähte, winkte ich ihm zu. Er schaltete das Licht ab.

Irgendwann schrie jemand in seiner Zelle. Laut und lange. Es klang gequält, gepeinigt, als habe er große Schmerzen. Das schien niemanden zu beunruhigen. Kein Wärter hastete über den Flur, um ihm Hilfe zu bringen. Wahrscheinlich schliefen inzwischen alle außer mir und dem Kranken.

Als ich am Morgen erwachte, hatte ich das Gefühl, überhaupt nicht geschlafen zu haben, was natürlich nicht stimmte. Allein die Tatsache, daß ich erwachte, bewies mir, geschlafen zu haben. Über den Flur hallten Stimmen. Unverständliche, aber sehr muntere Zurufe. Gelächter. Das Klappern eines Imbißwagens. Ich erhob mich. Da ich in Unterwäsche geschlafen hatte, dauerte das Ankleiden nicht lange. Ich wusch mir unter dem Kaltwasserhahn das Gesicht und putzte mir die Zähne. Wenig später brachte mir der finstere Wärter mein Frühstück, ohne sich zu einem Gespräch verleiten zu lassen. Ein dünner, krümliger Kaffee in einer grauweißen Kunststofftasse. Trockenes, versengtes, kaltgewordenes Toastbrot, ein Klecks Marmelade, eine Scheibe Gummiwurst und ein blauangelaufenes Ei.

Dann wartete ich wieder. Diesmal allerdings nicht sehr lange. Zuerst wurde das Geschirr abgeholt, und wenig später kehrte der finstere Wärter zurück und würdigte mich einer kurzen Ansprache.

»Mitkommen, Kowalski«, lautete sie.

Er führte mich den Gang entlang zu einer Treppe, die wir hinabstiegen. Gleich neben dem Fuß der Treppe befand sich eine große Stahltür, die er aufschloß. Er gab mir einen Wink, daß ich eintreten solle, und schloß die Tür hinter mir wieder, ohne selber einzutreten.

Ein großer, kahler Raum mit weißgetünchten Wänden. Das Fenster vergittert, aber wenigstens war es ein richtiges Fenster, nicht wie in meiner Zelle ein Lichtschacht aus undurchsichtigen Glassteinen. In der Mitte ein Tisch, darum herum acht Stühle. An einer der Wände ein fades Gemälde – wohl aus der Womacka-Serienproduktion. Dies war, so folgerte ich, ein Sprecherraum. Jemand wollte mich besuchen. Ellen, dachte ich.

Ich blieb nicht lange allein. Der finstere Wärter brachte mir meinen Besucher. Ein junger Mann, klein, dick, mit randloser Intellektuellenbrille. Er trug Jeans, ein schwarzes Seidenhemd und eine bunte Windjacke, die er sofort auszog und über eine Stuhllehne hängte. Er war mir auf den ersten Blick sympathisch.

»Herr Joseph Kowalski?« fragte er mich, und als ich nickte, stellte er sich vor. »Hans-Georg Körting. Ich bin Anwalt.«

»Wessen Anwalt?«

»Die Staatsanwaltschaft hat mich aufgefordert, Sie zu beraten, da Sie keinen Rechtsanwalt benannt haben. Also ich bin Ihr Pflichtverteidiger, wenn Sie mich akzeptieren.«

Wie gesagt, er war mir auf den ersten Blick sympathisch, und vielleicht gerade deshalb flachste ich sofort los: »Hätte man für die Rolle nicht jemanden engagieren können, der seriöser wirkt?«

Ich genoß sein irritiertes »Äh?«.

»Na, du bist doch auch noch Student!« sagte ich.

»Danke schön, aber das ist doch schon eine Weile her. Ich betreibe seit sechs Jahren eine eigene Kanzlei!«

»Wer's glaubt«, flachste ich weiter, obwohl es ja durchaus möglich war. Runde Gesichter wirken nun einmal jünger als hagere. Vielleicht war er ja tatsächlich schon Anfang Dreißig.

»Bitte. Meine Karte.« Er legte sie vor mir auf den Tisch.

Ich betrachtete sie: Hans-Georg Körting in verspielter Böcklin-Schrift. Darunter in fetter Antiqua: Rechtsanwalt. Es folgten die Kanzleiadresse, Telefon- und Faxnummer.

»So was stelle ich auf meinem Computer in zwei Minuten her«, sagte ich der Wahrheit entsprechend. »Aber okay«, beruhigte ich ihn dann, »Schwamm drüber, muß ja nicht alles perfekt sein.«

Es gefiel mir, daß ich ihn in dem vor mir liegenden Monat öfter zu Gesicht bekommen würde. Der erste Lichtblick in der Ödnis der Haft.

»Wenn ich Sie richtig verstehe, akzeptieren Sie mich?«

Warum nur war er so entsetzlich umständlich und steif.

»Ist doch eh egal«, erwiderte ich locker. »Was wird jetzt von mir erwartet?«

»Daß Sie mich über den Tatvorwurf informieren.«

»Also im Film macht das immer die Polizei.«

Ich schreibe das so auf, wie es sich damals abspielte. Natürlich weiß ich heute, wie blöd ich mich benahm, aber ich erlaube mir keine Zensur meiner damaligen Gedanken, Empfindungen und Äußerungen. Ich fühlte mich trotz durchwachter Nacht gut, ich war zum Scherzen aufgelegt, und das verbot ich mir auch nicht. Wer wollte denn festlegen, daß man ernst sein muß bei einem Experiment?

»Polizei oder Staatsanwaltschaft, ja«, bestätigte er, »aber doch erst, nachdem Sie mich benannt oder akzeptiert haben.«

»Ah ja. Nun, ich bin natürlich unschuldig. Oder meinetwegen auch schuldig, ganz wie es Ihnen paßt.«

Er klappte einen Notizblock auf und notierte etwas.

»Schuldig oder unschuldig woran?« fragte er.

»Der Kerl, der den Bullen mimte, hat gesagt: 109 a.«

»Wehrpflichtentziehung durch Täuschung? Das glaube ich nicht.«

»Hat er aber gesagt!« In jenem Moment glaubte ich das wirklich und beabsichtigte ausnahmsweise keinen Scherz. Wer kann sich schon alle Paragraphen merken!

»Ihr Humor ist recht eigenwillig, Herr Kowalski«, konstatierte mein Anwalt. »Sie sind hier wegen 129 a. Bildung terroristischer Vereinigungen.«

»Fehler, Fehler!« kreischte ich und strahlte darüber. »Jetzt hast du vergessen, daß du gar nicht weißt, weshalb ich hier bin.«

»Wir können uns gern duzen, wenn Ihnen das angenehmer ist«, schlug Körting vor und erfand auf der Stelle eine clevere Ausrede. »Der ermittelnde Staatsanwalt hat mir natürlich den Paragraphen benannt, aber mit dem konkreten Tatvorwurf bin ich bis jetzt nicht vertraut gemacht worden.«

»Ich auch nicht«, teilte ich ihm mit.

»Und was könnte man Ihnen – oder dir – vorwerfen?«

»Bleiben wir doch lieber beim Sie, das klingt echter«, entschied ich. Ein Spiel macht nur so lange Spaß, wie man es ernsthaft betreibt.

»Was könnte man Ihnen vorwerfen?« wiederholte Körting.

»Gar nichts, aber denen wird schon was einfallen.«

»Soll ich mit *gar nichts* zum Haftprüfungstermin?«

»Ist Unschuld gar nichts?« schlug ich vor.

»Wir bestreiten also alles?«

»Wenn's keine Umstände macht?«

Warum er das notierte, weiß ich nicht. Konnte er sich etwa nicht merken, daß sein Mandant unschuldig war?

»Darf ich Ihnen meinen ersten anwaltlichen Rat geben?« fragte er dann und gab ihn mir, ohne mein Nicken abzuwarten. »Packen Sie die Sache nicht zu leichtfertig an!«

»Warum nicht? Es macht mir einen Mordsspaß. Was ist ein Haftprüfungstermin?«

»Binnen vierundzwanzig Stunden muß ein Richter feststellen, ob die Fortdauer der Haft anzuordnen ist.«

»Wann empfängt uns der Richter?«

»In einer halben Stunde. Und bis dahin würde ich Sie gern etwas näher kennenlernen.«

»Klingt so, als könnte das der Beginn einer langen wundervollen Freundschaft sein.«

»Schaffen Sie es, mal für ein Viertelstündchen ernst zu bleiben?«

»Mühelos. Sagen Sie, wird der Richter auch von einem Studenten gespielt?«

Nein, es gelang mir nicht ernst zu bleibcn. Hans-Georg Körting mühte sich, mir verwertbare Äußerungen zu entlokken, und ich alberte herum. Zwar entsprach alles, was ich ihm sagte, der Wahrheit, aber ich teilte es ihm ziemlich unseriös mit. Nein, ein Terrorist war ich nicht. Nein, seit meiner Festnahme war ich nicht vernommen worden. Nein, ich war kein Mitglied einer Partei, Bewegung oder Gruppierung, seit es die FDJ nicht mehr gab. Auch in keiner Bürgerbewegung. Ich bin, teilte ich ihm mit, ein völlig unpolitischer Mensch, einzig am Studium interessiert. Und als ich über die Freiheit des menschlichen Willens referierte, wurde ich dann doch noch ernsthaft.

Das verging mir erst wieder, als ich vor dem Richter stand. Genaugenommen stand ich nicht, sondern ich saß in einem Büroraum, der nun wahrlich nicht an einen Gerichtssaal erinnerte. Es war auch kein Richter, sondern eine Richterin. Auf den ersten Blick wirkte die schlanke Person mit den langen blonden, mit einem Kamm hochgesteckten Haaren zwar nicht gerade wie eine Studentin, aber doch noch sehr jung. Als ich direkt vor ihr saß, sah ich natürlich, daß die Haare blondiert waren und die Falten unter ihrer schmalen Brille hervorwucherten. Vor zwanzig Jahren mochte sie eine sehr schöne junge Frau gewesen sein. Jetzt war sie nur noch eine Frau.

Mein Hauptkommissar war anwesend, außerdem ein farbloser Fatzke von etwa vierzig Jahren, der sich mir als Staatsanwalt vorstellte und ansonsten herzlich wenig sagte. Gerade daß er mit dürren Worten den sogenannten Tatvorwurf vortrug, nachdem Richterin Drephal uns offiziell begrüßt und den Haftprüfungstermin für eröffnet erklärt hatte.

»Joseph Kowalski, siebenundzwanzig Jahre, wohnhaft wie auf der Akte angegeben, ist dringend eines Vergehens nach Paragraph 129 a verdächtig. Belege dafür haben wir als Beweisstücke eins bis achtzehn zu den Akten gegeben. Der

Beschuldigte hatte bisher keine Gelegenheit, sich zum Tatvorwurf zu äußern.«

Das war tatsächlich alles. Er setzte sich wieder und hielt von da an bis zum Ende des Termins den Mund.

Die Richterin sagte mit leiser, schleppender Stimme und einem aufgesetzten Lächeln zu mir: »Die Gelegenheit ist jetzt gekommen. Was möchten Sie dazu sagen?«

Ich gab meinem Anwalt ein Blickzeichen. Sollte er was tun für sein Geld. Er spurte.

»Mein Mandant erklärt generell seine Unschuld. Im übrigen sind wir mit den konkreten Tatvorwürfen noch gar nicht vertraut gemacht worden.«

»Die konkreten Tatvorwürfe sind Gegenstand des Untersuchungsverfahrens«, sagte die Richterin leise und nett. Für mich klang es dennoch so, als wollte sie ihm zu verstehen geben, daß es ihn nichts angeht, wessen sein Mandant beschuldigt wird. Das ließ er sich natürlich nicht gefallen.

»Worauf begründet sich der Anfangsverdacht?«

Da hatte er sie. Nun mußte sie antworten und wandte sich direkt an mich: »Herr Kowalski, haben Sie unter dem Pseudonym *Batman* Artikel in linken Untergrundblättern geschrieben?«

»Muß ich darauf antworten?« erkundigte ich mich bei Körting.

»Sie können selbstverständlich die Aussage verweigern«, erläuterte er mir pflichtschuldig. Wahrscheinlich war er sein Geld wert. Wessen Geld eigentlich? Von mir bekam er jedenfalls keines.

»So was setzt einen doch immer in ein schlechtes Licht, oder?« fragte ich. Bestätigend verzog er einen Mundwinkel.

Mich ritt schon wieder der Übermut, also setzte ich meine Erkundigungen fort: »Und wie sieht es mit Lügen aus? Meineid und so, Sie verstehen?«

Körting blieb in seiner Rolle. »Erstens ist dies kein Gerichtsverfahren. Sie stehen nicht unter Eid. Und zweitens darf ein Beschuldigter straflos sogar vor Gericht lügen. Allerdings werden wahrheitsgetreue Aussagen im allgemeinen strafmildernd berücksichtigt.«

»Danke, Herr Anwalt«, brachte sich die Richterin mit ihrer schleppenden Stimme wieder in Erinnerung. »Wenn ich dem noch einen eigenen Gemeinplatz hinzufügen darf: Lügen haben kurze Beine. Also haben Sie nun diese Artikel geschrieben oder nicht?«

»Darf ich mal sehen?«

Ich durfte. Die Akte gab sie allerdings nicht her. Sie heftete ein paar Blätter aus und reichte sie mir. Es waren Fotokopien aus einer Zeitschrift. Sehr schlecht gemachte Kopien übrigens, überbelichtet, mit schwarzen Rändern. Der Text, immerhin, war leserlich, und ich las den Artikel – er hieß *Die Verfassungslüge* – denn auch vor:

»Die alltägliche Heuchelei der regierenden wie der sogenannten oppositionellen Politiker sind wir gewohnt. Schlamm drüber. – Schlamm? Nicht schlecht, was?« fragte ich mein Publikum. Es gab nicht zu erkennen, ob es mir zustimmte. *»Daß allerdings auch Menschen, denen man eine gewisse Bildung sowie zumindest ansatzweise auch Intelligenz zubilligen möchte, auf das Gerede von der freiheitlich-demokratischen Grundordnung hereinfallen, indem sie mit ihrem erklärten Ziel, die Gesellschaft zu demokratisieren, unterstellen, diese sei demokratiefähig ...* – Der Satz endet noch lange nicht. Nein, das ist nicht mein Stil, auch wenn mein Name druntersteht«, schloß ich.

»Ihr Name?« fragte die Drephal und blätterte in ihrer Akte.

»Batman.« Ich lachte allein.

»Sie bestreiten die Autorenschaft dieses Artikels, geben ansonsten aber zu, *Batman* zu sein?« Die Stimme blieb ruhig und schleppend, der Unterton wurde härter.

Ich glaube, daß die Frau ziemlich eklig werden kann, wenn es sein muß. Diese Annahme brachte mich nicht aus der Ruhe. Ganz im Gegenteil. Ich wollte erleben, wie es war, wenn sie eklig wurde.

»Das muß geheim bleiben in Gotham City«, sagte ich im Verschwörerton. »Eigentlich weiß es nur Alfred.«

»Wer ist Alfred?« Verwirrt blätterte sie in der Akte.

»Mein greiser Diener«, verriet ich ihr.

»Selten so gelacht«, erwiderte sie trocken.

Nein, so schnell war sie nicht zu provozieren. Statt ihrer empörte sich mein Anwalt.

»Das ist keine Talk-Show, Herr Kowalski.«

Im stillen notierte ich mir einen Minuspunkt für ihn.

»Dank für Ihre Unterstützung, Herr Körting, aber ich bin seit mehr als zwanzig Jahren Richterin, da bin ich derbere Späße gewöhnt.«

Und einen Pluspunkt für die Dame.

»Na ja, die Tatvorwürfe müssen wir wohl nicht im einzelnen erörtern. Dazu wird in den nächsten Tagen ausreichend Gelegenheit sein. Nur eine Frage vielleicht noch: Was sagt Ihnen der Name Hacker?«

»Friedrich Hacker, österreichisch-amerikanischer Psychologe und Psychologiephilosoph. Spezialgebiet Terrorismus. Bin ich verdächtig, weil ich Hacker lese?«

»Selbst wenn Sie sich eine rote Nase aufsetzen, bringen Sie mich nicht zum Lachen.«

Ein Minuspunkt für sie. Das war eine ernsthafte Antwort gewesen, und sie hatte es nicht bemerkt. Nun stand sie wieder bei Null – wie der Staatsanwalt, die farblose Charge.

»Letzter Versuch: Ich meine Arthur Hacker.«

»Hacker? Nie gehört, den Namen.«

»Herr Kowalski!« ermahnte mich Körting.

Noch ein Minuspunkt. Was war denn los mit ihm?

»Ich gebe Ihnen die Gelegenheit, ein paar niveauvollere Späße vorzubereiten«, entschied die blondierte Justitia mit müder Stimme. »Die Fortdauer der Untersuchungshaft wird angeordnet.«

»Ich hab's doch geahnt, daß Sie am Ende auch ohne Begründung auskommen werden. Ich bin schwer zu packen, was?«

Ich weiß, wie blöd ich war. Aber konnte ich ein Verfahren ernst nehmen, dessen Ausgang von vornherein feststand? Ich würde für genau einen Monat in der Untersuchungshaft bleiben und diese dann reich entschädigt wieder verlassen. So stand es in meinem Vertrag. Warum sollte ich den Zirkus also tragisch nehmen? In jede Manege gehört ein Clown.

Die Richterin schaltete ein Diktiergerät ein und gab ein paar Anordnungen. Ich hörte sehr unkonzentriert zu. Eigentlich war sie auch jetzt noch recht schön. Etwas verwittert, aber schön. Irgendwie edel. In den nächsten Wochen würde ich wohl keine Frau mehr zu Gesicht bekommen. Oder durfte mich Ellen besuchen? Nach der Verhandlung fragte ich meinen Anwalt danach. Der sagte, daß prinzipiell die Besuche von Angehörigen möglich, in meinem Fall jedoch, wie ich soeben gehört habe, die Außenkontakte auf ihn beschränkt seien. Er hätte pflichtgemäß protestiert, wenn ich ihm durch einen Wink zu verstehen gegeben hätte, daß es mir nicht genehm sei. Daß ich nicht zugehört hatte, glaubte er nicht. Es sei einerseits bei meiner Intelligenz unwahrscheinlich, daß ich bei einer so entscheidenden Verhandlung einfach abschalte, und zum anderen sei ihm aufgefallen, wie ich die Richterin bei ihren Anordnungen angestarrt habe. Daß eben das letztere das erstere bewirkt hatte, sagte ich ihm nicht. So gut standen wir noch nicht miteinander.

Der wortkarge Boris-Karloff-Imitator führte mich in meine Zelle zurück. Wider Erwarten blieb er bei mir.

»Einpacken«, sagte er.

»Was?«

»Einpacken.«

»Werde ich etwa entlassen?«

»Verlegt.«

Mir soll's recht sein, dachte ich und sammelte die wenigen Habseligkeiten in die Tüten.

»Zahnbürste«, erinnerte er mich. Die Zahnbürste scheint das wichtigste Utensil im Gefängnis zu sein.

Es war nur ein kurzer Umzug. Die neue Zelle befand sich am Ende des Flures. Mein künftiger Zellengefährte lag auf seiner Pritsche und starrte an die Decke.

»Ich bringe dir etwas Gesellschaft.« Das war der erste vollständige Satz, den ich von meinem Wärter gehört hatte.

»Muß das sein?« Der Mann auf der Pritsche schaute nicht mal auf.

»Ja.« Nun war der Uniformierte wieder bei den Einwortsätzen angelangt.

»Was hat er ausgefressen?« Noch immer gönnte uns mein Zellengefährte keinen Blick.

»Einen Kübel Scheiße«, scherzte der Wärter und verließ uns.

Ich trat an die Pritsche meines Zellengefährten heran. Ein vierschrötiger Kerl mittleren Alters. Bullig, brutal. Ein Typ, mit dem im Kriminalfilm die dummen Mörder besetzt werden.

»Joseph Kowalski«, eröffnete ich die Konversation.

»Halt's Maul.«

An dieser Stelle muß ich einräumen, daß ich Schwierigkeiten habe, dieses Gespräch wortgetreu zu rekonstruieren. Der Typ drückte sich vulgär aus und nutzte dabei Wendungen, die mir unbekannt waren. Vielleicht sollte es eine Art Knastsprache sein. Ich beherrsche sie nicht und hatte daher Mühe, den Sinn zu erfassen. Zudem sprach er einen harten, slawisch klingenden Akzent. Vielleicht war es Schlesisch, obwohl er zu jung war, um je in Schlesien gelebt haben zu können.

»Ich habe mich vorgestellt«, beharrte ich auf meinem Verständigungsversuch und erntete dafür den ersten Blick aus seinen wässrigblauen Augen.

»Das erste Mal eingefahren.« Es war eine Feststellung, keine Frage.

»Ja. Merkt man mir das sofort an?«

»Sesselfurzer.« Die nächste Feststellung.

»Wie beliebt?«

»Studiert?« Nun doch eine Frage, und sogar ein zweiter Blick.

»Philosophie.«

»Ärx!« Er wandte den Blick angeekelt zur Decke.

»Was sollte an der Philosophie schlecht sein?« erkundigte ich mich, ehrlich erstaunt über seine Verachtung.

»Labbere nicht rum, Wichser. Was hast du angestellt?«

»Ich bin natürlich unschuldig.«

Er schnaufte demonstrativ gelangweilt. »Los, weswegen bist du drin?«

»Nur zum Spaß.«

Er schnaufte noch einmal, diesmal eher verächtlich. »Spiel nicht den harten Mann, Junge.«

»129 a, sagen sie.«

Jetzt schenkte er mir einen interessierten Blick. »Linke Ratte«, sagte er, und ich bin nicht sicher, ob er das abwertend oder anerkennend meinte.

»Unschuldig«, meinte ich noch einmal erklären zu müssen.

»Und weshalb bist du drin?«

»Zwo-elf, zwo-zwölf.« Eine linke Ratte schien in seinem Wertesystem immerhin eine vernünftige Antwort zu verdienen. Leider verstand ich sie nicht.

»Weswegen?«

»Mord und Totschlag.«

»Natürlich unschuldig«, spielte ich den Erfahrenen.

»Ein Betriebsunfall.«

Immerhin entwickelte sich unsere Konversation. Ich zog mir einen Hocker heran und setzte mich.

»Wie heißt du?« fragte ich. Das wertete er als Verletzung seiner Intimsphäre.

»Geht dich 'nen Scheiß an«, beschied er mich.

»Ist aber ein seltener Name. Soll ich dich so anreden?«

Nein, er verzog keine Miene. »Sag einfach Boß zu mir«, teilte er mir mit.

»Okay, Boß«, ging ich auf sein Spielchen ein. »Ich muß mal.«

Die Mitteilung überraschte ihn. Er sah mich merkwürdig an und erwiderte sehr vernünftig: »Dein Problem.«

»Ich meine: Wo macht man das, Boß?« spielte ich weiter.

»Auf'em Scheißbecken.«

»Ja, Boß, das dachte ich mir, weil – zu Hause benutze ich das Klo üblicherweise auch, aber da weiß ich natürlich, wo es sich befindet.«

Erneut sah er mich merkwürdig an. »Biste blind?«

»Nein, nein, ich sehe das Becken, und riechen tut man's ja auch, aber das kann doch nicht dein Ernst sein. Hier? Direkt vor deinen Augen? Das ist doch, äh, irgendwie eklig.«

Das mußte ich nicht mal spielen, denn schon immer war es mir zuwider gewesen, meine Notdurft in Gesellschaft verrichten zu müssen. Ich mied öffentliche Toiletten, so gut dies ging, und ließ es sich partout nicht vermeiden, suchte ich wenigstens eine geschlossene Kabine auf. Bis zu diesem Augenblick war mir tatsächlich nicht bewußt gewesen, daß ich im Gefängnis auch beim Kacken Gesellschaft haben würde.

»Ist dein Schwanz zu kurz?« fragte der vorgebliche Mörder.

»Na ja, sie haben ja gesagt, daß es schwer wird«, orakelte ich, während ich zum Klobecken ging. Der Druck im Darm war erst einmal vergangen, aber der plarrige Morgenkaffee drückte mich. Trotzdem hatte ich eine Weile gegen die Harnverhaltung zu kämpfen. Als es endlich plätscherte, fragte ich meinen Partner überraschend: »Was zahlen sie dir?«

»Wer?«

Er ließ sich nicht so leicht überraschen, also sprach ich Klartext: »Tu nicht so, oder werden wir hier abgehört?« Ich spülte und setzte mich wieder auf den Hocker.

»Warum quatschst du die ganze Zeit blödes Zeug?«

»Du wirkst noch echter als der Bulle«, lobte ich – diesmal gegen meine Überzeugung, denn er übertrieb seine Primitivität etwas zu drastisch. »Gute Leute, ehrlich. Bist du Schauspieler?«

Darauf fiel ihm nichts ein als ein lahmes »Schnauze«.

»Was bekommst du für den Auftritt?« So schnell ließ ich nicht locker.

»Du sollst die Schnauze halten.«

Er war doch besser, als es mir bis eben den Eindruck machte, denn obwohl er die Stimme kaum erhob und obwohl er noch immer gelangweilt an die Decke schaute, wirkten Stimme und Haltung auf einmal bedrohlich.

»Wir können doch zusammen unseren Spaß haben«, warb ich weiter um seine Kooperation.

Seine Reaktion überraschte mich. Er richtete sich sehr schnell auf und sah mir direkt in die Augen – aus einer Entfernung von nicht einmal zehn Zentimetern. Sein Gesicht war extrem häßlich. Keine Maske. Das hatte die Natur ihm mitgegeben. Oder die Unnatur. Eine Welle von Haß erreichte mich, schlug über mir zusammen. Ich zuckte zurück. Er hielt mich an der Schulter fest, drückte mit dem Daumen zu, daß es schmerzte.

»Du sollst dein Maul halten, Terroristensau«, sagte er. Dann ließ er los und legte sich wieder hin.

Ich rieb mir die Schulter und ging schweigend zu meiner Pritsche. Er hatte es geschafft, mir Angst einzujagen. Ein paar Sekunden lang hielt ich ihn seiner Kraft und Wildheit wegen für echt. Ich legte mich hin und starrte an die Decke. Dann sprach ich ihn doch wieder an, schließlich befand ich mich in sicherer Entfernung.

»Eine sehr überzeugende Demonstration, alle Achtung, Boß. Das gibt einen blauen Fleck.« Er grunzte, also sprach ich weiter: »Nur in einem Punkt trägst du zu dick auf. Der Typ, den du spielst, kennt doch nicht das Strafgesetzbuch mitsamt den Paragraphennummern auswendig.«

Jetzt habe ich ihn, dachte ich. Er wandte mir den Kopf zu und grinste, wodurch er nicht freundlicher wirkte.

»Ist nicht jeder so ein Dödel wie du«, sagte er und lachte röhrend.

Unsere weiteren Gespräche sind ohne jede Bedeutung. Der Mörder mimte den Stumpfsinnigen. Außer gelegentlichem Rülpsen und häufigem Furzen ließ er wenig von sich hören. Irgendwann kackte er sich sehr gründlich und sehr geräuschvoll aus. Ich hielt die Luft an, atmete dann durch den Mund. Es half nichts. Die Zelle stank wie das, was sie ja auch war: ein Klo. Mir blieb nichts übrig, als mich mit meiner eigenen Marke zu revanchieren. Ein vertrauter Geruch, so hatte ich gehofft, aber das Duftgemisch roch nur widerlich. Meine Aktion prallte mir an die Nase wie ein schlecht gezielter Bumerang. Erst eine halbe Stunde später war der Mief abgezogen, oder ich hatte mich daran gewöhnt.

Das ständige stumpfe An-die-Decke-Starren meines Mordgesellen war unheimlicher als sein kurzer Ausbruch. Ich fühlte mich in seiner Gesellschaft um so unbehaglicher, als ich ihr durch keinerlei Ablenkung entfliehen konnte. Nicht ein einziges Blatt zum Lesen fand sich. Jetzt hätte ich mich sogar über eine Bibel gefreut. Als das Karloff-Double das Mittagessen brachte, fragte ich ihn nach etwas Lektüre, und er ließ sich zu einer Antwort herab, die für seine Verhältnisse ausschweifend geschwätzig war, denn sie bestand aus drei vollständigen Sätzen.

»Es gibt hier eine Bücherei. Jeden Dienstag können Sie bestellen. Eine Woche später haben Sie das Buch.«

»Heute ist Freitag.«

Damit sagte ich ihm nichts Neues. Schweigend verließ er die Zelle und schloß ab. Anderthalb Wochen literaturloser Stumpfsinn standen mir bevor. Eine Aussicht, die mir den Appetit verdarb, der angesichts der kulinarischen Künste des Gefängniskochs ohnehin gegen null tendierte.

Der Vierschrötige schlang den Fraß schnell hinunter. Gemüseeintopf, der nach absolut nichts schmeckte als nach dem Spülwasser, in dem er zubereitet worden war. Dann starrte er gierig auf meine löffelnden Finger. Ich schob ihm die Schüssel zu, und ohne ein Wort des Dankes verschlang er die Reste meiner Portion. In der nächsten Viertelstunde war er mit Rülpsen ausgelastet.

Der Wärter räumte die Schüsseln ab. Kurz danach kam er zurück und holte mich zum Verhör. Es lief sich schlecht in senkellosen Schuhen und mit den mangels Gürtel rutschenden Jeans. Am Morgen war mir das gar nicht so bewußt geworden, entweder weil ich zu müde oder weil ich noch mit dem Verarbeiten der neuen Umgebung ausgelastet war. Auf mein Herummaulen ging er nur insofern ein, daß er etwas langsamer ausschritt. Kommentare gab er nicht ab.

Im Zimmer des Kriminalhauptkommissars erwarteten mich drei Männer. Zwei davon – Everding und den Staatsanwalt – kannte ich schon, der dritte und jüngste wurde mir zunächst nicht vorgestellt. Er blieb Statist. Gerade daß er mir ein Glas Wasser hinstellte und, als ich es ausgetrunken hatte, nachschenkte. Der Staatsanwalt verhielt sich noch unauffälliger. Er rauchte und schwieg. Wahrscheinlich hörte er nicht einmal zu. Nur Everding echauffierte sich. Er bot mir eine Zigarette an, entzündete eine Zigarre, richtete ein Mikrofon im Ständer auf mich und schaltete ein sehr alt aussehendes Bandgerät ein. Dann begann er ernsthaft:

»Ich mache Sie darauf aufmerksam, daß ein Tonband mitläuft und alles aufzeichnet, was wir sagen. Ich …«

»Arbeiten Sie für den Rundfunk?«

»Ich bin der Erste Hauptkommissar Hans-Heinrich Everding. Dem Gespräch wohnen als Zeugen bei der Herr Staatsanwalt Holartz und der Kommissar Müller. 13.33 Uhr. Dies ist die erste Vernehmung nach Anordnung der Untersuchungshaft.«

»Findet die erste Vernehmung nicht vor der Haftprüfung statt?«

»Langweilen Sie sich in der Zelle?« fragte Everding zurück.

»Schlechter Umgang.«

Der Kommissar sog an seiner Zigarre, blies den Rauch aus und sagte jovial: »An sich haben Sie recht. Wir wurden abberufen. Großfahndung nach Ihren Gesinnungsgenossen. Nicht erfolglos übrigens.«

»Wer sind meine Gesinnungsgenossen? Die anderen Philosophiestudenten?«

Diese Frage beachtete er nicht. Statt dessen schob er mir die schon bekannte saumäßige Ablichtung der Polemik über die Verfassungsreform zu: »Haben Sie diesen Artikel geschrieben?«

»Leider nicht.«

»Wie kommt es dann, daß der Text in Ihrem Computer abgespeichert ist?«

»Was? Sie schnüffeln in meinem Computer herum? Das war aber nicht abgemacht!«

»Die Richterin hat in Ihrer Anwesenheit die Durchsuchung der Wohnung angeordnet.«

Das war mir entgangen wie die Anordnung der Kontaktsperre. Vielleicht hätte ich zuhören sollen, anstatt die Frau anzustarren. Ich konnte es nicht ungeschehen machen, also gab ich mich generös.

»Na ja, es gehört wohl dazu.« Und dann konterte ich: »Wo ist eigentlich mein Anwalt?«

»Das müssen Sie wissen. Er vertritt Sie, nicht mich.« Auch Everding war schlagfertig. Ein Punkt für ihn, den ich ihm nicht gönnte.

»Ich spreche nur in Gegenwart meines Anwalts.«

»Das ist Ihr Recht«, bestätigte er mir.

Ich wartete, was er erfinden würde – offenkundig war der Darsteller meines dicken Freundes gerade nicht verfügbar.

Everding rauchte, wand sich, gab sich einen Ruck und behauptete: »Es kann dauern, bis wir ihn erreichen. Es ist Freitag nachmittag. Vor Montag ist er gewiß nicht verfügbar ohne Voranmeldung. Das verzögert die Ermittlung, und wenn Sie, wie Sie sagen, unschuldig sind, dann sind Sie sicher wie wir an einer zügigen Untersuchung interessiert. Die Dauer der U-Haft hängt allein von Ihrem Verhalten ab.«

»Glaube ich nicht.« Ich mußte grinsen. Aber wenn ich jetzt tatsächlich auf Körtings Anwesenheit bestand, brachten sie mich in die Zelle zum schweigsamen Mörder zurück, und darauf hatte ich absolut keine Lust. Von diesem Gespräch versprach ich mir mehr Unterhaltung. Ich winkte also ab. »Okay, wir kommen ohne ihn aus. Die Haftdauer hängt ja auch nicht von ihm ab.«

»Ich begrüße Ihre Einsicht. Was ist mit dem Artikel?«

»Macht es Sinn, ihn weiter zu verleugnen?«

»Nein.«

»Okay. Ich bin *Batman*, der Schrecken aller Dunkelmänner.«

»Wo würden Sie die Zeitschrift, in der Sie als *Batman* publizierten, ins politische Spektrum einordnen?«

»In der Mitte.«

»Eben waren wir schon weiter.« Everding klang ehrlich enttäuscht.

»Ordnen Sie das Blatt denn woanders ein?«

»Sie wissen genau, daß es extrem links ist.«

»Nein. Das habe ich nicht bemerkt. Ich hielt es für anarchistisch. Die Anarchisten sitzen bekanntlich zwischen allen Stühlen, und das kann dann nur die Mitte sein.«

Everding tat, als überhöre er die Blödelei: »Sie sympathisieren also mit Anarchisten?«

»Imperfekt, Herr Kommissar.«

»Bitte?«

Das war die einzige Stelle, an der Staatsanwalt Holartz

beinahe eingegriffen hätte, um dem überforderten Polizisten mit einer Übersetzung auszuhelfen, aber ich war schneller.

»Der Imperfekt ist die grammatikalische Vergangenheit. Ich *habe* sympathisiert. Als Sie meinen Computer knackten, sollte Ihnen aufgefallen sein, daß ich seit zwei Jahren keine politischen Artikel mehr schreibe.«

Er war zu stur, sich aus der Ruhe bringen zu lassen.

»Sie geben zu, unter Pseudonym verfassungsfeindliche Artikel für radikale Untergrundblätter geschrieben zu haben?«

»Da bekomme ich ja selber Angst vor mir.«

»Sie weichen einer klaren Antwort aus.«

»Was wollen Sie denn hören? Daß ich Rohwedder erschossen habe?«

»Haben Sie?«

»Wenn, würde ich's Ihnen bestimmt nicht auf die Nase binden.«

»Sympathisieren Sie mit der politischen Gesinnung der Herausgeber des Blattes, für das Sie immerhin zehn Artikel schrieben?«

»Zehn Artikel zwischen neunzig und zweiundneunzig«, wies ich ihn noch einmal auf das biblische Alter meiner Jugendsünden hin und beantwortete dann seine Frage der Wahrheit entsprechend. »Nette Jungs, die ein paar andere Ideale haben als Geld.«

»Ist Arthur Hacker einer von diesen netten Jungs?«

»Ich kenne nur Friedrich Hacker, den Psychologen.«

Der Polizist setzte ein wissendes Lächeln auf und zauberte ein Foto aus der Akte.

»Sehen Sie sich dieses Bild an. Mit wem unterhalten Sie sich da?«

Die Existenz des Fotos war mir bis dato unbekannt gewesen. Es zeigte mich auf dem Hof der Humboldt-Universität im Gespräch mit einem Kommilitonen.

»Na, Sie waren ja gründlich«, sagte ich erstaunt. »Der Doktor zahlt gut, was?«

»Wer ist das?« drängte Everding.

»Weiß ich nicht, aber Sie werden es mir sicher verraten.«

Er tat es: »Arthur Hacker.«

»Ja, das hatte ich inzwischen auch vermutet«, gab ich zu.

»Worüber haben Sie mit ihm gesprochen?«

»Keine Ahnung. Sicher werden Sie mir nun den Mitschnitt servieren.«

»Lassen Sie sich nicht durch meine Ruhe täuschen. Wir können auch anders!«

»Habe ich gesehen. Irre lustig, der Film. Die Polizei kommt darin allerdings nicht sehr gut weg.«

»Du dummer Bengel!« versuchte er es auf die harte Tour. »Worüber hast du mit Hacker gesprochen?«

»Nicht in dem Ton!«

Sofort spielte er wieder den braven Bullen: »Worüber haben Sie gesprochen?«

»Ich habe ihn nach dem Weg zur Mensa gefragt.«

»Nur weiter so, wir haben Zeit.«

Da machte ich in meinem Übermut einen folgenschweren Fehler. »Ich möchte jetzt doch auf der Anwesenheit meines Anwalts bestehen. – Das bringt Ihre Pläne durcheinander, was?«

»Ganz im Gegenteil.« Everding nahm einen tiefen Zug von seiner Zigarre, blies einen wunderschönen Ring und grinste. »Ich denke, daß sich die Zelle günstig auf Ihre Bereitschaft zu Gesprächen auswirken wird. Sie sind gar nicht so hart, wie Sie tun.«

»Stimmt. Ich bin noch viel härter.«

Der Staatsanwalt zuckte mit den Achseln.

»14.15 Uhr. Ende«, sagte der Polizist, schaltete sein vorsintflutliches Tonbandgerät aus und rief den Wachtmeister herein. »Verlegen Sie ihn in eine andere Zelle«, wies er an. »Dem Herrn geht es zu gut.«

Und ich dachte tatsächlich, ich würde mich verbessern. Den Mörder sah ich nur kurz wieder. Er nahm keine Notiz davon, daß ich meine Sachen zusammenpackte und erneut umzog. Ich war froh, seiner stumpfen Gesellschaft zu entrinnen. Er war mir doch ziemlich widerlich und auch ein wenig unheimlich geworden.

Die neue Zelle lag ein Stockwerk höher, und sie machte auf den ersten Blick einen netteren Eindruck. Das lag vor allem an dem kleinen Radio, aus dem flotte Musik ertönte. Billiges Schlagerzeugs zwar, aber besser das als die immerwährende Stille. Die beiden Insassen sahen freilich ebenfalls nicht sehr vertrauenswürdig aus. Da hatte der Doktor tatsächlich eine Galerie von Widerlingen zusammengetrommelt, um mir das Leben schwerzumachen. Der eine war ein riesiger glatzköpfiger Jüngling mit pickligem Gesicht. Er trug den alten NVA-Kampfanzug mit dem Laubmuster und dazu hohe Schnürschuhe ohne Senkel. Der andere war ein kleiner Mann mit flinken, unruhigen Augen. Fünfunddreißig bis vierzig Jahre alt, mit langen, glattgekämmten schwarzen Haaren. Fast zu gepflegt für das Gefängnis wirkte er in seinen Hosen aus dunkelgrauem Leinen, der dazu passenden cremefarbenen Jacke und dem schwarzgefärbten Leinenhemd. Er trug schwarze Wildlederslipper, hatte also nicht unter fehlenden Senkeln zu leiden. Ein Wirtschaftsverbrecher und ein Skinhead, taxierte ich sie im stillen.

Die beiden, immerhin, begrüßten mich so, wie ich mir das vorgestellt hatte. Eher freundlich, auf jeden Fall ohne Aggression. Sie wiesen mir die freie Liege und meine beiden Fächer im Schrank zu, und dann setzten wir uns zusammen an den Tisch und fragten uns gegenseitig aus. Ich hielt mich allerdings erst einmal bedeckt und redete mich auf eine Verwechslung hinaus. Ich wollte feststellen, ob sie vorinformiert waren. Sie schluckten es kommentarlos und erzählten mir, weshalb sie saßen. Auch unschuldig natürlich.

»Mir wollen sie ein paar Einbrüche anhängen«, sagte der Mann in Leinen.

»Wie kommen die darauf?«

»Haben die Bullen bei dir einen ernsten Grund gebraucht? Na also! Ich bin einschlägig vorbestraft, das reicht den Brüdern. Wenn sie einen Fall nicht lösen können, graben sie die Akten von anno dazumal aus.« Er sprach weich, ohne erkennbaren Dialekt, und er hörte sich nicht unintelligent an. Wären nicht die unruhigen Augen gewesen, hätte man ihn schön nennen können. »Also ist der eigentliche Grund, warum ich hier sitze, die Unfähigkeit der Polizei.«

»Und ich sitze hier wegen meiner politischen Überzeugung«, trompetete der picklige Kahlkopf.

»Deutschland den Deutschen?« fragte ich.

»Genau. Woher weißt du?«

»Sieht man an der Haarlänge.«

»Bist du etwa für Ausländer?«

Wir hatten bis jetzt so nett geplaudert, daß ich keinen Grund zu besonderer Vorsicht sah. Schon wieder war mir entfallen, wie ernst diese Typen allesamt ihr Rollenspiel nahmen. Daran sollten sich Ellens Kommilitonen mal ein Beispiel nehmen. Oder den Doktor als Regisseur gewinnen anstelle ihres zu Unrecht berühmten Dompteurs. Die Ausländerfrage beantwortete ich also so, wie ich tatsächlich darüber dachte: »Ich wüßte kein rational überzeugendes Argument, das dagegen spricht.«

»Igitt, ein Intellektueller«, sagte der Dieb komisch angewidert.

»Aber ein deutscher Intellektueller, wenn euch das was gibt«, lästerte ich.

»Mit wem haben sie dich denn verwechselt?« wollte der Dieb nun wissen.

»Mit einem Terroristen«, gab ich zu.

»Ja, so siehst du aus«, dröhnte der Kahlkopf. »Kein Geld zum Haareschneiden?«

»Das schon, aber ich stehe auch nicht auf Glatze. Die kommt noch früh genug, wenn ich sechzig bin.«

»Linker Spinner!«

»Wieso? Ist es links, erst im Alter eine Glatze zu kriegen? Ich hatte die Politik bisher etwas differenzierter aufgefaßt.«

»Hä?«

Ich hatte meinen Spaß am Dialog. Der Dieb in Leinen leider nicht. »Mach dich nicht über unseren Rowdy lustig«, sagte er. »Er hat bloß acht Klassen.«

»Und du hast Kleptomanie studiert, was?«

»Verscheißert mich der Arsch?« erkundigte sich der Rowdy bei seinem klügeren Gefährten.

»Nicht mal das merkst du? Armes Deutschland!« sagte ich lachend. Im nächsten Augenblick landete seine Faust in meinem Magen. So langsam er im Kopf war, so schnell war er in den Armen.

Noch nie hatte mich jemand geschlagen. Selbst als Kind war ich erfolgreich jeder Prügelei aus dem Weg gegangen. Ich glaube, ich bin extrem schmerzempfindlich. Der Schlag nahm mir den Atem. Rücklings fiel ich vom Hocker und stieß mir den Kopf an der Kante meiner Liege. Nicht einmal schreien konnte ich. Aber es war längst nicht vorbei. Der kahle Rowdy zog meine siebzig Kilo mühelos mit seiner rechten Hand am Hemdkragen auf die Füße zurück, drückte mich gegen die Wand und schlug noch einige Male mit der linken Faust zu. Nicht ganz so stark, aber noch demütigender als beim erstenmal. Da war ich überrascht worden, nun aber war ich auf seine Handlungen gefaßt; zumindest könnte ich versuchen, mich zu wehren. Mir gelang nicht die kleinste Bewegung. Als er mich losließ, rutschte ich sofort an der Wand hinunter auf den Fußboden und blieb liegen. Noch immer ohne einen Laut meinerseits. Die schnurlosen Doc-Martens-Stiefel standen direkt vor meinem Gesicht, und weit über mir dröhnte die Stimme ihres Trägers: »Mich kannste verscheißern, du blöder Sack, aber nicht Deutschland!«

Ich schnappte nach Luft, ich keuchte, und endlich, viel zu spät, schrie ich. Die Stiefel verschwanden aus meinem Blickfeld. Der Skinhead setzte sich wieder an den Tisch, als sei nichts geschehen.

Ich blieb liegen und streichelte meinen Bauch, in der Hoffnung, die Schmerzen würden nachlassen. Nach fünf Minuten schaffte ich es endlich, aufzustehen und mich auf die Pritsche zu legen. Die beiden am Tisch sahen mir schweigend zu.

»Das ging zu weit!« sagte ich.

Der Dieb winkte ab. »Hab dich nicht so. Du hast es provoziert.«

»Das ging zu weit!« wiederholte ich. Fest sollte es klingen, aber meine Stimme zitterte wie mein ganzer Körper. Der Rowdy streckte einen Arm aus und zeigte mir den aus der Faust herausgestreckten Mittelfinger. Dabei verzog er sein pickliges Gesicht zu einem Grinsen. Ich drehte mich zur Wand.

Die beiden ließen mich in Ruhe. Sie plauderten miteinander über Fußball. Den ganzen Nachmittag über plärrte der Sender vor sich hin. Der Dudelfunk mit seinen geistlos albernen Moderationen nervte mich. Wie hatte ich mich nur über das Radio freuen können? Es war ein Instrument unnachsichtigen Psychoterrors. Lieber wieder den Mörder rülpsen hören!

Ich bekam keine Gelegenheit, jemandem meine Wünsche vorzutragen. Das Abendessen brachte kein Wärter, sondern ein Kalfaktor, dem ich mich nicht anvertrauen mochte. Zum Essen setzte ich mich zwar an den Tisch, doch antwortete ich den beiden nicht, wenn sie mich etwas fragten. Möglicherweise ertrugen sie die Spannung schlechter als ich, denn sie versuchten es immer wieder. Ich blieb fest, legte mich auf die Pritsche und drehte mich schweigend zur Wand. Für meine Nichtachtung rächten sie sich durch Lauterdrehen des Dudelfunks.

Mein malträtierter Bauch war lila angelaufen und schmerzte. Ich kultivierte meine Haß- und Rachegedanken. Vor Beginn der offiziellen Nachtruhe schlief ich unerwartet ein – trotz des Lichtes und der lauten Musik. Wahrscheinlich fiel ich in Ohnmacht.

Irgendwann gegen Morgen – noch war es zu dunkel, die Uhrzeit erkennen zu können – erwachte ich. Sofort rasten die Gedanken, schwirrten durch meinen Kopf. Nein, das konnte, das durfte ich mir nicht bieten lassen. Solcherart Gewalttaten sah das Experiment gewiß nicht vor. Der Darsteller des Skinheads war zu weit gegangen, und ich mußte dafür sorgen, daß es an der richtigen Stelle bekannt wurde. Das war ich mir schuldig. Nur: Wo war die richtige Stelle? Der Doktor, dessen Name mir inzwischen entfallen war, trat nie direkt in Erscheinung. Wahrscheinlich wurde er durch den Hauptkommissar vertreten; der schien noch der Kompetenteste vor Ort zu sein. An ihn mußte ich mich wenden. Selbst wenn er während des Experimentes nicht aus seiner Rolle fallen durfte, so war es doch auf jeden Fall Bestandteil eben dieser Rolle, gegen brutale Schlägereien vorzugehen.

Ich grübelte weiter vor mich hin, verfluchte mich, daß ich mich so leichtfertig auf dieses Experiment eingelassen hatte, und war doch noch nicht zum Aufgeben bereit. 40 000 DM sind eine große Verlockung.

Endlich wurde es hell, meine Zellengefährten erwachten und schalteten sofort wieder das Radio ein. Ich strafte sie mit Schweigen. Das Frühstück brachte der Karloff-Imitator. Ich sagte ihm, daß ich den Kommissar zu sprechen wünsche; nunmehr sei ich zu einer Aussage bereit. Er nahm es zur Kenntnis und versprach, die Information weiterzugeben.

Kaum daß er draußen war, bauten sich Dieb und Rowdy vor mir auf und fragten mich, was zum Teufel ich denn gestehen wolle, wenn ich doch unschuldiges Opfer einer Verwechslung zu sein behaupte. Genau das fragte ich mich selber.

»Meine Sache«, beschied ich sie kurz.

»Der Genosse spricht wieder!« sagte der Dieb.

»Ich bin nicht euer Genosse.«

»Stimmt«, bestätigte der Skinhead.

Sie setzten sich an den Tisch und belauerten mich argwöhnisch. Eine Viertelstunde später kam der Wärter zurück und teilte mir mir, daß der Hauptkommissar Everding heute, am Samstag, nicht im Dienst sei; man habe ihn auch noch nicht erreichen können bisher.

Die Zellengefährten grinsten höhnisch. Sie spielten Offiziersskat, und nach einiger Zeit luden sie mich zu einem richtigen Skat ein. Ich lehnte zwar ab, aber irgendwann begannen wir dann doch wieder miteinander zu kommunizieren. Man kann nicht stundenlang auf engem Raum zusammenhocken und schweigen. Es war kein tiefes Gespräch. Eher Geschwätz. Wir redeten um des Redens willen. Die ernsthafteste Information, die wir austauschten, waren unsere Namen. Der Rowdy hieß Mario Dahms (ein italienischer Vorname für unseren Deutschnationalen – das paßte!) und legte Wert darauf, kein Skinhead, sondern ein Hooligan zu sein. Das sind die Typen, die sich mit Vorliebe bei Fußballspielen herumprügeln, also war er weniger politisch als vielmehr idiotisch motiviert.

Der Dieb nannte sich Walter Tischendorf und interessierte

sich trotz seiner Bildung – immerhin zehn Klassen und das Fachschulstudium eines kaufmännischen Berufes – ebenfalls für Fußball. Die beiden mochten es gar nicht glauben, daß ich sämtliche Namen von Spielern und Mannschaften, die sie mir aufzählten, noch nie gehört hatte.

Zum Mittagessen gab es breiig gekochte Kartoffeln, harte Dosenerbsen und in der dünnbraunen Einheitssoße ein angebranntes Schnitzel, kleingeschnitten, damit wir es mit dem Löffel essen konnten; Messer gab man unsereinem nicht in die Hand. Beim Abräumen teilte mir der Wärter definitiv mit, daß Everding an diesem Tage unerreichbar sei. Man habe jedoch eine Nachricht auf seinem Anrufbeantworter hinterlassen, und er werde am Sonntag gewiß sein Büro aufsuchen, sofern er nicht verreist sei. Was spielte es für eine Rolle, ob ich ihm glaubte? Herbeihexen konnte ich den Kommisar ja nicht. Daß Everdings Taktik vorsah, mich in einer üblen Gruppenzelle schmoren zu lassen, hatte er ja unumwunden zugegeben.

Erneut hüllte ich mich in Schweigen. Ich grübelte und grübelte, aber mir fiel nichts ein, wie ich der elenden Gesellschaft und der unerträglichen Musik entrinnen konnte. Die Lösung wurde mir frei Zelle geliefert. Als Deus ex machina erschien der Horror-Wärter und erkundigte sich, ob wir zum Freigang auf den Hof wollten. Dieb und Rowdy lehnten ab. Sie wollten die Fußballübertragungen im Radio hören, und außerdem regne es. Ich hingegen sagte zu. Ich sehnte mich danach, mal wieder den Himmel zu sehen, vor allem aber dachte ich, daß ich dem Wärter ungestört mein Leid klagen konnte. Schon auf dem Flur begann ich damit. Ich war sehr aufgeregt. Schließlich besitze ich keinerlei Erfahrungen im Denunzieren.

»Können wir mal … Herr Wachtmeister! Können wir mal einen Moment stehenbleiben?« begann ich.

»Warum denn?« fragte er unwillig.

»Ich … Ich meine, es geht zu weit. Das kann doch nicht … Die übertreiben.« Ich stammelte herum, und so kam seine bissige Folgerung keineswegs überraschend.

»Mimst du den Irren, oder was?«

»Die haben … Also der Skin oder Hooligan, oder was er

spielt … Der hat mich zusammengeschlagen.« Endlich war es heraus.

Er musterte mich skeptisch. »Dafür siehst du noch ganz gut aus.«

Ich knöpfte mein Hemd auf und hob das Unterhemd wie einen Vorhang. Ein winziger blauer Fleck war zurückgeblieben.

»Schläge in den Magen«, sagte ich dramatisch. »Das ist 'ne Spur zu realistisch.«

Der Wärter betrachtete meinen Bauch, ohne das Gesicht zu verziehen. »Hast du ihn gereizt?«

»Selbst wenn – so was geht doch nicht.«

»Hast doch gesehen, daß es geht«, spottete er, ergänzte ernster: »Wenn's wahr ist.«

»Ich meine, dafür bin ich mir dann doch zu schade«, erklärte ich.

»Hättste nichts anstellen dürfen, dann wärste hier nicht reingekommen.«

Das war so blöd, daß mir keine schlagfertige Antwort einfiel. »Ich hab nichts angestellt.«

»So wird's wohl sein. Die Gefängnisse sind voll von lauter Unschuldigen. Nur draußen laufen die Verbrecher in Massen herum.«

Langsam stellte meine Logik sich wieder ein. »Selbst wenn ich ein Verbrecher wäre – was ich nicht bin: Steht mir dann nicht das Recht auf eine menschenwürdige Behandlung zu?«

»Hast du was am Vollzug auszusetzen? Schmeckt das Essen nicht?«

»Mir schmeckt die Behandlung nicht.«

»Hättste dir früher überlegen sollen.«

»Müssen Sie mir nicht beistehen?«

»Ich muß die Gesellschaft vor dir bewahren«, entgegnete er ungerührt.

Erst jetzt fiel mir auf, daß er mich duzte, während ich ihn siezte. Einen Kommentar oder die Rückzahlung in gleicher Münze unterließ ich jedoch, weil es derzeit Wichtigeres gab. Ich fuhr das schwerste Geschütz auf, über das ich im Augenblick verfügte.

»Die Würde des Menschen ist unantastbar. Sie zu achten und zu schützen ist Verpflichtung der Staatsgewalt. Steht im Grundgesetz.«

Das schien ihn zu überzeugen, aber noch immer versuchte er, sich aus der Verantwortung seiner Rolle herauszuwinden. »Ich kann nicht den ganzen Tag neben deinem Bett stehen und Händchen halten.«

»Sagen Sie dem Doktor, daß es zu weit geht.«

»Na, so schlimm wird's nicht sein, daß du einen Arzt brauchst.«

»Sie verstehen mich schon«, behauptete ich, obwohl ich dessen inzwischen gar nicht mehr hundertprozentig sicher war.

»Jammerlappen«, murmelte er und überlegte. Das Resultat: »Soll ich gleich was unternehmen, oder willst du erst frische Luft schnappen?«

»Sofort natürlich!«

»Wir erfüllen alle Wünsche unserer Häftlinge. Also kehrt marsch.«

Er lief los in die Gegenrichtung. Ich folgte ihm automatisch, dann blieb ich stehen und faßte ihn am Arm.

»Moment mal. Gehen wir etwa in die Zelle zurück?«

»Ja, wohin denn sonst?«

»Zum Doktor natürlich.«

Der Wärter schüttelte verächtlich seinen Kopf. »Jetzt stell dich mal nicht so an, du Schlappschwanz. Mit so einer harmlosen Prellung zum Arzt!«

»Ich will auf keinen Fall zurück in die Zelle!«

»Jetzt aber Schluß mit dem Blödsinn! Mal hü, mal hott. Soll ich nun etwas unternehmen oder nicht?«

»Ja, aber …«

»Dann ab in die Zelle.« Er lief weiter und schloß auf. »Eintreten!« ordnete er barsch an.

Was blieb mir anderes übrig? Ich trat ein.

Der Dudelfunk spie den plattesten Diskosound aus. Noch hatten die Fußballübertragungen nicht begonnen. Dieb und Rowdy saßen am Tisch und spielten Offiziersskat. Erstaunt blickten sie uns an, da mein Freigang nicht einmal zehn Minuten gedauert hatte. Der lange, dürre Wärter baute sich drohend vor ihnen auf und sah sie kalt an.

»Was muß ich nur über euch hören, Jungs? Ihr habt euerm Untermieter weh getan.«

»Ist ja gar nicht wahr«, log der Dieb.

»Er hat es mir selbst erzählt. So was denkt er sich doch nicht aus, oder?«

»Verräter!« sagte Dahms, der Kahle.

Damit hatte der Wärter, sofern er mir wirklich nicht geglaubt haben sollte, den Beweis für meine Aussagen, konnte endlich richtig durchgreifen. Statt dessen machte er einen Rückzieher.

»Klärt das unter euch. Keine Schläge. Erziehung durch Schläge ist verboten. Habt ihr mich verstanden? Keine Schläge!«

»Natürlich, Herr Wachtmeister«, versicherte ölig der Dieb und setzte darauf: »Ich verabscheue Gewalt.«

»Schönen Tag noch.« Der Wärter wandte sich schnell um, ging hinaus und schloß uns ein.

»Sie können mich doch jetzt nicht allein lassen«, rief ich ihm nach. »Wachtmeister! Wachtmeister!!« Da ich hörte, wie seine Schritte sich entfernten, weiß ich, daß er meine Hilferufe vernahm. Sie scherten ihn nicht.

»Du bist nicht allein«, teilte mir, noch immer ölig, der Dieb mit und grinste sehr gehässig.

»Weißt du, was wir hier mit Verrätern machen?« fragte ohne jede Ironie der Rowdy.

Selbst beim Schach kann es Momente geben, da das Spiel in Ernst umschlägt. Es soll Turniere gegeben haben, die durch Schädelmatt beendet wurden - durch einen Schlag mit dem Schachbrett auf den Kopf des Gegners. Solchen Exzessen muß man sich entziehen, sofern man sie rechtzeitig erkennt.

»Gut, gut«, sagte ich und hob beschwichtigend beide Hände, »ich kapituliere. Das Experiment ist gescheitert. Ich gebe auf.«

»Wirst du nie wieder einen von uns verraten?« Der Skin war tatsächlich so blöd, wie er spielte.

»Ich gebe auf, habe ich gesagt«, wiederholte ich langsam und deutlich.

»Du hast schon zuviel gesagt.« Er schubste mich auf die Liege.

»Was willst du noch von mir? Ich gebe …«

»Dir das Maul stopfen.« Er drückte mich mit einem Zeigefinger nieder.

»Geh weg. Hör auf«, sagte ich, obwohl ich nicht ahnte, was er vorhatte. »Ich lasse es mir nicht gefallen. Ich werde mich wehren. Ich …«

»Gegen mich?« Er lachte verächtlich, hielt mich mit dem Zeigefinger nieder und wandte sich um. »Los, Schwuchtel, komm her und halt ihn fest, oder ich mach dir anschließend 'nen Einlauf.«

»Übertreib's nicht.« Das war die erste freundliche Intervention zu meinen Gunsten. Es sollte zugleich auch die letzte sein.

»Wird's bald?« drohte der Skin.

»Was soll das? Nicht schlagen!« Ach, ich ahnte einfach nicht, was er beabsichtigte, obwohl ich die Socke in seiner linken Hand längst bemerkt hatte.

»Ich werde dich doch nicht schlagen, wo es mir der Herr Wachtmeister verboten hat.« Der Satz klang seltsamerweise absolut nicht beruhigend. Mit einer Hand hob er mich am Schlawittchen von der Liege auf einen Hocker, drehte mir die Arme auf den Rücken und übergab sie dem Dieb. »Hast du ihn?«

»Ja.«

Anstatt mich loszureißen, was mir physisch sicher möglich gewesen wäre, setzte ich auf sanfte Überzeugungsarbeit. »Laß mich los, Walter. Der Kerl ist verrückt.«

»Nicht verrückter als du.« Der Dieb hatte seine Wahl getroffen. Im Zweifelsfall für den Stärkeren.

»Siehst du, was das ist?« fragte Mario Dahms und hielt mir eine dreckige, schweißstinkende Socke unter die Nase.

»Was soll das?«

»Essen.«

»Was?«

»Essen.«

»Ich kann doch keine Socke essen.« Nein, ich glaubte es nicht. Ich glaubte es nicht.

»Essen.«

»Nimm das stinkende Ding weg.«

»Essen.« Er drückte sie mir gegen Mund und Nase. Ich drehte den Kopf beiseite und schrie.

»Weg! Nein!«

Zeigte mein Schrei Wirkung? Der Skin ließ die Socke in meinen Schoß fallen, trat zurück. »Halt ihn gut fest«, wies er den Dieb an. Noch ein Schritt zurück. Er griff nach dem einzigen richtigen Stuhl, den unser Appartement zu bieten hatte. »Sieh genau hin, Arschgesicht.«

Er holte nicht einmal weit aus, ließ die rechte Handkante auf die Lehne knallen. Das Holz splitterte, die beiden Enden flogen durch die Zelle.

»Das könnte dein Arm sein.« Er lief zwei Schritte vorwärts, nahm die Socke aus meinem Schoß und hielt sie mir unter die Nase. »Essen.«

»Nein!«

»Essen!!«

Wieder drückte er sie gegen mich, und diesmal folgte er meiner Ausweichbewegung, so daß ich dem Mund geschlossen ließ.

»Essen!!«

Er ließ seine freie Handkante durch die Luft pfeifen. Blieb mir eine Wahl? Angst hatte ich, nichts als Angst. Der Kerl war fähig zum Schädelmatt. Ich brauchte meinen Schädel noch. Und meine Arme. Ich öffnete meinen Mund und biß von der Socke ab. Da sie alt war, mürbe und zugleich steif von Schweiß und Dreck, gelang es mir, ein kleines Stück herauszufetzen. Sofort würgte es mich. Sie schmeckte, wie sie roch: käsig. Ich kaute ein paarmal darauf herum, um meinen guten Willen zu beweisen.

»Runterschlucken.«

Ich versuchte es. Der klebrige Faserfetzen verstopfte die Speiseröhre, rutschte ein Stück abwärts, wurde durch Würgen wieder nach oben befördert, rutschte, stieg, rutschte.

»Na bitte, es geht doch.« Mein Peiniger strahlte. »Weiteressen!«

Ich würgte noch zwei weitere Bissen hinunter, ehe mein Magen endgültig protestierte. Das Mittagessen beförderte den Socken wieder hinaus oder umgekehrt. Der Skin schaffte es gerade noch, dem dicken Strahl auszuweichen. Gelbbraune Brühe platschte auf den Zellenboden, in der, völlig unverdaut, die grünen Erbsen schwammen.

»Du hast aber eklige Eßgewohnheiten«, sagte der Dieb, als er mich endlich losließ.

Sie zwangen mich, alles aufzuwischen und anschließend den Scheuerlappen gründlich auszuspülen. Danach gaben sie der Hoffnung Ausdruck, es möge mir zur Lehre dienen und mich vor künftigem Verrat bewahren. Als die Fußballübertragungen begannen, verloren sie schlagartig jedes Interesse an mir.

Den ganzen Tag die albernen Witze hirnlos munterer Moderatoren und das niveaulose Gedudel banaler deutscher und englischer Schlager mit anhören zu müssen ist eine Qual. Zwei Stunden lang mitgeteilt zu bekommen, welcher erwachsene Mann gerade mit einem Lederball über einen Sportplatz läuft und welcher andere Mann ihn ihm wegzunehmen trachtet, ist noch entsetzlicher. Am schlimmsten aber war die Scham. Da hatte mich ein großgewachsener, starker Kerl dazu gebracht, eine Socke zu essen, und ich hatte nicht die Kraft besessen, mich seiner Drohung zu widersetzen. Sicher hätte er es nicht gewagt, mir den Arm zu brechen, und wenn doch, dann wäre ich in die Krankenstation oder sogar in ein Krankenhaus gekommen. Armbrüche sind heilbar. Leichter jedenfalls als die seelische Verletzung, mit der eigenen Feigheit konfrontiert zu werden.

Das Versagen wog schwer, denn es stellte die Grundthese meiner Dissertation in Frage. Ich besaß den Willen, mich zu widersetzen, und hatte gekuscht. Noch einmal durfte dies nicht geschehen. Ich hatte mehr zu verlieren als die Unversehrtheit eines Knochens. Auf dem Spiel stand meine Überzeugung, also meine Dissertation, also meine Zukunft. Beim nächsten Mal werde ich nicht nachgeben. Nie wieder.

Die beiden brüllten bei jedem Tor, das eine der von ihnen favorisierten Mannschaften erzielte, und kommentierten drastisch Ballverluste und Fehlschüsse. Sie fühlten sich so wohl, wie man sich in einer Zelle nur fühlen kann. Natürlich machte ich mir Gedanken über sie. Waren sie nur meinetwegen eingesperrt oder an sich? Ich erwog die Für und Wider beider Varianten. Zu einem schlüssigen Ergebnis kam ich nicht.

Als das letzte Tor geschossen war und der letzte Kommentator bewiesen hatte, daß er wesentlich mehr vom Fußball verstand als alle Läufer, Stürmer und Verteidiger zusammen, übernahm der Dudelfunk die Aufgabe, mich nervlich zu zerrütten. Eine dankbare Aufgabe, die keiner besonderen Anstrengung bedurfte.

Kurz vor dem Abendessen wurde unsere Zellengemeinschaft in einen Waschraum geführt, wo wir uns unter Aufsicht gründlich reinigen durften. Die beiden Wärter, die uns bewachten, waren mir bisher nicht aufgefallen. Ich hütete mich, sie anzusprechen. Was dabei herauskam, hatte mir Karloff gar zu anschaulich demonstriert.

Da ich jetzt wußte, daß der Dieb homosexuell war, fiel mir auf, daß er mich beim Duschen taxierte. Ich wandte ihm den Rücken zu. Als ich das nächste Mal zu ihm sah, streckte er sich wohlig unter dem dampfenden Wasserstrahl und beachtete mich nicht. Er hatte einen glatten, makellosen Körper. Kein Gramm Fett, kein Muskel zu viel oder zu wenig. Ein gepflegter Mann der Erscheinung nach. Nur der Erscheinung nach.

Auf das Abendbrot hatte ich keinen Appetit. Die beiden übernahmen meinen Anteil an Wurst und Käse, ohne mich zu fragen. Noch ein paar Tage, und mein Körper wird ebenso makellos aussehen wie der von Walter Tischendorf.

Nach dem Essen taten sie wieder so, als sei nichts geschehen. Sie versuchten, mich in ein Gespräch zu verwickeln. Wie am Vorabend drehte ich ihnen den Rücken zu. Musik und Geschwätz aus dem Radio bereiteten mir inzwischen physisches Unbehagen. Mein Magen verkrampfte sich, und nicht nur vom Hunger. Ich lag wach, bis das Licht gelöscht wurde, und auch danach noch eine geraume Zeit. Die Gedanken kamen nicht zur Ruhe, aber zu einem akzeptablen Ergebnis, zu einer Klarheit über mein künftiges Verhalten, führten sie auch nach Stunden noch nicht.

Gerädert erwachte ich. Das Radio dudelte, meine Zellengefährten waren munterer als der debile Moderator, und der Magen drückte, obwohl er leer war. Auf das Frühstück verzichtete ich diesmal nicht. Ich hatte es nötig. Gebracht hatte es wieder der hagere Karloff. Er gab mir kein Zeichen, ob der Kommissar inzwischen aufgetaucht war, auch nicht, als er das Geschirr abholte. Ich stellte mich auf einen weiteren Tag in der inneren Emigration ein.

Kurz nach neun Uhr holte der Wärter mich zum Verhör. Als ich hinausging, zeigte mir der Skinhead seine Faust. Schon auf dem Gang atmete ich auf. Die Musik nicht mehr hören zu müssen brachte mir spürbare Erleichterung.

Hauptkommissar Everding war allein in seinem Zimmer. Er begrüßte mich per Handschlag und erfragte sofort, ob ich wirklich aussagen werde. Als ich es bestätigt hatte, schickte er den Wärter vor die Tür. Sofort wollte ich losprudeln, aber er bremste mich. Zuerst müsse er das Mikrofon in Position bringen und das Band einschalten – »wenn wir schon keine Zeugen haben. Für den Fall, daß Sie später zu widerrufen beabsichtigen.«

»Aber ich ...«

»Gemach, gemach.«

Er bereitete alles für die Aufnahme vor und nahm sich die Zeit, eine dicke Zigarre in Brand zu stecken, derweil ich nervös auf meinem Stuhl umherrutschte. Endlich knackte die Aufnahmetaste.

»Erster Hauptkommissar Hans-Heinrich Everding. Zweite Beschuldigtenvernehmung des Joseph Kowalski. 9.25 Uhr. Ich mache Sie für das Band noch einmal darauf aufmerksam, daß Sie um dieses Gespräch gebeten haben und daß Sie auf die Anwesenheit Ihres Anwalts verzichten. Bestätigen Sie das?«

»Das ist doch nicht wichtig. Ich ...«

»Bestätigen Sie das?«

»Ja.«

»Sie wollen eine Erklärung abgeben?«

»Ja.« Endlich ließ er mich reden. Die Worte hatte ich mir vorher zurechtgelegt. Die Sätze sollten kurz und eindrucksvoll sein. Fest und voller Nachdruck verkündete ich: »Ich steige aus. Ich verzichte auf das Geld. Auf alles Geld. Ich will nur raus. Sofort.«

Erleichtert atmete ich auf. Ich hatte es überstanden. Everding sah mich lange an, blies zwei Rauchringe, einer immer perfekter als der andere, und sagte endlich: »Ich warte auf Ihre Erklärung.«

»Das war sie.«

Der nächste Rauchring mißglückte. »Wollen Sie mich verklapsen?«

»Nein. Es ist mir ernst. Mir ist noch nie etwas so ernst gewesen.«

Everding stützte den linken Ellenbogen auf den Tisch und legte sein Kinn in die Handmuschel. Er versuchte sich an einem Blick, den er wohl für eindringlich oder gar durchdringend hielt.

»Nehmen wir an, das stimmt«, sagte er schließlich. »Sie sind ein einigermaßen gebildeter junger Mann, oder Sie halten sich wenigstens dafür. Glauben Sie, daß Sie in der Lage sind, sich so zu erklären, daß ein einfacher Polizist Sie versteht?« Er hob sein Kinn, lehnte sich im Sessel zurück, stützte die linke Hand gegen die Kante seines Schreibtisches und sog genußvoll an seiner Zigarre. Everding war perfekt in seiner Rolle. Zu perfekt?

»Hören Sie auf mit dem Spiel«, beschwor ich ihn. »Es ist aus. Ich mache nicht mehr mit. Wissen Sie, was diese Schweine mit mir gemacht haben? Ich mußte eine Socke essen. Eine stinkende, total verkäste Socke. Ich habe stundenlang gekotzt danach. Sagen Sie dem Doktor, daß unser Vertrag hinfällig ist.«

Wieder ein Zug aus der Zigarre. Wieder die aufgesetzte Ruhe.

»Noch immer kann ich Ihnen nicht folgen. Welchem Doktor?«

»Blome-Sowieso.« Wie gesagt, der Name war mir aus dem Gedächtnis gerutscht. Schließlich hatte ich ihn nur ein einziges Mal gehört.

»Doktor Sowieso?« Everdings billige Ironie war fast so schmerzhaft wie der Dudelfunk-Terror.

»Tun Sie nicht so«, fuhr ich ihn an. »Ich meine den Mann, der Sie bezahlt.«

»Ich werde vom Land bezahlt.«

»Bitte, Herr Hauptkommissar, bitte, es ist kein Spaß. Ich mache nicht mehr mit. Nehmen Sie das ernst. Ich bitte Sie!«

Er nickte bedächtig. »Ich nehme alles ernst, was ein Beschuldigter mir anvertraut. Jetzt sagen Sie mir endlich frei heraus, was Sie loswerden wollen.«

»Ich steige aus! *Ich steige aus!!* Haben Sie mich jetzt verstanden?«

»Nein, aber vielleicht erklären Sie es mir ja noch. Woraus steigen Sie aus? Aus der RAF? Aus den Roten Brigaden? Aus Ihren anarchistischen Zirkeln?«

»Aus dem Experiment!«

»Aus welchem Experiment?«

»Aus dem von diesem Gerichtspsychiater.«

»Doktor Sowieso?«

Sein Hohn über mein schwaches Gedächtnis schmerzte. Ein gar zu billiger Triumph für ihn. Ich kämpfte mit gesteigerter Ernsthaftigkeit dagegen an.

»Er hat einen Doppelnamen. Ich habe ihn vergessen, aber der Vertrag liegt bei meinen Papieren. Er hat ihn unterschrieben, da können Sie seinen Namen lesen, wenn Sie ihn wirklich nicht kennen.«

Wieder ein bedächtiger Zug aus der Zigarre. Im Zimmer stank es nach verbrannten Lumpen. »Papiere, ah ja. In Ihrer Wohnung lagert eine halbe Tonne Papier, die Bücher nicht gerechnet. Bisher konnten wir nur einen Bruchteil sichten. Erklären Sie genauer, welcherart Vertrag Sie meinen.«

»Den Vertrag, daß ich mich einsperren lasse.«

Everding ruckte nach vorn und knallte mit der flachen Hand auf den Tisch. »Genug, Kowalski«, brüllte er. »Genug! Heute ist Sonntag. Ich habe frei. Zum Angeln könnte ich gehen oder zum Fußball. Aber nein. Der Untersuchungshäftling Kowalski wünscht mich zu sprechen, Hauptkommisar Everding springt. Und warum? Weil ich dachte, Sie wollen mir wirklich etwas sagen. Ich habe es einfach nicht für möglich gehalten, daß Sie einen Kriminalkommisar nur zum Verklapsen herbestellen. Der Wachtmeister hat mir erzählt, daß Sie den Bekloppten mimen. Damit kommen Sie bei mir nicht durch. Jedenfalls nicht am Sonntag. Am Montag übrigens auch nicht, aber da bin ich wenigstens im Dienst. Entweder Sie sagen jetzt zur Sache aus, oder wir warten, bis Sie sich eines Besseren besonnen haben. Ende der Durchsage.«

»Hören Sie auf«, sagte ich gequält, ohne noch an den Erfolg zu glauben. »Ich mache nicht mehr mit. Aus. Vorbei.«

»Wachtmeister!« rief Everding.

Karloff zeigte sich in der Tür. »Herr Hauptkommissar?«

»Zurück in die Zelle. 10.05 Uhr. Ende.« Er schaltete das Bandgerät aus.

»Jawohl«, sagte der Wärter und kam ins Zimmer.

»Nein, warten Sie, warten Sie noch!«

»Los, auf, Sie geben hier keine Befehle!« bellte der Wärter.

»Schon gut, Schulz, warten Sie draußen«, sagte der Hauptkommissar.

»Zu Befehl.« Das klang wenig begeistert. Immerhin zog er sich auf der Stelle zurück. Everding schaltete das Band wieder ein.

»10.06 Uhr. Fortsetzung. Also, Herr Kowalski?«

»Ich gehe mal davon aus, daß das echt ist.«

»Ach, Kowalski!«

»Steht einem nach der Festnahme nicht ein Anruf zu?«

»Was soll denn das jetzt wieder? Immer noch keine Erklärung?«

»Steht mir ein Anruf zu oder nicht?«

»Ja. Nach der Festnahme, wie Sie zutreffend sagten. Sie sitzen schon drei Tage.«

»Aber ich habe noch nicht angerufen bisher.«

»Geben Sie nach dem Anruf Ihre versprochene Erklärung ab?«

»Nein«, trotzte ich. »Zuerst muß ich mich mit meinem Anwalt beraten. Werden Sie mir das jetzt heimzahlen? Oder darf ich trotzdem telefonieren?«

Er blies Rauchringe und überlegte. »Einverstanden«, sagte

er endlich. »Rufen Sie an. Ein Ortsgespräch. Eine Zeiteinheit. Sie können vom Nebenraum aus telefonieren.«

»Ihr erstes vernünftiges Wort.«

»Auf Ihre vernünftigen Worte warte ich bisher vergebens. 10.09 Uhr. Ende.« Er schaltete das Bandgerät ab und verstaute das Mikrofon in der Schreibtischschublade.

Das Nebenzimmer war klein, mehr als Stuhl, Schreibtisch und ein verschlossener Aktenschrank paßten nicht hinein. Auf dem Tisch stand ein großes weißes Telefon mit vielen Knöpfen, deren Funktion ich nicht ahnte.

»Die Taste links unten«, erklärte Everding, »dann haben Sie ein Amt. Ortsgespräch. Sechs Minuten.«

»Zwölf Minuten«, korrigierte ich ihn. »Heute ist Sonntag.«

»Allerdings.« Everding stöhnte theatralisch und ließ mich allein. Wahrscheinlich wollte er aus seinem Zimmer mithören. Um so besser. Vielleicht verstand er mich dann endlich.

Die Telefonnummer von Ellens Verwandten kannte ich auswendig. Ich hoffte, daß sie selber an den Apparat ging. Ließe ich sie rufen, würde sie sich vielleicht verleugnen lassen; schließlich hatten wir uns im Streit getrennt. Ein alberner, fast schon vergessener Streit. Worum war es eigentlich gegangen?

Ich nahm den Hörer ab, drückte die Amtstaste. Eine grüne Kontrollampe leuchtete auf. Ich tippte die sechs Ziffern ein und preßte den Hörer ans Ohr.

»Bei Adler.« Das war Ellens Stimme.

»Hier ist Joseph.« Meine Stimme klang belegt. Ich räusperte mich.

»Ach.«

»Ellen, ich habe …«

Sie unterbrach mich. »Ich bin an einem Gespräch nicht interessiert.«

»Ellen, bitte …« Es knackte in der Leitung. »Ellen? Bist du noch dran?« Schweigen. Mein Herz polterte. Endlich sprach sie doch.

»Du bist vorgestern nicht zu meiner Premiere gekommen. Schönen Dank für dein Interesse an mir.«

»Bitte, Ellen … Ich habe ein Problem.«

»Und nicht wenigstens eine Frage, wie es war? Ein Viertel-jahr haben wir daran gearbeitet, und nicht eine Frage? Dein Urteil steht fest – nach dem Ansehen des Amateurvideos einer mißratenen Durchlaufprobe. Du weißt alles ganz genau. Warum gibst du mir keine Chance? Warum warst du nicht da?«

»Ellen, ich bin im Gefängnis.«

Einen Moment Stille. »Das ist die dümmste Ausrede, die ich je gehört habe.«

»Bitte, Ellen … Es stimmt. Ich bin im Untersuchungsge-fängnis.«

»Was hast du angestellt?«

»Das erzähle ich dir ein andermal.«

»Interessiert mich auch nicht«, sagte sie schnippisch. Spürte sie nicht, unter welchem Druck ich stand? Daß ich nicht jedes Wort, jede Reaktion abwägen konnte?

»Bitte, Ellen … Ich habe nur zwölf Minuten. Hör mir zu, bitte.«

»In drei Sätzen zehnmal *bitte*? Du bist ja nicht wiederzuer-kennen.«

»Ich habe mich auf eine blöde Sache eingelassen, die mir über den Kopf wächst. Bitte, Ellen, suche für mich einen Mann. Er ist Do   ktor für Gerichtspsychologie oder so ähnlich und heißt … Er hat einen Doppelnamen, Blome und dann ein Vorname …

»Einen Vornamen hat er auch?« Wieviel Hohn hatte mir die-se Zerstreutheit schon eingebracht!

»Bitte! Es ist ernst, Ellen, es ist ernst. Der zweite Nachname ist ein Vorname mit B.« Ich sah es deutlich vor mir – schließ-lich hatte er unter dem Vertrag gestanden.

»Boris? Botho? Bernd?« Eher war es Spott denn ein Versuch zur Hilfe, trotzdem fiel mir der Name jetzt ein.

»Bernhardt mit *dt*. Dr. Blome-Bernhardt.«

»Und wie soll ich ihn finden?«

»Im Telefonbuch. Oder am Institut für … für forensische Psychiatrie oder Psychologie. Hier oder in Berlin oder … Das ist doch nicht schwer, wenn man in Freiheit ist. Geh zu ihm oder ruf ihn an und sage: Kowalski macht nicht mehr mit.«

»Klingt sehr verschwörerisch. Worauf hast du dich eingelassen? Terrorismus?«

Mußte das sein, wo der Hauptkommissar mithörte?

»Bitte, Ellen, du kennst mich doch.«

»Eben.«

Schnell wechselte ich das Thema. »Die Zeit läuft. Ellen, sag ihm, daß ich nicht mehr mitspiele, daß ich auf das Geld verzichte und daß er mich sofort, du verstehst mich, *sofort* im Gefängnis besuchen soll. Sofort!«

»Ich mach aber nichts, was strafbar ist!«

»Ellen, es kann doch nicht strafbar sein, einen Gerichtspsychologen aufzusuchen! Und selbst wenn – seit wann hättest du vor so etwas Angst?«

»Habe ich auch nicht. Noch was?«

»Ruf bitte meinen Anwalt an.«

»Seit wann hast du einen Anwalt?«

»Seit ich im Knast bin. Er heißt Hans-Georg Körting und steht auch im Telefonbuch.« Mir fiel Körtings Karte ein, die ich in der Gesäßtasche meiner Jeans trug, und ich diktierte ihr zur Sicherheit die Nummer. »Sag ihm, daß er mich sofort in der Zelle besuchen soll. Sofort! Ich bin in Schwierigkeiten! Hast du verstanden?«

»Ja. Noch was?«

»Ellen, ich bin traurig über alles, was zwischen uns steht.«

»Die wahre Fröhlichkeit kommt aus der Trauer.«

»Ich brauche dich jetzt! Mehr als je zuvor!«

»Und wo warst du, als ich dich gebraucht habe?«

»Es tut mir leid, daß ich neulich so hart geurteilt habe. Können wir das nicht vergessen? Ich wünsche mir im Augenblick nichts, als im Theater zu sitzen und dich spielen zu sehen. Doch, eines noch wünsche ich mir noch sehnlicher: dich zu berühren, zu umarmen, zu drücken. Kannst du herkommen? Ich habe Kontaktsperre, aber wenn du einen Antrag stellst und ich auch, dann klappt es vielleicht. Bitte besuch mich. Ich sitze im Untersuchungsgefängnis. Du weißt, wo das liegt? Gleich hinter dem Polizeipräsidium.«

»Nein.«

»Was nein?«

»Ich werde deine Anrufe erledigen, weil sich das gehört, wenn wer in Schwierigkeiten steckt. Aber besuchen? Du warst nicht mal zu meiner Premiere! Tschüs.«

Sie legte auf. Sie legte tatsächlich auf.

»Ellen«, rief ich, »ich bin im Gefängnis! Ellen?« Das war nicht mein Tag.

Der Kommissar ließ sich in der Tür blicken, also hatte er tatsächlich mitgehört, und ich sagte es ihm auf den Kopf zu. Er bestritt es; sein Telefon habe ihm durch das Verlöschen der Kontrollampe das Gesprächsende angezeigt.

Ich bat ihn um die Verlegung in eine Einzelzelle. Abgelehnt. Um die Rückverlegung zum Mörder. Abgelehnt. Wer so wenig kooperativ sei wie ich, habe keinerlei Entgegenkommen zu gewärtigen.

»Durch Ihre erpresserische Gleichgültigkeit befördern Sie Mißhandlungen in der Zelle.«

»Wenn Sie beweisbar mißhandelt werden, greifen wir unnachgiebig durch«, versicherte er mir sonor.

»Wie soll ich das beweisen? Indem ich mit dem Kopf unterm Arm vorspreche?«

»Wünschen Sie, daß wir Ihren Magen auspumpen und auf Sockenreste untersuchen?«

Ich gab auf. Ich ließ mich von Karloff alias Schulz zurückführen zu Dieb, Rowdy und Dudelfunk. Der Wärter erwähnte meine Beschwerde beim Hauptkommissar nicht, also hoffte ich auf milde Behandlung.

Kaum daß er draußen war, baute sich der Rowdy vor meinem Bett auf. »Warste wieder petzen, Wichser?«

Ich hielt es für klüger, ihm zu antworten und mich nicht wieder zur Wand zu drehen. Das hätte er sicherlich nicht zugelassen.

»Kein Wort habe ich gesagt, ehrlich.«

»Typen wie du wissen nicht, was Ehre ist. Studieren und werden immer dümmer davon. Arbeite erst mal wie ein Mann.«

»Arbeitest du denn?« rutschte mir heraus.

»Los, Schwuchtel, hoch« brüllte er sofort, »er wünscht wieder 'ne Socke zu fressen.«

»Nein, bitte …« Beim bloßen Gedanken daran wurde mir schlecht, und ich improvisierte: »Ich interessiere mich echt dafür. Ich meine, heute hat nicht jeder Arbeit, selbst wenn man will, es ist nicht selbstverständlich. Der Zusammenbruch der Märkte im Osten, die Veruntreuungshand, die allgemeine Rezession … Da wollte ich nur wissen, wo wir doch hier immerhin zusammenleben …

»Quatsch nicht soviel«, unterbrach mich der Dieb, »ich will die Musik hören.«

Er suchte Streit. Ich wollte ihn um jeden Preis vermeiden. »Ja. Natürlich. Ich sag keinen Ton mehr.«

»Du quasselst ja immer noch.«

»Okay. Kein Wort mehr.«

»Er ist wieder fällig«, entschied der kahle Mario. »Los, steck dir die Socke in den Mund, damit endlich Ruhe ist.«

Er schien einen unerschöpflichen Vorrat an verdreckten, schweißigen Socken zu besitzen.

»Nein, bitte …«

»Du mußt sie nicht essen«, sagte der Dieb, und fast hätte ich es für die zweite Intervention zu meinen Gunsten gehalten, als er fortfuhr: »Nur reinstecken, bis der Titel vorbei ist. Ganz freiwillig.«

Ich schüttelte zag den Kopf.

»Oder sollen wir nachhelfen?!« schrie Super-Mario. »Los, rein damit!«

Ich nahm ihm die Socke aus der Hand und steckte sie in meinen Mund. Hineinstecken ist nicht essen, beruhigte ich mich. Das Essen würde ich natürlich verweigern bis zur Selbstvernichtung, aber des simplen Hineinsteckens wegen lohnte kein Widerstand. Es würgte mich, aber das Frühstück blieb mir erhalten.

Als ein Schlüssel in der Zellentür gedreht wurde, hechtete der Rowdy auf seine Liege hinüber. Ich behielt die Socke im Mund. Vielleicht war sie ja der Beweis, dessen der Hauptkommissar zum Eingreifen zu benötigen vorgab.

Der Wärter Schulz-Karloff war es, und er sagte: »Kowalski. Mitkommen.« Er drehte sich zu den anderen um. »Warum hat er eine Socke im Mund?«

»Keine Ahnung«, erwiderte der Rowdy. »Hat er sich selber reingesteckt.«

»Stimmt das?«

Anklagend schwieg ich.

»Ich hab Sie was gefragt, Kowalski.«

Ich sah die drohenden Blicke meiner Zellengefährten sehr deutlich. Bemerkte der stumpfe Wärter sie denn nicht?

»Ja«, brachte ich schließlich hervor.

»Ich verstehe Sie nicht.«

Ich nahm die Socke aus dem Mund. Auch diese Runde war für mich nicht mehr zu gewinnen. »Ja.«

»Warum bloß?« fragte Schulz und klang ehrlich verwundert.

»Vielleicht ist er schwanger«, höhnte Walter. »Da gibt es die seltsamsten Gelüste.«

Dreckig lachte der Wärter. »Deinesgleichen wird nicht schwanger, und wenn ihr noch so oft vögelt.«

»Ist mein Anwalt da? Oder der Doktor?«

»Bloß der Friseur.«

»Am Sonntag?«

»Hier ist ein Tag wie der andere.«

»Ich war gerade beim Friseur.«

»Wieso hast du dir bei der Gelegenheit nicht gleich die Haare schneiden lassen?« Der Kahlkopf, natürlich. Der langhaarige Dieb und der schütter behaarte Wärter demonstrierten Heiterkeit über diesen faden Uraltwitz. Idiotenpack.

»Sanitäre Maßnahme gegen Läuse«, erläuterte mir Karloff dann in einem Anfall von Geschwätzigkeit.

»Ich habe keine Läuse.«

»So soll es auch bleiben. Mitkommen.«

»Nein.« Ich hatte nur meinen freien Willen, Karloff seine Muskeln. Er packte mich am Oberarm und zerrte mich hoch. Der Griff schmerzte.

»Mit dir werde ich auch ohne Verstärkung fertig!« sagte er und drückte noch fester zu. Ich schrie vor Schmerz.

»Gehn wir, Euer Gnaden.«

»Lassen Sie den Arm los, ich komme freiwillig mit«, kapitulierte ich.

»Das will ich dir auch geraten haben.«

Meinen Arm ließ er erst los, als wir auf dem Flur vor der Zelle standen. Das gab mindestens einen neuen blauen Fleck. Es würde sich allmählich lohnen, eine Karte meiner Verletzungen anzufertigen, um sie alle am Tag der Abrechnung auffinden und voneinander unterscheiden zu können.

»Du hast deine Chance verpaßt, Kowalski«, eröffnete er mir.

»Welche Chance?«

»Ich hab das Ding mit der Socke durch den Spion beobachtet. Hättste was gesagt, hätte ich was unternommen. Aber wenn's freiwillig war ...«

»Natürlich war es nicht freiwillig!«

»Warum haste es dann behauptet? Verpaßt. Aus.«

»Also gehen wir gar nicht zum Friseur?«

»Doch. Ist von oben angeordnet.«

»Vom Doktor?«

»Du hast einen Arztkomplex, was?«

Der Friseur war ebenfalls Untersuchungshäftling. In seiner Zelle stand ein echter Frisierstuhl, groß und sehr bequem. Er hatte auch alles da, was ein Friseur benötigte, Shampoos, Haarwasser, elektrische Schneidemaschinen, sogar mehrere Scheren, obwohl das sicher geeignetere Waffen sind als die etwaigen stumpfen Aluminiumküchenmesser, die man uns vorenthält. Nur ein Rasiermesser mußte der Wärter ihm mitbringen.

Der Friseur war ein vertrockneter kleiner Mann Mitte bis Ende Vierzig. Seine Haare waren anspruchslos kurz geschnitten. Er trug einen weißen Kittel, darunter dunkelbraune Hosen und blauweiße Turnschuhe. Auf den ersten Blick verspürte ich eine geradezu physische Abneigung gegen ihn, die ich mir nicht erklären konnte. Trotzdem begrüßte ich ihn mit einem munteren »Hallo« und nahm im Frisierstuhl Platz. Das weicheste Möbelstück, auf dem ich in den letzten Tagen gesessen hatte.

»Nicht soviel!« sagte ich.

»Ganz im Gegenteil«, widersprach der Wärter. »Alles.«

»Kahl? Aber mit Vergnügen.« Der Friseur griff zur Schere und ließ sie in der Luft auf- und zuklappen.

»Nein«, ich quälte mir ein Lächeln ab, »wie sehe ich denn dann aus.«

»Wıe ein Mensch«, behauptete der Friseur, und als ich energisch den Kopf schüttelte: »Zier dich nicht so.«

Sie meinten es ernst. Die Schere näherte sich meinen Haaren, und schnell sprang ich auf.

»Nein!« Der Wärter schubste mich in den Stuhl zurück. »Ich protestiere. Ich will mit meinem Anwalt sprechen.«

Das belustigte ihn. Zum erstenmal entdeckte ich so etwas wie ein leises Lächeln auf seinem finsteres Boris-Karloff-Gesicht. »Der Anwalt vertritt dich vor dem Gericht, nicht beim Friseur«, erklärte er und drückte mich fester in den Stuhl.

»Ich protestiere. Ich protestiere!«

Plötzlich verspürte ich etwas Metallisches an meinem rechten Handgelenk und hörte ein doppeltes Klicken. Er hatte mich mit einer Handschelle an die Lehne des Armstuhles gekettet.

»Was soll das?«

Von irgendwo hinter seinem Rücken zauberte er eine zweite Handschelle herbei und kettete geschwind auch meinen linken Arm an. Ich war total perplex.

»Sie können mich doch nicht in Ketten legen«, stammelte ich.

»Ich kann«, behauptete der Wärter, »wenn auch ungern. Stell dich nicht so an. Die Maßnahme dient zu deinem Schutz. Zu unser aller Schutz. Mario Dahms hat Läuse eingeschleppt.

»Auf seiner Glatze? Quatsch. Machen Sie mich sofort los!«

»Als er eingeliefert wurde, hatte er Stoppeln, keine Glatze. Wir mußten auch ihn scheren. Er hat sich nicht so angestellt.«

»Warum mich? Warum nicht Tischendorf? Mit dem ist er schon viel länger zusammen.«

»Tischendorf ist homosexuell. Wir schützen die Minderheiten. Er wird nur geschoren, wenn er wirklich Läuse bekommt.«

»Das können Sie doch bei mir auch machen.«

»Fang an!«

Der Friseur ließ wieder die Schere in der Luft schnappen.

»Nein! Ich habe meine Rechte. Die Verfassung ...«

»In der Verfassung steht nichts über Frisuren.«

»Jeder hat das Recht auf seine Menschenwürde und die körperliche Unversehrtheit!« Ich kämpfte wie ein Löwe, denn mir war klar, daß dieser Eingriff nicht zu korrigieren war. Selbst wenn der Doktor mich morgen schon befreien würde, müßte ich noch Monate so verunstaltet herumlaufen. Ich redete und redete, bis mich der Wärter stoppte.

»Jetzt halt endlich die Klappe«, schnauzte er. »Oder muß ich dir erst eine Socke reinstecken?«

Das war so unfair, daß ich nicht wußte, was ich sagen sollte.

»Eine Socke?« fragte der Friseur.

»Ja. Der Kerl steht auf Socken.«

»Perverse Sau«, sagte der Friseur und begann mit dem Schneiden.

Ich gab meine Proteste auf, weil sie ohnehin nichts bewirkten als Heiterkeit.

»Die Matte hat es nötig«, schwatzte der Friseur. «Völlig verfilzt und verdreckt. Schon mal was vom Waschen gehört, Stinker?«

Ich sagte ihm nicht, daß ich gestern geduscht hatte. Wahrscheinlich wollte er mich nur provozieren oder beleidigen.

»Weshalb sitzt die Sau? Sex?« erkundigte er sich beim Wärter.

»Terrorismus.«

»Ist ja noch schlimmer.« Schnapp, schnapp. Meine Locken fielen in den Kragen, auf die Hose und auf den Boden.

»Das kannst du annehmen«, bestätigte der Wärter.

»Verdacht des Terrorismus«, stellte ich richtig. »Nur ein Verdacht. Unschuldig bis zum Beweis des Gegenteils.«

»Klugscheißen, das könnt ihr«, sagte der Friseur. Schnapp, schnapp. »Feiger Abschaum.« Schnapp, schnapp. »Ja, das seid ihr. Abschaum. Man müßte euch an die Wand stellen und vergasen. Und das dann im Fernsehen übertragen. Todeskampf in Großaufnahme. Ich würde es auf Video aufzeichnen und jeden Tag abspielen und lachen. Ja, ich würde lachen, wenn ihr verreckt.« Schnapp, schnapp.

»Ich hab Ihnen doch nichts getan!« rief ich, erschreckt von seinem Haß.

»Hast du nicht?« Schnapp, schnapp. »Völlig unschuldig?« Schnapp, schnapp. »Und was meinst du, warum ich hier sitze, du Arsch?« Schnapp, schnapp.

»Meinetwegen? Wir sind uns doch noch nie begegnet, soweit ich weiß, und ich lege auch in Zukunft keinen Wert darauf.«

»Klugscheißer.« Schnapp, schnapp.

Der Wärter klärte mich auf – gutgelaunt, wohl weil ich immer kahler wurde und nichts dagegen unternehmen konnte. Er genoß seine Macht.

»Unser Friseur ist besoffen Auto gefahren. Sicher nicht zum erstenmal. Er geriet in eine Netzfahndung gegen Terroristen. Blieb nicht stehen in seinem Tran. Wollte abhauen. Fuhr den Mann mit der Kelle übern Haufen. Raste davon. Zwei Polizeiwagen zertrümmert, ehe er stand. Glück gehabt, daß er nicht erschossen wurde. Die Jungs von der Terrorfahndung haben nervöse Zeigefinger. Gefährdung des Straßenverkehrs. Schwere   Körperverletzung.   Widerstand   gegen Vollstreckungsbeamte. Unerlaubtes Verlassen des Unfallorts. Kommt eine ganz schöne Latte zusammen.«

»Unschuldig bis zum Beweis des Gegenteils«, zitierte mich der Friseur. Schnapp, schnapp.

»Ein Dutzend Zeugen und ein Video. Der Beweis fällt nicht schwer.«

»Ich weiß«, sagte der Friseur resigniert. »Darum bin ich ja so wütend auf den Arsch. Ich bin immer da langgefahren. Ich bin ein guter Fahrer. Auch wenn ich getrunken habe. Nie war was passiert. Und nie gab es Bullen auf meiner Straße. Nie! Scheißterroristen.« Er legte die Schere beiseite und holte eine elektrische Maschine.

»Sie können mich doch nicht dafür verantwortlich machen, daß Sie betrunken Auto fahren!« sagte ich.

Er schaltete das Schergerät ein. »Ich bin nie aufgefallen. Da steht sonst keine Polizei.«

Meine Haarstoppeln fitschten durch das Gerät. Er drückte so

stark auf, daß es schmerzte. »Aua«, protestierte ich. »Ich bin kein Terrorist.«

»Jetzt kommt wieder das Märchen von der verfolgten Unschuld.« Der Wärter schüttelte seinen Kopf.

Begierig nahm der Friseur das Stichwort auf, indem er es ironisch wiederholte: »Unschuld! Niemand will es gewesen sein! Mir ist klar, daß ihr nicht dazu steht. Zecken. Blutsauger. Alles stopfen sie euch in den Arsch, Geld, Studium, Jobs, aber ihr wißt nicht, was Dankbarkeit ist. Alle Möglichkeiten habt ihr, alle. Unsereiner steht zehn Stunden und länger am Arbeitsplatz, bis man die Beine nicht mehr spürt. Ihr schlaft aus und geht dann ins Café und redet darüber, wie schlecht die Gesellschaft eingerichtet ist und daß man noch eine Million Ausländer reinlassen muß und noch eine. Als ob wir an euch nicht schon genug Schmarotzer haben, die wir mit unseren Steuern durchfüttern müssen. Als ob es keine Arbeitslosigkeit gibt. Jeder normale Mensch weiß, daß wir die Grenzen dichtmachen müssen, weil uns sonst die Horden der Hungerleider überrennen. Aber ihr redet, daß Armee Scheiße ist. Gegen Ordnung und Disziplin seid ihr. Gegen die Regierung. Gegen den Staat. Und gegen Gott. Gegen die Kirche sowieso. Gegen alles, was das Chaos aufhält.«

Das Schergerät summte wie ein Bienenschwarm. Schwarze, faustgroße Bienen wimmelten durch mein Hirn und bauten ihre Waben. Und die Zunge des Friseurs klapperte und klapperte schneller als eben noch seine Schere. Klapp, klapp.

»Und am Abend fahrt ihr dann mit euren BMW-Kabrios in die nächste Diskothek und jammert über die Umweltzerstörung durch Autos und raucht Haschisch und langweilt euch. Alles habt ihr, alles kennt ihr, alles durchschaut ihr. Nur nicht, warum euch langweilig ist. Action muß her. Anstatt auf die Tanzfläche zu gehen, plant ihr eine Revolution, und ihr redet und redet und plant und plant. Dann bringt ihr Leute um, und nichts ändert sich. Jedenfalls nicht die Gesellschaft – zum Glück. Denn sie ist gut, so, wie sie ist. Besser als alles, was wir vorher hatten. Besser als alles, was ihr wollt. Falls ihr überhaupt etwas wollt außer Action. Zecken. Nichts als Zecken. Seht euch

Horrorfilme an, wenn ihr Nervenkitzel braucht! Aber verschont uns mit dem Scheiß von Revolution! Arbeitet! Tut was für unser Land, dann wird es allen besser gehen.«

»Warum säufst du, wenn du die Gesellschaft so prima findest?«

Er schaltete die Schermaschine ab. »Fertig. So eine Frisur hast du gar nicht verdient.«

War Kahlschlag aus der Sicht eines Haarkünstlers tatsächlich eine Frisur? Ich behielt die Frage für mich, um keinen neuen Monolog zu provozieren.

Über dem Waschbecken hing ein Spiegel. Als der Wärter mich loskettete, ging ich hin und betrachtete mich. Vor dem Anblick erschrak ich. Das war ich nicht, das konnte, das durfte ich nicht sein. Ein Fremder schaute mich an. Ein Hautkopf. Ein Skinhead. Das Gesicht hart, nackt. Brutal und bösartig. Eine zusammengeschrumpfte spitze Nase. Kleine Augen. Ein schmaler, verkniffener Mund. Ein sehr junger und sehr unreifer Bursche. Diesem Kerl würde ich auf der Straße aus dem Weg gehen. Alles würde ich so einem zutrauen. Daß er eine Zecke ist. Daß er ein Schläger ist. Sogar, daß er ein Terrorist ist.

Der Wärter führte mich zurück. Unterwegs sagte ich kein Wort. Wahrscheinlich fiel ihm das nicht mal auf. Gutgelaunt betrat er die Zelle und kündigte meinen Auftritt an.

»Euer Untermieter ist wieder da.«

»Whao!« machte der Dieb. »Der sieht ja geil aus!«

»Behandelt ihn gut, den Prachtkerl.« Der Wärter schloß uns ein.

»Hast du dich wieder beschwert?« fragte Mario – den Kahlen kann ich ihn nun nicht mehr nennen, da ich mich in dieser Hinsicht nicht mehr von ihm unterschied.

»Worüber denn? War doch nichts!«

Das glaubte er mir wohl, denn er ließ mich in Ruhe. Der Dieb starrte mich geraume Zeit an. Ich achtete kaum darauf, bis er mich ansprach.

»Du hast einen wirklich schönen Schädel.«

»Es ist nur nichts drin«, sagte ich.

Dieser meiner Selbsterkenntnis widersprach niemand. Die

beiden spielten Offiziersskat und ließen sich vom Dudelfunk berieseln, und ich grübelte vor mich hin. Ich fühlte mich elender als nach dem Verzehr der Socke. Träge verfloß der Sonntag. Am Nachmittag durfte ich für eine Stunde auf einem sehr kleinen, sehr kahlen Hof zwischen ungewöhnlich hohen Mauern spazierengehen, bewacht von mehrern Posten mit Maschinenpistolen. Es war kein Vergnügen, in senkellosen Schuhen und mit rutschenden Hosen Kreise zu laufen, aber wenigstens so etwas wie eine Abwechslung. Ich sah den wolkenverhangenen Himmel, spürte den leisen Wind – angenehm an sich, nur auf dem Kopf bildete sich eine Gänsehaut, und ich schützte ihn mit beiden Handmuscheln, bis mir die Arme lahm wurden. Zu meinen Füßen verdorrtes, zertrampeltes Gras, dazwischen frischgrünes Unkraut. Unter normalen Umständen hätte ich es keines Blickes gewürdigt. Jetzt bückte ich mich danach, pflückte einen starren Halm und zerrieb ihn zwischen meinen Fingern. Ich war der einzige Häftling auf dem Hof. Meine Zellengefährten hatten erneut verzichtet. Schließlich wurde auch am Sonntag Fußball übertragen im Radio. Als es zu nieseln begann, gab ich den Posten ein Zeichen. Ich ertrug die Tropfen auf meinem nackten Kopf nicht.

In der Zelle lärmten die Fußballkommentatoren. Als sie sich ausgeschwatzt hatten, dudelte der Funk wieder. Und die Zeit wollte nicht vergehen.

Nach dem Abendessen blieb ich zu meiner eigenen Überraschung am Tisch sitzen und spielte Skat. Da ich mich noch nie für Spiele begeistern konnte, beherrschte ich gerade mal die Grundregeln und machte etliche Fehler, die insbesondere Mario erbosten, sofern er mit mir zusammenspielte. Und das kam oft vor, denn Walter war uns beiden haushoch überlegen. Selbst mit einem schlechten Blatt konnte er uns schlagen. Ich machte nur ein Spiel allein, einen Grand Hand mit vier Buben und drei Assen. Das blieb mein einziger Sieg. Es war nicht mein Tag.

Sehr spät schlief ich ein, dann aber aus Erschöpfung recht tief. Irgendwann glaubte ich zu spüren, daß sich jemand neben mich legte und mich berührte. Ich stieß ihn zurück und dämmerte sofort wieder weg. Am Morgen wußte ich nicht, ob ich es geträumt hatte, und ließ es daher auf sich beruhen.

Das Frühstück brachte wieder Karloff. Er war es auch, der mich kurz nach neun Uhr abholte und in den Sprecherraum brachte, wo mich mein Anwalt erwartete.

»Wie sehen Sie denn aus!« sagte er zur Begrüßung und sah mich entsetzt an.

»Sanitäre Maßnahme«, erklärte Karloff. »Läuse.«

»Sie hatten Läuse?«

»Natürlich nicht.«

»Warum haben Sie sich dann die Haare schneiden lassen?«

»Gezwungenermaßen.«

»Gegen Ihren Willen? Das ist nicht statthaft, Herr Schulz!«

»Ich führe nur meine Anordnungen aus«, wehrte sich der Wärter.

»Wessen Anordnungen?«

»Die meines Vorgesetzten.«

»Das hat ein Nachspiel, Herr Schulz. Gegen Läuse gibt es wirksame chemische Mittel. Eine Kahlschur gegen den Willen eines Untersuchungshäftlings ist nicht statthaft. Wo leben wir denn! Und jetzt lassen Sie mich bitte mit Herrn Kowalski allein.«

»Jawohl.« Karloff zog ab. Endlich hatte jemand den sturen Schinder auf seinen Platz verwiesen. Leider zu spät für meinen Skalp.

Hans-Georg Körting war durch Ellen von meinem Wunsch verständigt worden, ihn sofort sprechen zu wollen. Viel Zeit hatte er nicht. Um elf Uhr mußte er vor dem Amtsgericht einen Mandanten in einer Mietangelegenheit vertreten. Also faßte ich mich so kurz wie möglich und erzählte ihm von dem Vertrag mit dem Doktor und daß ich die Festnahme darauf zurückführte. Ich erwähnte die Schindereien und schloß mit der Aufforderung, der Doktor möge mich auf der Stelle erlösen. Ich sei bereit, auf jede Entschädigung zu verzichten, wenn das hier nur endlich ein Ende nahm.

Körtings rundes Gesicht zeigte keinerlei Regung, während ich erzählte. Er blinzelte durch seine Brille, notierte sich das eine oder andere und lauschte schweigend. Als ich endlich fertig war mit der Schilderung meiner Nöte, schüttelte er kaum merklich den Kopf und blätterte dann lange in seinem Notizblock. Schließlich forderte ich ihn zum Reden auf.

»Soll ich Ihnen wirklich meine Meinung sagen?«

»Natürlich. Darum habe ich Sie ja rufen lassen.«

Der Anwalt nahm seine Brille ab und putzte sie mit dem Zipfel eines Taschentuches. »Es klingt, hm, ein wenig unglaubwürdig. Wie – entschuldigen Sie das harte Wort – wie Unsinn.«

»Unsinn? Das ist die Wahrheit. Und von meinem Verteidiger erwarte ich, daß er mir glaubt.«

»Aber ja, aber ja. Ich glaube Ihnen, doch das ist nicht wichtig. Nicht mich müssen Sie überzeugen, sondern die Polizei, die Staatsanwaltschaft und später das Gericht. Und das gelingt nur, wenn Sie sich zur Sache äußern. Sie müssen sich endlich der Beschuldigungen erwehren, anstatt Witze zu reißen wie am Anfang oder belanglose Stories zu erzählen wie jetzt.«

»Die Beschuldigungen sind doch getürkt. Ich sitze hier wegen meines Vertrages. Aus keinem anderen Grunde.«

»Dann müßte ich doch davon wissen, und das ist nicht der Fall. Halt, Moment«, er nahm die Brille ab und gestikulierte damit wie ein bekannter Journalist und Talk-Moderator, »das überzeugt Sie nicht, denn wenn ich zu Ihrem Experiment gehören würde, könnte ich mich ja verstellen, so wie Sie es von allen anderen glauben. Also muß ich Sie auf andere Weise von Ihrer fixen Idee abbringen, daß Sie im Rahmen eines Experimentes einsitzen.« Mit kühnem Schwung landete die Brille wieder auf der Nase. Er blätterte im Notizblock.

»Beginnen wir so: Wer würde wohl 40 000 DM für einen Monat Haft zahlen, da doch die übliche Entschädigung für Unschuldige selten mehr als 2 000 DM beträgt, meist wesentlich weniger?«

»Das Institut für forensische Psychologie.«

»Welches?«

»Das hiesige.«

»In unserer Stadt gibt es kein solches Institut. Und den Namen Blome-Bernhardt habe ich noch nie gehört.«

»Dann ist es eben ein Zentralinstitut. In Berlin oder Bonn oder weiß ich wo.«

»Ich weiß es auch nicht. Soll ich die ganze Bundesrepublik nach ihm durchsuchen?«

»Ja. Unbedingt.«

»Gut, ich werde es tun, obwohl ich mir wenig davon verspreche. Mit Ihrer Festnahme hat er meiner Auffassung nach nichts zu tun.«

»Natürlich hat er damit zu tun!«

»Überlegen Sie mal. Sie sollten vor der Scheinfestnahme psychologisch untersucht werden, wenn ich Sie richtig verstanden habe. Wurden Sie untersucht?«

»Nein. Schon am nächsten Tag …«

»Eben. Gibt Ihnen das nicht zu denken?«

»Ein unwahrscheinlicher Zufall, daß ich ausgerechnet einen Tag später festgenommen werde«, sagte ich nach kurzem Überlegen.

»Unwahrscheinlich vielleicht, unmöglich nicht«, behauptete Körting. »Und weiter. Sie sagen, daß Sie per Vertrag zum Stillschweigen und zum Erfinden einer Legende verpflichtet wurden. Festgenommen wurden Sie von zehn Polizisten in aller Öffentlichkeit. Wozu das Schweigegebot, wenn sowieso jeder sehen konnte, daß Sie nicht auf Studienreise, sondern verhaftet sind?«

»So etwas beachtet heutzutage keiner«, wehrte ich den unbequemen Gedanken ab. »Oder stand etwas darüber in den Zeitungen? Nicht mal meine Freundin Ellen wußte, daß ich im Gefängnis bin!«

»Lassen wir das Experiment endlich mal beiseite und kommen zum Eigentlichen. Inzwischen hatte ich für zwei Stunden Einsicht in Ihre Akte, die recht umfangreich und übrigens auch sorgfältig geführt ist. Viel Mühe für ein kleines Experiment. Zuviel Mühe, glaube ich. Die zusammengetragenen Fakten wirken nicht konstruiert.«

»Sind sie aber!«

»Haben Sie die Artikel geschrieben, die Ihnen immer wieder vorgehalten werden?«

»Ja, aber das ist Jahre her.«

»Halten wir fest: Die Artikel sind echt. Und daß Sie mit Ihrem Batman-Journalismus aufgehört haben, wertet die Polizei als Anhaltspunkt dafür, daß Sie inzwischen untergetaucht sind und sich in der Öffentlichkeit nicht mehr exponieren. Sie haben sich in einem terroristischen Umfeld aufgehalten.«

»Lesen Sie die Artikel, besonders die letzten. Die wurden immer moderater. Schließlich wollte man mich nicht mehr. Ich flog raus und war froh darüber, weil ich endlich erwachsen wurde.«

»Gut. Das ist für Ihre Verteidigung verwertbar.« Körting notierte etwas. »Sie sind häufig in Hausbesetzerkreisen gesehen worden.«

»Auch diese Verbindung ist längst eingeschlafen. Ich kannte sie, weil wir neunundachtzig zusammen auf die Straße gegangen sind. Damals galten wir als Helden.«

»Die Zeiten haben sich geändert. Halten wir fest: Sie hatten enge Verbindung zu den Autonomen. Auch dieses Faktum entspricht den Tatsachen. Was ist mit Hacker?«

»Ich habe das Foto gesehen, aber ich kenne ihn wirklich nicht. Nur vom Sehen. Ein Kommilitone, der andere Kurse belegt hat. Ich wußte nicht mal seinen Namen. Was hat er angestellt?«

»Er hat sich als militanter Kernkraftgegner profiliert und wurde auf frischer Tat gestellt, als er an einem Strommast herumsägte. Man konnte ihm sonst nichts nachweisen, obwohl er schon lange observiert wurde. Über ihn kam Everding laut Akte auf Sie. Zuerst das Foto, dann die Recherche, jetzt die Festnahme.«

»Aber ich kenne ihn wirklich nicht!« sagte ich gequält.

»Worüber haben Sie mit ihm gesprochen?«

»Ich weiß nicht mal, wann das Foto entstanden ist. Vor einem oder vor zwei Jahren, meiner Kleidung nach zu urteilen. Irgend etwas Belangloses auf jeden Fall. Ich kann mich nicht erinnern.«

»*Ich kann mich nicht erinnern* ist eine schlechte Verteidigung, aber besser als gar keine.« Er notierte es. »Halten wir fest: Auch Hacker ist echt. Er entstammt Ihrem Umfeld. Weiter. Sprechen Sie arabisch?«

»Fast gar nicht.« Mir wurde schlecht, denn ich ahnte, worauf er hinauswollte. Wußten die denn alles von mir? Ließ sich denn mein gesamtes Leben gegen mich interpretieren?

»Sie waren«, erzählte mir Körting, was ich längst wußte, »im ersten Semester fast täglich mit einem libanesischen Studenten zusammen, der dann wegen verbotener politischer Aktivitäten des Landes verwiesen wurde.«

»Abdullatif al Mikdat, ja, aber ich habe ihn mir nicht ausgesucht. Er brauchte seiner Sprachschwierigkeiten wegen einen Betreuer, und da hat mich der Studentenausschuß vermittelt.«

»Haben Sie sich dafür beworben oder angeboten?«

»Nicht speziell. Nur ganz allgemein hinterlassen, daß ich einen ausländischen Kommilitonen betreuen möchte.«

»Ganz allgemein? Vielleicht läßt sich wenigstens das nachweisen.« Er notierte es. »Im Sommer 1992, kurz nach seiner Ausweisung, sind Sie in den Libanon gefahren. Ein unruhiges, um nicht zu sagen gefährliches Urlaubsland. Wollten Sie Mikdat treffen?«

»Schließlich waren wir ein Jahr lang fast täglich zusammen. Auf einmal wurde er abgeschoben, ohne daß wir uns verabschieden konnten. Unbegründet abgeschoben. Mikki war unpolitischer als ich. Gefunden habe ich ihn übrigens nicht. Auch nichts gehört von ihm oder über ihn. Aber nicht nur deshalb war ich da. Ich wollte die Zedern des Libanon sehen.«

»Bleiben Sie bei der Wahrheit. Die Zedern sind eine Legende.«

»Stimmt nicht!« Ich war froh, endlich einmal ihn korrigieren zu können. »Die großen Wälder wurden zwar abgeholzt, aber um die zweihundert Bäume stehen noch. Einige davon sollen sechstausend Jahre alt sein. Können Sie sich das vorstellen? Die standen schon zu Lebzeiten von Jakob, Joseph und Benjamin! Vielleicht hat Joseph sie …«

«Halten wir fest«, stoppte mich mein Anwalt, »auch die Verbindung zu einem Libanesen, der terroristischer Aktivitäten verdächtigt wird, hat bestanden. Die Akte ist echt.«

»Was haben die denn noch gegen mich gesammelt?«

»Wie gesagt, ich hatte nur zwei Stunden Zeit zur Einsicht bisher. Aber als logisch denkender Mensch wissen Sie, daß ich eine Zufallsauswahl an Informationen getroffen habe und daß, wenn alle Zufälle Treffer sind, die Wahrscheinlichkeit sehr hoch ist, daß auch das übrige Material echt ist. Glauben Sie wirklich, die machen sich solche Mühe, nur um zu testen, wie Sie die Haft ertragen?«

»Noch ein Treffer, und ich bin überzeugt«, sagte ich, um mir eine Frist zu verschaffen, die Wahrheit zu verdauern. Ich nahm an, Körting habe sein Pulver verschossen. Das war ein Irrtum.

»Sprechen Sie türkisch oder kurdisch?« fragte er.

»Guten Tag. Auf Wiedersehen. Danke. Bitte. Die Zahlen von eins bis zehn. Auf türkisch. Kurdisch kann ich gar nicht. Das ist alles. Man wird doch noch in der Türkei Urlaub machen dürfen! Das ist ein NATO-Staat.«

»Sie sind im Sommer dreiundneunzig hingeflogen, als die meisten Touristen das Land einiger Bombenanschläge wegen mieden.«

»Das ist nicht wahr. Es wimmelte von Touristen. Auch von deutschen.«

»Von denen haben Sie sich aber schnell abgeseilt. Sie haben ein Fahrzeug gemietet und sind irgendwo im Osten verschwunden. In dem Gebiet, in dem die PKK aktiv ist.«

»Ganz im Gegenteil. Ich war im Süden und im Westen. Troja, Pamukkale, Termessos ...«

»Zeugen? Hotelrechnungen?«

»Ich war allein unterwegs. Und was soll ich mit Rechnungen? Sie vom BAFöG absetzen?«

»Termessos liegt in der Nähe von Antalya, und diese Stadt galt als Zentrum der PKK-Anschläge. Haben Sie auch Antalya besucht?«

»Woher wissen Sie, daß Termessos bei Antalya liegt? Das gehört nicht zur Allgemeinbildung!«

»Ich war auch schon mal dort.«

»Aha. Und warum verdächtigt man dann mich und nicht Sie?«

»Ich bitte Sie!« Er wurde nachdenklich. »Vielleicht tut man

das ja auch. Warum haben die sonst gerade mich gerufen?« Er bückte sich und sah unter den Tisch. Ich tat es ihm gleich. Kein verstecktes Mikrofon. Wir blickten uns unter dem Tisch in die Augen. Er schüttelte den Kopf. Als wir uns aufgerichtet hatten, putzte er verlegen seine Brille. Dann faßte er sich wieder. »Und wenn schon. Hier geht es erst einmal um Ihre Akte. Diese Akte ist echt und beruht auf umfangreichen Recherchen. Was zu beweisen war.«

»Ich komme mir schon selber verdächtig vor. Aber das ist doch blanker Wahnsinn! Schaffen Sie den Doktor herbei, dann wird sich alles aufklären.«

Enttäuscht über das klägliche Resultat seiner Überzeugungsversuche, klappte er seinen Notizblock zu. »Haben Sie immer noch nicht begriffen, daß es ernst ist?«

Sein Gerichtstermin war nahe, also mußten wir das Organisatorische in aller Kürze bereden. Körting würde seine Sekretärin damit beauftragen, Dr. Blome-Bernhardt aufzuspüren. Den Staatsanwalt oder den Kommissar wollte er nach seinem Termin im Amtsgericht telefonisch von meiner Aussage über das Experiment in Kenntnis setzen. Damit sei zwar die Festnahme nicht zu erklären, aber wenigstens mein albernes Verhalten. Dann würde Everding mich sicher zu einer Vernehmung rufen, bei der ich Gelegenheit bekäme, es ihm selbst zu erzählen. Und für den wahrscheinlichen Fall, daß der mir nicht glauben würde, sollte ich meine gesamte Geschichte aufschreiben. Das würde mir auch helfen, das Leben in der Zelle besser zu ertragen. Denn im Augenblick sei er machtlos. Natürlich werde er wegen der Kahlschur und der anderen Übergriffe intervenieren, doch ich solle mir nichts vormachen. Solange ich ernsthaft verdächtig sei, werde niemand meinen Klagen gar zu großes Gewicht beimessen.

»Das wird sich schlagartig ändern, wenn Sie frei sind«, versicherte er mir. »Übergriffe gegen Schuldige übersieht man gern. Übergriffe gegen Unschuldige sind unverzeihlich! Die Medien werden sich auf die Story stürzen. Auch dafür brauchen wir Ihre Aufzeichnungen.«

Wann ich mit dem Kommissar sprechen wolle, müsse ich

mir genau überlegen. Wenn ich auf seine Anwesenheit verzichte, könne es sofort stattfinden. Er selber sei leider erst in der kommenden Woche wieder für mich da, dann aber jeden Tag. Er habe morgen den ganzen Tag Verhandlung und fahre anschließend sofort nach Nürnberg, um dort einen Rowdy vor Gericht zu vertreten. Der war mit Freunden zu einem Kameradschaftstreffen nach Braunau am Inn unterwegs gewesen. Nahe der Autobahnabfahrt Lauf warfen sie ihre inzwischen geleerten Bierflaschen auf andere Autos. Ein Kabriolettfahrer wurde am Kopf getroffen, versteuerte sich und crashte gegen die Leitplanke. Totalschaden. Die beiden Insassen kamen mit Verletzungen davon.

»Gute Chancen für meinen Mandanten«, sagte Körting. »Im VW-Bus saßen acht Jungen, und einer sieht aus wie der andere. Wie soll ein Gericht da feststellen, wer geworfen hat? Und Gruppenhaft gibt es nicht.«

»Aber einer von ihnen war es doch wirklich!«

»Wahrscheinlich haben alle geworfen, außer dem Fahrer. Na und? Lediglich eine Flasche hat getroffen, und nur die individuelle Schuld ist strafbar.«

»Sie werden also jemanden freibekommen, der ein Verbrechen begangen hat. Warum fällt es Ihnen dann so schwer, mich freizubekommen, jemand, der unschuldig ist?«

»Das schaffen wir auch noch«, tröstete er mich und erhob sich, um dem Wärter ein Zeichen zu geben. An der Tür wandte er sich noch einmal um. »Wenn ich zurück bin, sehe ich nach Ihnen. Das wird voraussichtlich am Samstag sein.«

»Am Samstag bin ich längst frei.«

Körting nickte beruhigend und klopfte an die Tür. Schulz begleitete erst ihn aus dem Gebäude und dann mich in die Zelle. Zurück zu Dudelfunk, hohlen Gesprächen und lustlosen Skatspielen.

Nach dem Essen brachte mir ein anderer Wärter den angeforderten Schreibblock, doch konnte ich mich nicht konzentrieren. Das Radio lenkte mich ab, und meine beiden Gefährten wollten nicht akzeptieren, daß ich schrieb. Immer wieder sprachen sie mich an und machten dumme Scherze. Als mich ein

Wachtmeister am späten Nachmittag zu einem Verhör holte, strich ich die paar Sätze durch, die ich in stundenlanger Schwerstarbeit zustandegebracht hatte.

Der Erste Hauptkommissar Hans-Heinrich Everding hatte seinen farblosen Assistenten zur Seite, der, wie gewohnt, nichts sagte, und der diesmal auch nichts tat. Mineralwasser gab es wohl nur, wenn der Staatsanwalt dabei war. Everding konnte es sich nicht verkneifen, über meine neue Frisur zu lästern: »Ist das heute modern?« Dann baute er wieder umständlich sein Uralt-Tonbandgerät auf und entzündete die Zigarre, ohne die er nicht arbeiten konnte.

»Erster Hauptkommissar Hans-Heinrich Everding. Dritte Beschuldigtenvernehmung des Joseph Kowalski. 16.11 Uhr. Dem Gespräch wohnt als Zeuge bei der Kommissar Müller. Ich mache für das Band darauf aufmerksam, daß Sie, Herr Kowalski, über Ihren Anwalt um dieses Gespräch ersucht haben und daß Sie auf die Anwesenheit Ihres Anwalts dabei verzichten. Bestätigen Sie das?«

Inzwischen kannte ich die Spielregeln. Ich bestätigte es unverzüglich.

»Wollen Sie eine Erklärung zur Sache abgeben?«

»Ja.«

»Ich bitte darum.«

»Am Mittwoch, ich schrieb gerade an meiner Dissertation, suchte mich ein Mann auf, der sich als Doktor Blome-Bernhardt vorstellte. Er bot mir …«

»Ich kenne die Story«, unterbrach mich Everding und gähnte demonstrativ. »Sie wollten sie mir gestern schon aufbinden, und heute hat sie mir Ihr Anwalt gnadenlos mit sämtlichen Details erzählt. Meine Frage war, ob Sie zur Sache aussagen wollen.«

»Das ist die Sache. Erkundigen Sie sich bei Dr. Blome-Bernhardt.«

»Nicht mehr Doktor Sowieso?«

»Haben Sie noch nie einen Namen vergessen?«

»Doktor Blome ist mir unbekannt«, lenkte Everding ein.

»Dann suchen Sie ihn.«

»Wir haben Wichtigeres vor, als Grimms Märchen zu recherchieren.«

»Wichtigeres, als meine entlastenden Angaben zu überprüfen?«

Everding blies einen Rauchring. Dann schoß er die nächste Frage ab. »War Ihr mysteriöser Doktor dabei, als Sie sich mit arabischen und kurdischen Terroristen trafen?«

»Nein. Ich meine, ich habe mich nie mit Terroristen getroffen.«

»War er dabei, als Sie in Ihrem Keller Bomben bastelten?«

»In meinem Keller sind nur Kohlen.«

»Sie dachten wohl, wenn Sie Kohlen drüberschütten, finden wir nichts. Aber unsere Labortechniker sind gut. Spuren von TNT und DNT.«

»Ich weiß nicht mal, was das ist.« Nun war ich wirklich gespannt auf die Aufklärung. Bisher hatte ja alles einigermaßen gestimmt, wenn auch die Folgerungen absurd waren. Was konnte sich außer Kohlen in meinem Keller befunden haben?

»Dinitrotoluol und Trinitrotoluol.«

»Ich verstehe immer noch nicht.«

»Soll zur Abwechslung mal ich Ihnen Fremdworte erklären? Das sind Chemikalien, aus denen Terroristen mit Vorliebe ihre Bomben zusammenmixen.«

Es war absurd. Doch eine getürkte Akte oder nur ein Irrtum? »Sie wollen mir was anhängen«, sagte ich.

»Wir wollen nur die Wahrheit wissen.«

»Das glaube ich nicht.«

»Lassen Sie es auf einen Versuch ankommen.«

»Die Wahrheit ist, daß ich ein Philosophiestudent bin, kein Terrorist. Um die Wendezeit herum hatte ich Bekannte, die man heute zum linksradikalen Spektrum rechnet. Der Kontakt ist längst eingeschlafen. In meiner Freizeit lese ich Bücher. Ich gehe nie zu Versammlungen und ganz selten in Gaststätten. Ich lebe außerhalb der Vorlesungen zurückgezogen. Ich schreibe Essays, Artikel und eine Dissertation. Ich weiß nicht, was Sie von mir wollen.«

Ein weiterer Rauchring. »Ihre Tarnung ist uns bekannt.«

»Sehen Sie, Sie wollen die Wahrheit nicht hören.«

»Sie werden sich nach einem Geständnis besser fühlen.«

Ich haßte ihn, wie er vor mir saß in seiner feisten Saturiertheit und es für wichtiger erachtete, kreisrunde Rauchringe zu blasen als sich mit meinen Aussagen zu befassen. Ich vergaß, in welcher Position ich mich befand, und sagte: »Ich werde mich erst besser fühlen, wenn ich euch Arschgesichter nicht mehr sehen muß.«

Everding ließ blitzschnell seine Zigarre in den Aschenbecher fallen und schlug mir mit der flachen Hand ins Gesicht, daß das Ohr klingelte.

»Das ... das dürfen Sie nicht«, brachte ich heraus.

»Was darf ich nicht?«

Ich rieb mir die brennende Wange. »Mich schlagen.«

»Wer schlägt dich denn?« fragte Everding und nahm die Zigarre aus dem Aschenbecher. »Etwa ein Arschgesicht?« Er blies einen perfekten Rauchring und grinste hämisch.

»Er ist gestolpert«, sagte Kommissar Müller. »Ich konnte es deutlich sehen. Er ist aufgesprungen und dabei gestolpert.«

»Kann sein«, stimmte Everding ihm zu und nickte nachdenklich. »Aufsässige Gefangene stolpern öfter mal.«

»Mein Ohr klingelt.«

»Hören Sie was, Müller?«

»Jetzt sage ich auch mal was für Ihr Band: Der Hauptkommissar Everding hat mir soeben mit voller Wucht ins Gesicht geschlagen. Ich protestiere gegen diese Behandlung. – Werden Sie es wagen, das auf dem Band zu lassen?«

»Der Beschuldigte Kowalski phantasiert. Wir brechen die Vernehmung ab. 16.55 Uhr. Ende.«

Ich wurde in die Zelle zurückgeleitet. Was hatte ich geschafft? Den Kommissar zu reizen, statt ihn zu überzeugen. Einen zahmen Protest auf ein Band gesprochen, das er nun sicherlich versehentlich überspielen würde. Ich verzichtete darauf, den Wärter auf die Fingerspuren im Gesicht hinzuweisen. Der hätte ohnehin nicht gegen Everding ausgesagt.

Meine Zellengefährten bemerkten den Abdruck auch ohne Hinweis und hatten gut lachen auf meine Kosten. Mario fragte mich, ob ich mich bei ihm über die Behandlung durch die Polizei beschweren wolle. Ich tauchte in die innere Emigration ab und versuchte es noch einmal mit dem Schreiben. Es war unmöglich.

Nach dem Abendessen verweigerte ich das Skatspiel. Ich döste vor mich hin, soweit dies beim Gedudel des Radios möglich war. Gegen zehn stellte ich mich ans Klobecken. Wenigstens daran hatte ich mich inzwischen gewöhnt: meine Notdurft in Gesellschaft zu verrichten. Es machte mir nichts mehr aus, und üblicherweise beachtete mich auch niemand dabei. Diesmal wurde ich angesprochen.

»Macht mich echt an, wenn du pißt«, sagte Walter Tischendorf. »Dreh dich doch mal rum.«

Ich spülte und ging zu meiner Liege. Zog Jacke, Hemd, Jeans und Socken aus.

»Ja, gut so«, kommentierte der Dieb. »Weiter, weiter. Zeig mal, was du zu bieten hast. Hab dich nicht so.«

»Der Genosse spricht mal wieder nicht mit uns«, sagte Mario.

»Mensch, du bis ein gutaussehender Junge. Und deine Platte ist echt geil. Wenn du nicht so rumzicken würdest, könnten wir die Zeit hier viel angenehmer verbringen. – Eh, ich rede mit dir, Kowalski.«

»Bist wohl wieder scharf auf 'ne Socke?« drohte Mario.

In diesem Moment wurde das Licht gelöscht. »Laßt mich in Ruhe«, sagte ich und deckte mich zu.

Ich hörte Schritte. Walter. Er setzte sich auf den Rand der Liege, tastete nach meinem nackten Schädel und streichelte darüber.

»Dein Kopf fühlt sich gut an«, sagte er.

»Tatsch mich nicht an.« Ich schlug seine Hand beiseite.

»Hab dich nicht so.« Er faßte mich wieder an, und ich schlug stärker zu.

»Eh!« protestierte er. »Keine Gewalt. Ich will doch nichts Schlechtes von dir.« Und faßte erneut zu. Diesmal mit beiden Händen.

»Laß mich. Bitte.«

»Findest du es nicht angenehm, wenn ich dich streichle?«

Eine Hand kreiste auf der nackten Platte, die andere rutschte unter die Bettdecke in den Ausschnitt meines Unterhemdes.

»Finger weg!« Ein weiteres Mal klopfte ich ihm darauf, doch er schien es nicht zu spüren.

»Ich bin schon drei Monate drin«, sagte er.

»Hau ab!!« Ich versetzten ihm einen Stoß, daß er von der Bettkante auf den Boden fiel.

»Der schlägt mich«, petzte Walter, erhob sich und setzte sich zurück auf mein Bett.

»Laß ihn in Ruhe«, ließ sich Mario hören.

»Danke.« Ich bildete mir tatsächlich ein, er wolle mir beistehen, stieß, solcherart ermutigt, Walter erneut von der Bettkante und erhob mich, um ihn zu seiner Liege zurückzutreiben.

»An Schwächere traust du dich also ran«, sagte Mario. »Und was ist mit mir?«

Ich hörte seine schnellen Schritte. Dann stand sein riesiger Körper vor mir, ein schwarzer Schatten in der Dunkelheit. Dahms packte mich und warf mich auf meine Liege.

»Wieso denn ich? Laßt mich!« Es war, als hätte ich nichts gesagt. Ich hörte das Ratschen eines Reißverschlusses, das Rascheln von Textilien.

»Dreh ihn rum.« Walters Stimme. Mario gehorchte sofort. Ich wurde trotz meiner Gegenwehr gewendet.

»Hilfe!« brüllte ich, so laut ich konnte.

Dahms drückte meinen Kopf nieder.

»Hilfe! Hilfe!« Meine Stimme wurde im Kissen erstickt.

Walter zerrte mir den Slip herunter. Dann betastete er mich.

»Dein Arsch faßt sich noch geiler an als deine Platte.« Fester griff er zu, knetete das Fleisch, wurde wieder sanfter, streichelte mich, ließ die Hand tiefer gleiten, über Hoden und Penis, der so klein war wie selten.

Der Dudelfunk, den sie noch nicht abgeschaltet hatten, brachte nach den Kurznachrichten die Verkehrsdurchsagen. Endlose Staus an Baustellen und nach Unfällen. Ich hörte jedes Wort, ohne den Sinn zu verstehen. Um Hilfe zu rufen unterließ ich, um nicht im Kissen zu ersticken. Ich wehrte mich, so gut es eben ging. Dahms kniete auf dem linken Arm, hielt den rechten Arm und meinen Kopf kraftvoll nieder. Ich strampelte mit den Beinen, aber das macht in Bauchlage nicht viel Effekt. Ich versuchte, mich mit den Knien hochzudrücken, da faßte Tischendorf mir wieder an den Schwanz. Er bohrte mir einen Finger in den After, einen zweiten, einen dritten, weitete das Arschloch, und dann stieg er über mich und rammte mir seinen Penis hinein. Ich brüllte vor Schmerz, ich heulte. Es störte sie nicht. Tischendorf juchzte vor Lust. Das, was geschah, hatte nichts mit mir zu tun. Er hätte sich auch an einer Puppe befriedigen können. Jede Selbstbefriedigung hat mehr mit Zuneigung zu tun als dieser Gewaltakt. Ich glaube, Tischendorf wurde sehr schnell mit seiner Verrichtung fertig, denn der erste Schlager nach den Verkehrsdurchsagen war noch nicht beendet, als er von mir abstieg.

»Willst du auch?« fragte er Dahms. »Ich halte ihn.«

»Na erlaube mal!« Dahm ließ mich los.

»War ja nur 'ne Frage.«

Ihre Schritte entfernten sich. Sie zogen sich aus, legten sich in ihre Betten.

Als er lag, sagte Dahms: »Hätte ich nie gedacht, daß ich mal 'ner Schwuchtel beistehe.«

»Der Umgang formt den Menschen«, erwiderte heiter Walter Tischendorf.

Ich weinte in mein Kissen. Was ich empfand, kann wohl nur verstehen, wem Ähnliches zugefügt worden ist. Verzweiflung, Scham, Wut, Schmerz, Ekel, Abscheu. Und Haß. Und zu wissen, daß ich nicht in der Lage war, mich zu rächen. Mit Tischendorf allein würde ich fertigwerden, aber gegen Dahms hatte ich keine Chance. Was es mir einbrachte, sie anzuzeigen, hatte ich erfahren: nur neue Demütigungen. Ich mußte hier raus, sofort, aber genau das schien unmöglich. Dies war kein Spiel mehr, war nie eines gewesen.

Ich hörte das Schnarchen von Dahms und die ruhigen Atemzüge von Tischendorf. Sie schliefen, als sei nichts geschehen. Ich erwog, aufzustehen und die beiden mit einem Hocker zu erschlagen. Zuerst Dahms, dann Tischendorf. Wenn sie schliefen, konnten sie sich nicht wehren. Ich richtete mich auch schon auf, doch unternahm ich nichts. Weniger aus Achtung vor dem menschlichen Leben – sie hatten sich zur Genüge disqualifiziert – als aus Angst vor den Folgen. Für Mord, gar für Doppelmord gab es lebenslänglich. Sollte man mir Affekt zubilligen, immer noch etliche Jahre. Auch nur ein Jahr Gefängnis würde ich nicht überstehen. Da konnte ich mich gleich selbst umbringen. Ich dachte ernsthaft an Selbstmord. Doch noch hatte ich Hoffnung. Die Hoffnung, in absehbarer Zeit freizukommen. Denn ich war kein Terrorist. Ich war unschuldig, und das würde selbst der bornierteste Polizist irgendwann einmal merken.

Als ich nach kurzem, unruhigen Schlaf erwachte, schmerzte mein Hintern noch immer. Ich reinigte mich mit dem kalten Wasser des Waschbeckens.

Tischendorf beobachtete mich und witzelte: »Gut so. Sauber habe ich's am liebsten.«

Ich kleidete mich an und wartete. Worauf, wußte ich nicht. Ich wartete. Das Frühstück wurde gebracht. Ich aß am Bett. Ich wartete. Das Geschirr wurde geholt. Ich wartete. Kurz nach zehn holte mich Karloff zum Verhör.

Kleine Besetzung – Everding und sein Mitarbeiter. Everding baute seine Tontechnik auf.

»Nicht nötig«, sagte ich. »Kein Wort mehr ohne meinen Anwalt.«

Everding ließ sich nicht stören bei seinem Ritual. Selbst die Zigarre wurde nicht ausgelassen.

»Erster Hauptkommissar Hans-Heinrich Everding. Vierte Beschuldigtenvernehmung des Joseph Kowalski. 10.27 Uhr. Dem Gespräch wohnt als Zeuge bei der Kommissar Müller.«

»Ich sage kein Wort mehr, wenn mein Anwalt nicht dabei ist. Sonst schlagen Sie mich wieder, und außerdem drehen Sie mir sowieso das Wort im Munde herum.«

»Niemand schlägt Sie, Herr Kowalski, und das Wort im Munde wird ihnen gleich gar nicht herumgedreht. Was Sie uns mitteilen, lohnt das Herumdrehen nicht.«

Ich schwieg.

»Wir waren inzwischen nicht müßig.«

Er blies einen Rauchring, ich schwieg.

»Wir haben Ihre Angaben überprüft.«

Ich schwieg.

»Es gibt tatsächlich einen Gerichtspsychiater namens Blome-Bernhardt.«

»Na bitte.«

»Sie sehen, wir lassen auch Aussagen nicht unbeachtet, die beim ersten Hinhören abstrus wirken.«

»Wann kommt er?«

»So bald wie möglich.«

»Sofort!« forderte ich.

»Leider schwer einzurichten. Wir werden ihn vorladen, sobald er aus dem Urlaub zurück ist.«

»Urlaub? Das glaube ich nicht. Wie lange?«

»Drei Wochen. Seit Montag ist er weg.«

»Holen Sie ihn zurück!«

»Was versprechen Sie sich davon?«

»Ich sage kein Wort mehr, bis er hier vor mir steht.«

»Du scheinst viel Beistand nötig zu haben. Erst der Anwalt, dann der Doktor. Der eine ist in Nürnberg, der andere sogar im Ausland. Spielst du auf Zeit? Warum? Das bringt doch nichts ein. Willst du denn nie Vernunft annehmen? Dann lade ich dich das nächste Mal in einem Monat vor, und du schmorst in deiner Zelle.«

»Nein, bitte … Nicht in die Zelle«, entfuhr es mir.

»Warum nicht?«

»Ich bin … Die sind mir …« Es würde mir nicht helfen, etwas zu sagen, das wußte ich. »Die haben mich angefaßt.«

»Ach Gottchen, ach Gottchen.« Wie erwartet. »Dann rede endlich.«

»Was soll ich denn sagen?«

»Wie wär's mit der Wahrheit?«

»Ich kann doch nicht gestehen, was ich nicht getan habe.«

»Dann ab in die Zelle.«

»Ich trete in Hungerstreik.«

»Das wäre ja noch schöner!«

Seine Reaktion zeigte mir, daß mein spontaner Entschluß

nicht schlecht war. »Jawohl!« verkündete ich. »Ich trete in den Hungerstreik, bis Doktor Blome-Bernhardt hier vor mir steht.«

»Vier Wochen hungern? Ob du das durchhältst?«

»Ich weiß, daß Sie mich nicht ernst nehmen. Ich habe Sie am Anfang ja auch nicht ernst genommen. Ich bin durch eine Verwechslung oder einen falschen Verdacht eingeliefert worden. Und wenn ich nicht geglaubt hätte, hier läuft das Experiment, hätte ich mich von Anfang an richtig verteidigt und nicht dauernd blöder Witze gemacht. Ich wäre schon längst wieder draußen.«

»Jetzt willst du mich schon wieder verklapsen.«

»Warum glauben Sie mir denn nicht?«

»Wenn ich jedem glauben würde, was er mir vorschwatzt, würde ich heute noch Streife laufen.«

»Dann trete ich in Hungerstreik.«

»Tun Sie, was Sie nicht lassen können. Ab wann?«

»Ab sofort!«

»Wachtmeister!«

Karloff erschien in der Tür. »Herr Hauptkommissar?«

»Bringen Sie Kowalski in die Krankenstation. Der Herr wünscht intravenös ernährt zu werden!« Ein mißglückter Rauchring, ein Blick auf das Tonbandgerät, dann sagte Everding: »10.39 Uhr. Ende.« Er drückte die Aus-Taste.

Wenn das mit meinen senkellosen Schuhen möglich gewesen wäre, hätte ich einen Luftsprung vor Freude gemacht. Ich mußte nicht zurück in die Zelle! Beschwingt folgte ich Karloff durch die Gänge. Sollten sie mich doch an einen Tropf hängen! Alles war besser als die Gesellschaft der beiden Verbrecher.

Die Krankenstation betrat man durch den Sanitätsraum, in dem sich ein ältlicher Pfleger langweilte. Karloff informierte ihn: »Hungerstreik. Er soll an den Tropf.«

»Wenn's sein muß. Ist aber kein Arzt da heute.«

»Dann mach du es.«

»Wenn's sein muß.«

Durch eine beidseitig mit Maschendraht vergitterte Glastür betraten wir die Krankenzelle. Es gab fünf richtige Betten, dazu weiße Nachtschränke und einen Wasserboiler. Nur eines der Betten war belegt. Der Mann war unter der Bandage kaum zu erkennen; er hing am Tropf und bewegte sich nicht.

»Ausziehen«, sagte der Pfleger.

Ich tat es.

»Alles.«

Er reichte mir einen Hemdkittel, der hinten offen war und nur am Hals zugebunden werden konnte. Mein Hintern lag frei.

»Habt ihr kein richtiges Nachthemd?«

»Leg dich hin.«

Er wies auf eines der freien Betten.

»Den rechten Arm an den Körper«, sagte Karloff.

»Wieso?« fragten der Pfleger und ich gleichzeitig.

»Den rechten Arm an den Körper«, wiederholte der Wärter.

Der Pfleger zog hinter dem Bett ein weißes Stück Leinen hervor und legte es so über mich, daß mein Oberkörper mitsamt dem rechten Arm bedeckt war. Dann zog er Gurte fest. Der Stoff spannte sich, und ich war im Wortsinn an das Bett gefesselt. Natürlich wollte ich mich, sobald die beiden das Zimmer verlassen hatten, mit der für den Tropf freigelassenen Hand wieder befreien. Aber das wußten sie auch. Karloff zauberte eine Handschelle hervor und fesselte meine Linke an den oberen Bettpfosten. Jetzt erst protestierte ich. Keine Antwort.

»Und was soll ich tun, wenn ich mal muß?«

»Dann klingelst du.«

»Mit welcher Hand?«

»Mir doch egal. Ach so. Dann rufst du.«

Der Pfleger rollte einen Ständer herein, hängte einen gläsernen Kolben daran und bereitete die Infusion vor. Schweigend. Auch Karloff schwieg. Die Mumie im Nachbarbett schwieg. Und ich schwieg endlich auch.

Sehr geschickt war der Pfleger nicht. Dreimal rammte er die Nadel in meinen angeketteten Arm, ehe er mit deren Position zufrieden war. Es wirkte wie Absicht. Sofort hatte ich das Gefühl, daß mir eine fremde Flüssigkeit in den Leib gepumpt wurde. Eine Illusion, ich weiß. Zu spüren war nur der Einstich.

»Viel Erfolg beim Hungern«, wünschte Karloff und zog sich mit dem Pfleger zurück. Hinter der Glastür redete er noch eine

Weile auf den Weißkittel ein. Der sah zu mir und nickte. Als Karloff verschwand, setzte der Pfleger sich, legte die Beine auf ein Tischchen und blätterte in einer bunten Illustrierten. Wenig später sank sein Kopf zur Seite. Er war eingeschlafen.

Meine Nase juckte. Ich konnte sie nicht erreichen. Die Einstichstelle juckte. Nach und nach begann der ganze Körper zu jucken. Ich wand mich unterm festen Tuch, und es juckte noch stärker. Wenigstens die Füße konnte ich aneinander reiben, aber ausgerechnet die juckten nicht.

Es ist ein psychisches Jucken, kein physisches, redete ich mir ein. Das Jucken ließ sich dadurch nicht beeindrucken. Ich versuchte es mit autogener Selbstüberredung. Meine Nase juckt nicht. Mein Arm juckt nicht. Mein Oberkörper juckt nicht. Ich fühle mich wohl. Ich liege gern hier. Niemand tut mir etwas. Mir geht es gut. Es half nichts. Nun begann auch noch mein After zu brennen. Ich rubbelte die Millimeter, die das Tuch mir an Spielraum ließ, hin und her.

Als der Wärter – immer noch Karloff – mit dem Mittagessen kam, war ich in Schweiß gebadet. Er rief den Pfleger herbei, mich abzutupfen, und schwenkte dann den Teller neben mir herum. Im Gegensatz zum sonstigen Fraß sah das Essen appetitlich aus. Kartoffeln, die nicht zerkocht waren, Rotkohl, der nach Rotkohl roch und nicht nach Essig, dazu eine Roulade, die groß und rund und saftig aussah.

»Na, wie wär's mit einer schönen warmen Mahlzeit, Kowalski«, sagte er.

»Nein, danke.«

»Ist sowieso meins, aber es war den Versuch doch wert. Mit dem Hungern schadest du dir nur selber.«

Und er hatte die Unverschämtheit, sich auf das nächstgelegene freie Bett zu setzen, den Teller auf ein Nachtschränkchen zu stellen und ihn vor meinen Augen genußvoll mit Messer und Gabel zu leeren.

»Schmeckt heute ausnehmend gut«, sagte er.

Ich schloß die Augen und ließ ihn schmatzen. Das Wasser lief mir im Mund zusammen. Ich blieb standhaft. Selbst daß es mich überall juckte, erwähnte ich nicht.

»Ausnehmend gut«, wiederholte Karloff geraume Zeit später. »Ich werde mir einen Nachschlag holen.« Er ging tatsächlich. Zurück blieb nur der Geruch des Mittagessens. Ein verführerischer Duft. Schöner als jedes Parfüm. Und natürlich knurrte mein Magen. Eine Scheibe Toastbrot hatte ich bis jetzt gegessen. Die Infusion würde mich sicher wochenlang am Leben halten, aber nahrhaft war sie nicht. Zumindest war das die Auffassung meines Magens. Ich forderte ihn zum Schweigen auf. Er knurrte noch wütender. Ich hörte ihm nicht mehr zu.

Ehe der Pfleger wieder über seiner Zeitschrift einschlief, rief ich ihn herbei und begehrte, austreten zu gehen. Er lokerte den unteren Gurt und angelte unter dem Bett einen Schieber hervor.

»Arsch hoch.«

»Ich kann selber gehen.«

»Arsch hoch.«

»Ich kann selber gehen.«

»Kannst du nicht. Du bist angeschnallt.«

»Dann mach mich los.«

»Darf ich nicht und geht auch nicht. Du hängst am Tropf.«

»Den kann man auch abmachen.«

»Dann hängst du immer noch an der Schelle. Dafür habe ich keinen Schlüssel.«

»Und wenn das Gefängnis brennt?«

»Hast du Pech gehabt. Arsch hoch. Ruf mich, wenn du fertig bist.«

Er rüttelte an der Mumie, erntete ein Stöhnen und zog sich wieder zu seiner Zeitschrift zurück.

Es ist fast unmöglich, seine Notdurft im Liegen zu verrichten. Mir ist bekannt, daß Zehntausende von Menschen es tun. Tag für Tag. Aber das sind Kranke, denen nichts anderes übrigbleibt. Kranke, die froh sind, wenigstens das noch zu können. Ich war gesund. Kerngesund, abgesehen von den Nerven. Der ganze Körper juckte. Ich drückte, ich preßte. Nichts rührte sich. Ich spürte das kalte Metall unter meinem Gesäß, der Rand grub sich schmerzhaft ins Fleisch. Nach langem Mühen gelang mir wenigstens das Pinkeln. Natürlich verfehlte ich den Schieber. Der Hauptteil strömte über den Rand, tropfte auf das Bett. Ich rief den Pfleger.

»Du Sau«, sagte er.

»Ich wollte ja aufs Klo gehen«, erinnerte ich ihn.

»Ach, das war mit Absicht!« mißverstand er mich. »Dann lieg doch in deiner Pisse, wenn dir das was gibt.« Er schnallte mich wieder fester und verschwand mit dem Schieber.

Mein Hintern lag im Nassen, und das mißbrauchte Loch brannte stärker als je zuvor. Dieser Tag läßt sich nicht beschreiben. Er bestand aus Jucken, Schwitzen und Pinkeln. Die Mumie erwachte ein paarmal, um ausgiebig zu stöhnen. Unter anderem, als es mir gerade gelungen war einzuschlafen. Als es mir zum zweitenmal gelang, weckte mich ein Arzt. Er untersuchte mich nicht, fragte nur nach meinem Befinden.

»Blendend«, sagte ich. »Es würde mir noch besser gehen, wenn ich endlich schlafen könnte.«

Er überlegte. »Läßt sich einrichten.« Er verschwand im Pflegerraum, hantierte dort eine Weile herum und kehrte mit einer Spritze zurück.

Der Pfleger schnallte mich los, ich begann sofort, mich zu kratzen, hörte damit auch nicht auf, als ich auf die linke Seite gewälzt wurde. Der Arzt rammte mir die Spritze ins Gesäß.

»Au! Sie haben einen Muskel getroffen!«

»Das vergeht. Sie werden gleich einschlafen.«

»Glaube ich nicht, so weh wie das tut.«

Der Pfleger wälzte mich auf den Rücken und schnallte mich fest.

»Wenn ich Ihnen noch einen Rat geben darf«, sagte der Arzt, »Hungern kann schwere gesundheitliche Probleme nach sich ziehen. Das Denkvermögen wird geschädigt. Lassen Sie es bleiben. Das Risiko für Sie ist zu groß.«

»Danke. Mir ist hier drin der Appetit vergangen.«

Er zuckte die Achseln und wandte sich der Mumie zu, fühlte ihr den Puls und verschwand dann grußlos.

Trotz der Schmerzen im Gesäß schlief ich sehr schnell ein. Zur Abendbrotzeit wurde ich völlig sinnlos durch Karloff geweckt. Ich verweigerte die Nahrungsaufnahme, und er veranstaltete für mich ein Schauessen mit einer Pizza. Es war nicht so schlimm wie beim Mittagessen, weil die Spritze mich am Dämmern hielt. Kaum daß er weg war, fiel ich wieder in Ohnmacht. Es war die erste Nacht, in der ich länger als acht Stunden schlafen konnte.

Bis zum nächsten Abend hielt ich durch, obwohl ich lange vor dem Morgengrauen aus einem schweren Alptraum erwachte und vor Jucken und Grübeln nicht mehr einschlafen konnte. Ich ertrug es, daß die Ablösung des Pflegers frische ofenwarme Semmeln zum Dienst mitgebracht hatte; zumindest dufteten sie so. Zum Mittag tauchte Karloff auf. Diesmal gab es Sauerbraten mit Mischgemüse und Kartoffelbrei. Das war, wenn meine Mutter es zubereitete, mein Lieblingsessen. Zufall, oder wußten sie auch das über mich? Alles konnte ich ertragen, das Jucken, das Brennen, die Verlockungen des Essens, selbst das inzwischen fast pausenlose Stöhnen der Mumie, nicht aber meine Gedanken. Die kreiselten immer zielloser und verworrener durch den kahlen Schädel. Ich fürchtete, wahnsinnig zu werden. Wahrscheinlich hinkte meine Befürchtung den Tatschen hinterher. Ich war bereits wahnsinnig.

Bei der nächsten Visite kurz vor dem Abendbrot gab ich auf. Der Doktor fühlte routinemäßig den Puls der Mumie, ordnete dann an, sie auf die Intensivstation des städtischen Klinikums zu verlegen, und wandte sich mit einem Lob für das prompte Befolgen seiner Empfehlung wieder an mich.

»Glauben Sie mir, Sie können sowieso nichts erzwingen. Sie ruinieren nur Ihren Körper und Ihren Geist. Sie sehen ja schon ganz schmal aus. Und wenn ich Ihnen einen weiteren privaten Rat mit auf den Weg geben darf: Lassen Sie Ihre Haare wachsen. Das Kopfhaar ist eine Zierde des Menschen! Betrachten Sie sich doch mal ganz unvoreingenommen und objektiv in einem Spiegel: Sie sehen gar nicht so aggressiv und hart aus, wie Sie es beabsichtigen, sondern eher wie ein Tschernobylopfer. Ja, genau wie ein Tschernobylopfer. Denken Sie mal in Ruhe darüber nach.«

Mit meiner Erklärung wurde ich nicht etwa automatisch befreit. Zuerst wurde ausgiebig nach einem Krankentransport für die Mumie telefoniert. Danach geschah eine ganze Weile gar nichts. Der Pfleger – es war wieder der ältliche – las in einer Illustrierten, und ich wand mich in meinen Fesseln.

Zwei Weißkittel holten die Mumie ab und musterten mich dabei merkwürdig.

»Typen gibt's!« sagte der eine.

Der andere beugte sich über mich und schüttelte den Kopf. »Verbrechervisage«, stimmte er zu.

Sie bugsierten den stöhnenden Verletzten auf eine Trage und trugen ihn hinaus.

Endlich widmete der Pfleger sich mir. Er entfernte den Tropf, schnallte mich los. Ich reckte mich, so gut dies mit gefesseltem Arm möglich war. Vor allem aber kratzte ich mich ausgiebig. Das war die erste Erleichterung. Der Pfleger verschwand kurz und kehrte mit einem Schlüssel zurück, mit dem er die Handschellen öffnete. Der Arm war taub und ohne jedes Gefühl. Der Pfleger massierte ihn, bis ich ihn wieder spürte. Das war seine erste freundliche Geste und die zweite Erleichterung.

Obwohl ich nur dreißig Stunden gelegen hatte, brauchte ich nahezu eine Viertelstunde, bis ich aufstehen konnte. Der Kreislauf rebellierte mit Schwindelgefühl und dem Schweiß der Schwäche. Und der Gesäßmuskel schmerzte. Als ich aufstand, konnte ich nur hinken. Der Pfleger führte mich zu einer Dusche, die von seinem Dienstzimmer aus zu erreichen war. Ich reinigte mich gründlich und lange. Den nackten Kopf. Die Arme. Den Rücken. Die Brust, den Bauch, die Beine. Und das geschändete Gesäß, von dem sich unter dem Wasserstrahl ein Pflaster löste. Ich wusch die Gewalt ab, die man mir angetan hatte. Das war die dritte Erleichterung.

Nach dem Abtrocknen zog ich meine eigenen Sachen wieder an. Die gürtellosen Jeans umschlotterten meinen Bauch. Einen Blick in den Spiegel mied ich. Ich wußte, ich würde ihn nicht ertragen. Neben der Dusche stand eine Toilette. Zum ersten Mal seit einer Woche verrichtete ich meine Notdurft, ohne daß mir jemand zusah. Und ich konnte dabei sitzen. Das war die vierte Erleichterung.

Mein Abendbrot mußte ich in Gesellschaft des Pflegers einnehmen – damit er sah, daß ich das Hungern wirklich aufgab. Für den Abschlußbericht brauche er dieses deutliche Zeugnis guten Willens. Er aß Pizza. Das Personal schien einen heißen Draht zu einem Schnelldienst verlegt zu haben, da die Hauskost auf Dauer ungenießbar war. Für mich gab es das übliche Mischbrot mit etwas Butter und ein paar lieblos ausgewählten Wurstscheiben. Als er meinen gierigen Blick bemerkte, schob er mir nach kurzem Überlegen ein Stück Pizza auf meinen Teller. Ich dankte und verschlang es. Auch das labbrige Brot wurde restlos alle. Ich fragte ihn nach der Herkunft des Pflasters, und er sagte, der Doktor habe am Vortag noch einmal nach mir gesehen, als ich schlief. Ihm war also aufgefallen, daß er mich beim Spritzen verletzt hatte, aber er mochte es nicht zugeben und verpflasterte mich heimlich. Eine Bande widerlicher, feiger Kerle in diesem Gefängnis.

Jetzt erst bemerkte ich die bunte Zeitschrift. Es war nicht, wie ich angenommen hatte, ein Sexmagazin.

»Sag mal, wenn du den *Spiegel* liest, kannst du doch nicht völlig blöd sein!«

Er verstand meine Bemerkung nicht, sah mich erstaunt an.

»Warum haben wir uns denn dann nicht unterhalten?«

»Ich mag Glatzen nicht besonders«, erklärte er.

»Ich mag Glatzen überhaupt nicht«, erklärte ich.

»Aber du hast eine.«

»Zwangsgeschoren wegen Lausgefahr.«

»Ach du Scheiße. Und ich dachte, du bist ein Neonazi.« Auf einmal sah er viel jünger aus. Wahrscheinlich war er höchstens Mitte Dreißig. Nur das grämliche Gesicht ließ ihn ältlich erscheinen.

»Wie kommst du darauf?«

»Abgesehen vom Aussehen? Schulz hat so was gesagt. Der Wachtmeister, der dich brachte.«

»Karloff, das Schwein. Der hat mich zur Schur gezwungen.«

»Karloff? Das *Frankenstein*-Monster? Nicht schlecht, eh.«

»Hat er tatsächlich gesagt, daß ich ein Nazi bin?«

»Gefährlicher Unruhestifter, das war der Begriff. Wenn man dich sieht, glaubt man zu wissen, welche Art Unruhe du stiftest. Weshalb bist du drin?«

»Unterstützung von Terroristen wollen sie mir anhängen.«

»129 a? Hier?«

»Wie meinst du das?«

Ehe er es mir erklären konnte, erschien ein Wärter – nicht das Monster – und holte mich ab. Ich kam kaum vorwärts vor Schwäche, der Gesäßmuskel schmerzte, und ich hinkte. Der Wärter bemerkte es und gönnte mir auf dem Treppenabsatz eine Pause. Ich hatte Angst vor Dahms und Tischendorf. Vor der Tür appellierte ich an das Mitgefühl des Wärters.

»Muß ich da rein? Gibt es keine andere Zelle?«

»Nein«, brummte er. »Warum denn?«

»Wir verstehen uns nicht besonders gut.«

»Wirst dich schon eingewöhnen.« Er schloß auf, und da ich stehenblieb, schob er mich in die Zelle zum Dudelfunk und zu meinen beiden Schindern.

»Hungerstreik beendet«, teilte der Wärter ihnen mit.

»Hat er aber nicht lange durchgehalten«, kommentierte Walter Tischendorf.

»Hallo, Sockenfresser!« grüßte Mario Dahms.

»Bitte … Ich möchte …« Hoffnungslos. Ich winkte ab, setzte mich auf meine Liege.

»Ach ja. Es kamen Klagen über euch. Ihr sollt euch nicht besonders gut verstehen oder so. Habt ihr ihn etwa angefaßt? Also wenn er nicht freiwillig mitmacht, dann ist es nicht erlaubt. Klar?«

»Das würden wir doch nie tun!« sagte Dahms.

»Will ich euch auch nicht geraten haben.«

Der Wärter schloß uns ein. Walter schlich auf Zehenspitzen zur Tür und legte das Ohr dagegen. Was er hörte, stellte ihn zufrieden, denn er richtete sich wieder auf und wandte sich an Dahms: »Hat er schon wieder mal gepetzt!«

»Nein. Ich hab nichts gesagt. Wirklich nicht.«

»Wir müssen dich noch besser erziehen!« Dahms stellte sich vor mir in Positur, hob mich, wie er es liebte, am Kragen hoch und stellte mich an eine Wand.

»Nein!«

»Du …«, er schlug mir mit voller Wucht in den Magen und richtete mich sofort wieder auf,» sollst …«, der nächste Schlag in den Magen, »deine …«, diesmal war der Solarplexus sein Ziel; ich schrie und rang nach Luft, »Kameraden …«, wieder ein Schlag »nicht …«, noch einer, »verraten!« Und noch ein Schlag. »Hast du mich verstanden?«

Er ließ mich los. Wimmernd rutschte ich die Wand hinab, aber er hob mich wieder auf die Füße.

»Ja.« Tränen liefen mir die Wangen herunter.

»Wer sind wir?« vergewisserte Dahms sich.

»Was meinst du?«

»Wer sind wir?« Die Frage unterstrich er mit dem einzigen Interpunktionszeichen, das er kannte: einem Hieb mit seiner Faust in meinen Magen.

»Ihr seid … ihr seid …« Es fiel mir partout nicht ein.

»Wir sind deine Kameraden, Sockenfresser, half Dahms mir auf die Sprünge. »Wer sind wir?«

»Meine Kameraden.«

»Na, hoffentlich hat er das jetzt wirklich verstanden!« Walter Tischendorfs Stimme klang besorgt.

Ich wußte, daß ich verloren hatte. Ich war zerstört. Körperlich und geistig. Wie lange ich brauchte, um wenigstens auf mein Bett kriechen zu können, weiß ich nicht. Der Schritt meiner Hose war feucht. Wahrscheinlich hatte ich vor Angst und Schmerz eingepinkelt. Zum Glück war die Blase fast leer gewesen. Es war schon fast wieder getrocknet, als ich mich endlich erheben und notdürftig reinigen konnte.

Der Dudelfunk verbreitete platte Lebensfreude. Die beiden ließen sich dadurch nicht anstecken. Sie wirkten gedrückt. Mag sein, daß sie sich schämten, zu weit gegangen zu sein. Aber das würde sie gewiß nicht daran hindern, beim nächstenmal noch weiter zu gehen. Zu einer Entschuldigung konnten sie sich jedenfalls nicht aufraffen.

Seit meinem zehnten Lebensjahr hatte ich nicht mehr richtig geweint. Nicht einmal beim Unfalltod meiner Eltern vor drei Jahren, obwohl es mich im Hals, im Magen, im Bauch würgte. Als die beiden Särge in der Grube verschwanden, begriff ich, daß ich sie niemals wiedersehen würde. Nicht meine Mutter, die mich trotz ihrer Bildung nie verstand und mir doch alles verzieh in ihrer Güte, jeden Streich, jede pubertäre Torheit. Nicht meinen Vater, der sich gern streng und gerecht gab, obwohl er seinem Wesen nach ein Clown war, ein trauriger Spaßmacher, dessen Humor ich erst zu würdigen wußte, als er mir fehlte. Beide hatten sich gewünscht, daß ihr einziger Sohn Medizin studiert wie sie, beide waren enttäuscht darüber, als ich statt dessen die brotlose Philosophie wählte, und doch hatten sie mich großzügig mit Geld unterstützt. Oft hatte ich daran gedacht, sie mit einer Videokamera aufzunehmen, und es stets auf ein andermal verschoben. Sie waren ja noch jung, beide unter fünfzig. Ich hatte Zeit. Und jetzt war nichts mehr von ihnen übrig als ein paar Fotos und meine Erinnerung. Was für ein Gesicht setzte mein Vater auf, wenn er einen seiner Scherze machte, die kaum jemand verstand? Wie sah meine Mutter aus, wenn sie mir Maßhalten predigte und dann unauffällig hundert oder zweihundert Mark zusteckte? Schon als sie in der Grube versanken, begann ich, es zu vergessen, und die Augen wurden feucht. Aber weinen, richtig weinen konnte ich damals nicht. Das holte ich jetzt hier in der Zelle nach. Ich weinte darüber, daß ich ganz allein in einer Welt stand, die sich gegen mich verschworen hatte. Ohne Mutter und Vater. Die waren in den ersten langen Urlaub gefahren, den sie sich seit Jahren gönnten, und nicht zurückgekehrt. Ich war auch ohne Freunde. Die hatte ich vergrault, als ich nur noch an das Studium dachte und mich in meine Welt aus Büchern und Theorien zurückzog. Und ich war ohne Freundin. Ellen hatte ich mit meiner Selbstgerechtigkeit vertrieben. Ich war lebensuntüchtig. Ein Versager, in jeder Hinsicht.

In der Dunkelheit – längst war das Licht gelöscht – fuhr Dahms mich an: »Hör endlich auf zu flennen. Wir wollen schlafen.«

Ich vergrub den Kopf im Kissen und weinte still weiter. Alles, was geschah, hatte ich mir selbst zuzuschreiben. Hatte im Wolkenkuckucksheim über die Welt philosophiert und nicht sehen wollen, wie sie wirklich ist. Der Körper war schlaff geworden vom vielen Studieren. In der Schule gehörte ich zu den Sportlichsten, doch machte ich mir nichts aus der Leibesertüchtigung und verweichlichte. Wenn ich wenigstens eine Kampfsportart gelernt hätte! Dann wäre ich dem plumpen Schläger nicht so hilflos ausgeliefert. Zu spät. Gewogen und zu leicht befunden für diese Welt.

Jetzt, da ich dies schreibe, liegt die Bibel neben mir. Ich schreibe sehr schnell, wie im Rausch, schon seit über zwei Tagen. Nur zum Essen gestatte ich mir kleine Pausen, und dabei lese ich im Buch der Bücher. Nichts mehr von Joseph und seiner wunderbaren Erhöhung, diesem Hollywood-Märchen. Ich lese wieder und wieder den Prediger Salomo.

Wer viel lernt, der muß viel leiden. Hüte dich, denn viel Büchermachens ist kein Ende, und viel studieren macht den Leib müde. Es geht dem Menschen wie dem Vieh. Wie dies stirbt, so stirbt er auch. All seine Lebetage hat er Schmerzen mit Grämen und Leid, daß auch sein Herz des Nachts nicht ruht. Da waren Tränen derer, so Unrecht litten und hatten keinen Tröster; und die ihnen Unrecht taten, waren zu mächtig, daß sie keinen Tröster haben konnten. Weh dem, der allein ist! Wenn er fällt, so ist kein anderer da, der ihm aufhelfe.

Der Mann hat über mich geschrieben! Er muß in einer psychischen Situation gewesen sein, die der meinen ähnelt. Bei ihm war es wohl nur das Alter; der Tod kam, und nichts würde ihn davor bewahren können, nicht seine Weisheit, nicht sein Reichtum, nicht seine Leistungen. Alles ist eitel. Wie dieses zutiefst pessimistische Buch in die Bibel hineingeraten ist, ahne ich nicht. Vielleicht, weil Salomo den Trost der Religion zuließ. Welcher Trost bleibt mir?

Mit verquollenen Augen erwachte ich am nächsten Morgen. Dahms war wieder obenauf und lästerte darüber. Ich war unfähig, darauf zu reagieren, unfähig, mit den beiden zu reden, als sie mich nach dem Frühstück zum Skat einluden, als sei nichts geschehen. Als Dahms mir drohte, er werde dafür sorgen, daß ich antworte, wenn ich gefragt werde, holte ich mir eine seiner Socken und steckte sie mir in den Mund. Da lachten sie und ließen mich in Ruhe auf meinem Bett liegen. Einstweilen jedenfalls.

Kurz nach neun holte ein Wärter mich zum Verhör. In schlappenden Schuhen und mit rutschender Hose hinkte ich ihm hinterher. Everding, in Gesellschaft seines Statisten, hatte diesmal das Tonbandgerät schon vorher aufgebaut; nur die Zigarre mußte er noch entzünden, ehe er loslegte.

»Erster Hauptkommissar Hans-Heinrich Everding. Fünfte Beschuldigtenvernehmung des Joseph Kowalski. 9.31 Uhr. Dem Gespräch wohnt als Zeuge bei der Kommissar Müller. Wie geht es Ihnen?«

»Schlecht.«

»Das sieht man. Das Hungern ist Ihnen nicht bekommen. Haben Sie die Gelegenheit genutzt, über Ihre Situation nachzudenken?«

»Ja.«

»Zu welchem Ergebnis sind Sie gekommen?«

Ich schwieg.

»Erleichtern Sie sich endlich, dann wird es Ihnen besser gehen. In jeder Hinsicht. Das können Sie mir glauben.«

»Ich will in eine Einzelzelle.«

»Warum?«

Ich öffnete mein Hemd und zog das Unterhemd hoch. »Darum.« Diesmal waren die Spuren der Schläge nicht zu übersehen.

»Wieder mal gestolpert, was?« fragte er launig. Und setzte ernst hinzu: »Sagen Sie mir die Wahrheit, dann läßt sich über alles reden, Kowalski.«

»Ich will in eine Einzelzelle«, beharrte ich, steckte das Unterhemd in die Hose und knöpfte das Hemd wieder zu.

»Stehen Sie mit untergetauchten Terroristen in Verbindung?« Von Everding war keine Hilfe zu erwarten. Ihm war gleichgültig, was mir angetan wurde. Er war nur an meinem Geständnis interessiert.

»Ich will in eine Einzelzelle.«

Der Hauptkommisar ließ seine Zigarre in den Aschebecher fallen und sprang auf: »Los! Reden Sie endlich!«

»Nicht anfassen!« Ich rutschte mit dem Stuhl aus seiner Reichweite und schützte mein Gesicht mit den Händen.

»Machen Sie keinen Zirkus. Wer faßt Sie denn an?«
Everding setzte sich wieder und griff zur Zigarre. »Näher mit
dem Stuhl. Noch näher.« Ein Zug, eine dicke Qualmwolke statt
eines Rauchrings. »Und jetzt reden Sie!«

»Wenn ich in eine Einzelzelle komme, sag ich alles, was Sie
wollen.«

»Abgemacht. Reden Sie.«

»Geben Sie mir Ihr Ehrenwort.«

»Jetzt erleichtern Sie sich endlich. – Gut, Ehrenwort. Wenn
Sie die Wahrheit sagen, lasse ich Sie in eine Einzelzelle verlegen. Es ist auf dem Band, und Müller hat es auch gehört.«

»Die Wahrheit ...« Wäre es nicht so traurig, hätte ich lachen
müssen. Die Wahrheit, die er meinte, kannte ich. Sein vorge-
faßtes Bild wollte er bestätigt haben. Wahrheit würde dabei
nur stören.

»Die Wahrheit!« bekräftigte er überflüssigerweise.

»Ich bin ein Terrorist«, sagte ich und hoffte tief in meinem
Inneren darauf, daß er lachen würde über dieses dümmste aller
Geständnisse.

»Weiter.« Er lachte nicht.

»Ich habe diese Artikel geschrieben.« Das allerdings stimmte.

»Wissen wir. Weiter.«

»Ich habe mit Hacker gesprochen.« Auch das stimmte, wenngleich ich mich partout nicht mehr darauf besinnen konnte.

»Worüber?«

»Über, äh, Strommasten.« Jetzt mußte ich zu improvisieren
beginnen, sonst schickte er mich zurück zu meinen Schindern.

»Was konkret?«

»Nicht sehr konkret.«

»Kowalski!«

»Er wollte ein Signal setzen gegen die Gefahren der Atom-
kraft.«

»Weiter.«

Meine Erfindungsgabe versagte. In meinem Kopf drehte sich
alles. Was für Schwachsinn sollte ich denn noch erzählen?

»Kowalski!«

»Fragen Sie mich.«

Darauf ging er ein. »Haben Sie im Keller Bomben gebastelt?«

»Ja.«

»Weiter. Nicht so einsilbig. Für welchen Zweck?«

»Hat man mir nicht gesagt.«

»Woher wissen Sie, wie man das macht?«

»Aus dem Chemieunterricht.«

»Ach was! Vor drei Tagen wußten Sie noch nicht mal, was TNT ist. Oder war das gelogen?«

»Ja … Nein … Es war jemand dabei, der es konnte.«

»Schon besser. Wer?«

»Äh …«

»Namen, Kowalski, Namen. Sonst hat Ihr Geständnis keinen Wert.«

Jetzt steckte ich im Dreck. Was sollte ich erfinden? Das Dichten hatte ich mir leichter vorgestellt. »Ich kenne seinen Namen nicht.«

»Keine Ausflüchte, Kowalski.« Klar, Everding schluckte es nicht.

Ich nannte den einzigen Terroristennamen, den ich kannte: »Grams.«

»Hören Sie auf zu spinnen. Oder wollen Sie in Ihre alte Zelle zurück?« drohte Everding.

»Sie haben mir Ihr Wort gegeben!«

»Das gilt auch, wenn Sie die Wahrheit sagen. Und nur dann. Also: Wer war es?«

»Er hat sich mir nicht vorgestellt.«

»Hören Sie, Kowalski, ich mache Sie zum Kronzeugen! Das Gericht kann von einer Strafverfolgung absehen oder die Strafe entscheidend mildern! Selbst wenn es bei Ihrem Bombenanschlag Tote gab, kommen Sie vielleicht mit fünf bis zehn Jahren davon! Aber um Kronzeuge zu werden, müssen Sie schon was gucken lassen.«

»Ich weiß nicht …« Das war die Wahrheit. Ich würde alles gucken lassen, was er wollte, aber ich wußte einfach nichts.

»Kowalski! Sie sind dabei, Ihre Chance zu verspielen!«

»Haben Sie Fahndungsfotos?« fiel mir ein. »Ich würde ihn wiedererkennen.«

Er fiel nicht darauf herein. »Beschreiben Sie ihn erst mal.«

»Ein Mann.« Das konnte nicht falsch sein. »Anfang oder Mitte Dreißig.« Das auch nicht. »Schwarzes Haar. Hornbrille … äh … Ein bißchen größer als ich. Sehr unauffällig. Ich kann ihn nicht besser beschreiben.«

Er akzeptierte meinen kläglichen Beschreibungsversuch, öffnete seine Schreibtischschublade, entfaltete ein Fahndungsplakat und schob es mir zu. »Sehen Sie sich die Bilder an. Alle nicht taufrisch, die Leute sind älter geworden.«

»Der hier.« Wenn er sowieso zur Fahndung ausgeschrieben war, kam es auf eine Beschuldigung mehr oder weniger nicht an.

»Sind Sie sicher?«

»Ganz sicher«, sagte ich voller Überzeugungskraft, »auch wenn er auf dem Foto keine Brille trägt. War vielleicht Fensterglas, oder er ist inzwischen kurzsichtig geworden.

»Horst Ludwig Meyer«, sagte Everding und machte sich eine Notiz. »Das erste sichere Lebenszeichen seit zehn Jahren. Heute trägt er also eine Hornbrille. – Woher wußten Sie, wer er ist, wenn Sie ihn nicht kannten?«

»Er ist mir angekündigt worden.«

»Einfach so? Schließlich gehört er mutmaßlich der Kommandoebene der RAF an. Die Herrschaften pflegen nicht mit jedermann Umgang.«

»Ich wußte doch nicht, wer er ist.«

»Von wem, auf welchem Weg und als was wurde er angekündigt?«

»Von einem Freund …«

»Namen, Kowalski, Namen und Fakten!«

»Hacker«, fiel mir ein. Es schien die richtige Antwort gewesen zu sein, denn Everding grinste selbstzufrieden und produzierte einen Rauchring.

»Das habe ich mir gedacht. Wie sind Sie an ihn geraten?«

»An der Uni. Er studiert auch Philosophie.«

»Wie ist das gelaufen? Hat er gesagt: Guten Tag, schönen

Gruß von der RAF, willst du bei uns mitmachen? Los, Fakten, Kowalski, Fakten!«

»Wir sind durch Freunde zusammengebracht worden.«

»Durch wen? Lassen Sie sich nicht jedes Wort aus der Nase ziehen!«

»Freunde eben. Von früher. Wir hatten uns kennengelernt, als wir zusammen gegen die Wahlfälschung der SED auf die Straße gingen. Wir kannten uns gut vom Sehen, und wir vertrauten uns, aber vorgestellt haben wir uns eigentlich nicht. Ich meine, von ein paar kannte ich schon die Namen, aber nicht von allen.«

Er schluckte es nicht. »Jetzt geht wieder die Märchenstunde los!«

»Von der Zeitschrift her. *Die Anarchisten*.«

»Schon besser. Wer konkret?«

»Der Verantwortliche für die Zeitschrift.«

»Weiter, Kowalski, weiter. Fakten, Details, Namen.«

»Ja, ich versuch's ja.« O Gott, was redete ich nur? Was war das für eine ekelhafte, denunziatorische Scheiße?

»Wie ging Ihre Anwerbung vonstatten?« fragte Everding.

»Anwerbung … Das hat sich so ergeben …«

»Wie hat es sich ergeben? Wie geht so was vonstatten?«

»Ich kam in die Redaktion und brachte einen Artikel vorbei,« improvisierte ich. »Da sagte Wolf, komm mit, wir müssen uns mal unterhalten. Ungestört. Wir gingen in ein Café. Eher eine Kneipe. Die *Kommandantur* am Wasserturm. Die war ziemlich leer um die Zeit, nur ein paar Szenetypen, und immer, wenn die Bedienung vorbeikam, sprachen wir über was anderes. Er fragte mich: Sag mal, du denkst politisch so klar, warum schreibst du eigentlich nur und tust nicht was Richtiges?«

Ich schien auf dem gewünschten Weg zu sein, denn Everding nickte beifällig. Wenn ich genau wüßte, wie er sich so eine Anwerbung vorstellte, fiele mir das Erfinden leichter. Als Details konnte ich nichts als ein paar Berliner Kneipennamen beisteuern, aus der Gegend, in der ich während des Studiums gewohnt hatte. Um so glaubwürdiger, als er meine Absteige in der Rykestraße sicher kannte.

»Was soll man denn tun, sagte ich, ist sowieso alles sinnlos. Und er: Das dachten wir bei Honecker auch. Auf einmal war er weg.«

Jetzt mußte ich irgendwie auf Hacker kommen, also erfand ich, daß Wolf – gerade Wolf, einer der friedfertigsten Menschen, die ich je kennengelernt habe! – mir sagte, ich solle mich mal mit Hacker unterhalten, meinem Kommilitonen, ich könne ihm vertrauen. Dann katapultierte ich Wolf aus meiner Story heraus, und Hacker übernahm seinen Platz. Mit dem traf ich mich in *Werk II*, einer Szenekneipe, die nicht in ist und in der man zu fast jeder Tageszeit ungestört durch andere Gäste beisammen sitzen kann. Hacker wiederum, der ja wenigstens existierte, brachte mich mit dem völlig fiktiven Rolf zusammen, den ich als großen, blonden jungen Mann mit süddeutschem Dialekt beschrieb. Und der nun wieder hatte einen Freund, der für ein paar Tage eine sichere Bleibe suchte. Nicht in Berlin, es war ihm zu unsicher in der Bullenhochburg. Rolf fuhr mit mir hierher und besichtigte meine Wohnung. Vor allem der Keller begeisterte ihn. Na, und so weiter. Ein Paßwort, mit dem sein Freund sich zu erkennengeben würde. Welches? Äh, Grüße von Ulrike. Und die Antwort? Die habe ich ja ewig nicht gesehen. Ein paar Tage später, genau zur vereinbarten Zeit, klingelte der Fremde, der sich Andreas nannte. Er blieb eine Woche. Tagsüber mixte er im Keller mit irgendwelchen Chemikalien herum, allein, erfand ich fix, damit ich nicht beschreiben mußte, was genau er tat, denn davon habe ich absolut keine Vorstellung. Abends sah er fern – eine Nachrichtensendung nach der anderen, und dabei fluchte er über das kapitalistische Schweinesystem. Ich mußte ihm Videos aus der Videothek besorgen. Das erfand ich, um keine Gesprächsinhalte wiedergeben zu müssen. Ich hatte mich nämlich nie damit befaßt, was die Terroristen konkret gegen das Schweinesystem vorzubringen haben. Welche Videos? Actionfilme. Er bevorzugte solche, in denen die Polizei ziemlich dumm aussah und Selbsthelfer für Recht sorgten. *FX – Tödliche Tricks* und die *Death-Wish*-Serie mit Bronson, obwohl sie so reaktionär ist, und die *Dirty-Harry*-Folge, wo er gegen die Bullen kämpft. Am mei-

sten aber hatte es Rolf der *Punisher* angetan, ein durchge-
knallter Ex-Bulle, der einen Privatkrieg gegen die Mafia führt
und vor Handlungsbeginn schon 125 Banditen umgelegt hat.
Zum Filmende sind es mindestens doppelt soviel, und doch
bleibt der Vollstrecker der Sympathieträger des Films und wird
auch nicht gefaßt. So stellte ich mir Everdings Bild von einem
Terroristen vor, und ich schien es getroffen zu haben, denn er
schluckte es. Ich war stolz auf meine Erfindungsgabe im allgemeinen und auf diese Story im besonderen. Ich hatte es verstanden, den beiden wirklich existierenden Personen – Wolf
und Arthur Hacker – nicht gar zuviel anzuhängen, und geschickt alles verarbeitet, was mir aus meiner Akte bekannt war.

Leider war Everding damit noch nicht zufrieden. Er bohrte
in Details herum. Insbesondere interessierte er sich für meine
Verbindungen aus dem Jahr neunundachtzig. Ich wand mich,
ich wollte abwiegeln. Es mißlang. Ehe mir klar wurde, was ich
da tat, porträtierte ich einen finsteren Klub fanatischer Aktio-
nisten und militanter Feinde eines jeden Staates. Nach zwei
Stunden war ich so erschöpft, daß ich einfach nicht mehr konnte. Ich brach in Tränen aus …

Soeben war mein Anwalt da. Es ist der Abend des Samstags,
und er besuchte mich, wie er es versprochen hatte. Ich übergab
ihm den beschriebenen Block, der ohnehin fast voll war, und er
ließ mir durch einen Wärter einen neuen Block bringen. Er
blätterte meinen Bericht durch, las aber nur die Passagen, in
denen er selbst eine Rolle spielte. Sie seien korrekt wiederge-
geben, zumindest dem Sinn nach, bestätigte er mir. Er werde
sich alles in Ruhe durchlesen und es auf Verwertbarkeit überprüfen. Fest versprach er mir seine Hilfe. Trotzdem deprimier-
te mich das Gespräch. Ich glaube nicht mehr an Hilfe.

Es fällt mir schwer, zur Chronologie zurückzukehren. Der
Trost, den ich beim Schreiben fand, ist mitsamt dem ersten
Block entschwunden. Warum notiere ich das alles? Um mich
zu rechtfertigen für mein Versagen? Will ich um Verständnis
werben für meine Not, die mich Dutzende von Unschuldigen
der schlimmsten Dinge bezichtigen ließ? Für Denunziation

gibt es keine Entschuldigung. Auch nicht für eine frei erfundene. Man wird die Leute, die einmal meine Freunde waren und mir vertrauten, beobachten, ausspionieren, einige festnehmen. Sicher werden sie die Anschuldigungen entkräften können, früher oder später. Aber sie werden auch in dieses oder ein ähnliches Gefängnis kommen. Eine Woche hier kann die Hölle sein. Und ich habe ihnen den Weg zur Hölle gewiesen.

Am Donnerstag hatte Everding das Verhör abgebrochen, als ich weinte. »Wir setzen das Gespräch morgen fort. Sie können sich in der Zelle erholen. In einer Einzelzelle«, beruhigte er mich.

Ich wischte mir die Tränen ab. »Unternehmen Sie etwas wegen Dahms und Tischendorf?«

»Wir werden den Vorfall mit aller gebotenen Sorgfalt überprüfen«, sagte er so vage, daß mir klar war, er würde nichts unternehmen. Natürlich nicht. Er ließ die beiden als sein bestes Druckmittel gegen mich unbehelligt. Seine Trümpfe sollten im Spiel bleiben.

Als ich meine paar Sachen beim üblichen Gedudel zusammenpackte, beobachteten sie mich und den Wärter mißtrauisch. Beim Hinaushinken konnte ich es mir nicht verkneifen, ihnen den zwischen Zeige- und Mittelfinger geklemmten Daumen zu zeigen. Sie waren verunsichert. Ein billiger Triumph. Vielleicht verschaffte er ihnen fünf unruhige Minuten. Dann würden sie wieder Offiziersskat spielen.

In der Einzelzelle begann ich sofort mit dem Schreiben. *Nur die Lügen glaubt man mir.* Der erste Satz stand schon auf dem Blatt, ehe der Wärter die Tür abgeschlossen hatte. Sofort geriet ich in einen Rausch, füllte Seite um Seite. Als nachts das Licht ausgeschaltet wurde, fluchte ich und konnte mich kaum beruhigen. Ich wollte nicht aufhören. Nicht schon jetzt. Als es am Morgen hell wurde, lange vor dem Wecken, saß ich wieder am Tisch und schrieb.

Kurz nach neun wurde ich zum Verhör geholt. Auch heute war Karloff nicht im Dienst. Wenigstens dessen finsterer Anblick blieb mir erspart.

Ich hatte angenommen, um einen geständigen Terroristen

werde sich der Staatsanwalt persönlich bemühen, aber wieder erwarteten mich nur Everding, seine Zigarre und sein Mitarbeiter. Die sechste Vernehmung. Diesmal waren meine Beziehungen zum arabischen und zum kurdischen Untergrund das Thema. Das war vorauszusehen gewesen; in der Nacht hatte ich mir ein paar Geschichten zurechtgelegt, und die wurde ich jetzt los. Was ich erfand, ist in den Abschriften der Bänder nachzulesen. Müßig, es hier zu wiederholen. Es waren reine Hirngespinste. Sie zu erzählen fiel mir leichter, da ihre Akteure fiktive Personen waren, die zudem in Ländern lebten (oder eben nicht lebten), in denen Everding nichts zu melden hatte. Das würde er nie überprüfen können. Allerdings ritt ich mich immer weiter hinein. Ich gehörte zum Jet-set des internationalen Terrorismus und war in den Lagern des Libanon ebenso gern gesehen wie in den Bergen des wilden Kurdistan. Nur als ahnungsloser Bote versiegelter Briefe von Unbekannten an Unbekannte zwar, aber eben doch stets in der Nähe von Leuten, die mit Maschinenpistolen leichtfertiger umgehen als Philosophiestudenten mit den Thesen ihrer Dissertationen. Die einzige reale Figur meines Märchens war mein Freund Abdullatif al Mikdat, der mir die Botschaften anvertraut hatte. Mikki war im vorderen Orient verschollen. Meine Story konnte ihm nicht schaden.

Als meine Phantasie versagte (Wo genau befindet sich das Lager? Wie ist es bewacht?), rettete ich mich in einen Weinkrampf, den ich damit begründete, daß es nicht leicht ist, die Freunde zu verraten. Ich durfte in die Zelle zurückkehren und endlich weiterschreiben. Bis zur Nachtruhe und vom Morgengrauen an bis nach dem Frühstück. Auch am Samstag waren Everding und sein Sozius im Amt. Die siebente Vernehmung. Heute waren wieder die inländischen Freunde Mode. Mit meinen Aussagen war Everding zunächst unzufrieden.

»Wir haben inzwischen«, so sagte er, »die Herren Dahms und Tischendorf vernommen. Sie bestreiten sehr energisch, Ihnen Gewalt angetan zu haben. Es erscheint mir auch unwahrscheinlich, daß ein Skinhead und ein Homosexueller gemeinsame Sache miteinander machen sollten, es sei denn, der

Glatzkopf ist selber schwul. Das ist Dahms aber der Aktenlage nach nicht. Keinesfalls will ich Ihnen unterstellen, daß Sie sich die Übergriffe einfach ausgedacht haben, doch halte ich es für wahrscheinlich, daß Sie den rauhen, aber herzlichen Umgangston im Gefängnis nicht kennen und gleich sonst was wittern, wenn ein Alteingesessener sich mal ein bißchen wichtig tut. Es bleibt Ihnen wohl nichts anderes übrig, als sich langsam daran zu gewöhnen, sonst wird es schwer für Sie. Ich kann jedenfalls keinen objektiven Grund dafür finden, Sie nicht wieder in die alte Zelle zurückzuverlegen. Außer meiner Gutmütigkeit.«

Ich verstand die Drohung sehr genau und erfand auf der Stelle wieder ein paar mundgerechte Lügen. Mehr Einzelheiten über die Anarchisten von der Monatszeitschrift, mehr über den fiktiven Rolf und vor allem mehr über Hacker. Die Hacker-Märchen interessierten ihn besonders, denn er notierte trotz laufenden Bandes einiges und vergaß dabei sogar, an seiner Zigarre zu ziehen. Sie ging aus. Everding zerknautschte sie.

»Lassen wir es für heute genug sein, ehe Sie wieder einen Weinkrampf simulieren«, sagte er. »11.23 Uhr. Ende.«

»Der war echt!«

»Inzwischen haben wir ihn übrigens.«

»Wen?«

»Hacker.«

»Was?«

»Wir haben ihn gestern festgenommen. Natürlich zieht er dieselbe Show ab wie Sie. Er kennt weder Sie noch Rolf noch Wolf, und das Foto, das Sie beide miteinander zeigt, hat er sogar als Montage bezeichnet. Aber den kriegen wir auch noch klein.«

Ich fühlte mich so elend, daß ich beinahe widerrufen hätte, trotz der Gefahr, auf der Stelle zu dem Schläger und zu dem Vergwaltiger zurückverlegt zu werden. Ich ließ die Gelegenheit ungenutzt verstreichen und fühlte mich danach noch elender. Der nächste Unschuldige wurde durch die Mangel gedreht. Meinetwegen. Meiner Feigheit wegen. Ich bin ein erbärmliches Schwein.

In der Zelle rettete ich mich ins Schreiben. Die Gedanken

konnte ich dadurch kaum noch beruhigen. Ohnehin war ich gerade bei meinem ersten Verrat angelangt. Bei den Lügen, deren Folgen ich schon zwei Tage später zu spüren bekam. Was ist das schon wieder für ein egozentrischer Satz? Nicht ich bekam sie zu spüren, sondern der völlig unschuldige Hacker. Daß sie mich einsperrten, war deren Fehler. Daß sie Hacker festnahmen, war hingegen mein Verschulden. Mein Verbrechen. Ich …

Soeben war Karloff in meiner Zelle, der Wachtmeister Schulz, das Monster. Was er mir sagte, war so ungeheuerlich, daß ich es sofort aufschreiben muß. Er brachte das Abendessen, obwohl er Zivil trug.

»Das ist ein Privatbesuch«, erklärte er, stellte den Teller auf den Tisch und blieb vor mir stehen. »Ich bin nicht im Dienst. Ich habe frei.«

Er sprach noch ruhiger als sonst, fast schleppend. Und obwohl er sich nicht regte, strahlte er Gefahr aus.

»Bisher habe ich mich zurückgehalten«, begann er. »Obwohl es mir in den Fingern gejuckt hat. Im Zweifelsfall für den Beschuldigten, das ist mein Prinzip. Sogar in deinem Fall. Es kommt vor, daß einer unschuldig ist, den sie mir bringen. Selten, sehr selten, aber es kommt vor. Ich habe gewartet. Ich habe gebetet. Ich wurde erhört. Du hast gestanden. Es steht fest: Du bist einer von denen, für die ein Menschenleben nicht zählt. Jedenfalls nicht das Leben anderer Menschen. Du bist ein Bombenleger.«

Ich wollte etwas entgegnen. Schulz legte seine kalten knochigen Finger auf meine Hand und sagte leise, aber scharf: »Unterbrich mich nicht!« Er zog die Hand wieder weg und sprach ruhig weiter.

»Vor zehn Jahren besuchte meine Tochter Frankreich. Achtzehn war sie damals. Ihr erster Urlaub allein, ohne die Eltern. Ich habe dir ein Foto mitgebracht. Sieh es dir genau an. Sieh dir an! Ein liebes, ein fröhliches Mädchen. Sie ging spazieren durch Paris. Ein schöner Tag soll es gewesen sein. Ein sehr schöner. Blauer Himmel. Die Sonne schien. Es war warm. Nicht zu heiß. Angenehm. Eine große Stadt. Eine lebendige

Stadt. Menschen aus aller Welt. Ein Straßencafé neben dem anderen. Überall etwas los. Und Lydia, ein junges Mädchen aus der Provinz, mittendrin. Sie war glücklich. Bis sie an einer Bank vorbeikam. Zufällig. Rein zufällig. Vor der Bank stand im Parkverbot ein Auto. Ein Mercedes. Eine Politesse hatte die Nummer notiert und war weitergegangen. Nichts Ungewöhnliches fiel ihr auf. Nichts Verdächtiges. Vor allen Banken parken teure Wagen. Auch im Verbot. Die Besitzer zahlen die Strafe aus der Portokasse. Das Auto gehörte einem Immobilienmakler. Aber nicht er war damit vorgefahren. Eine Stunde vorher hatte man es ihm gestohlen. Im Wagen war eine Bombe. Es gab viel zerschlagenes Glas und zwei Tote. Einen Bettler, der auf milde Gaben hoffte. Eine Hausfrau, die zum Bäcker ging. Lydia hat es überlebt. Das linke Bein blieb steif. Der linke Arm mußte bis zum Ellenbogen amputiert werden. Das Gesicht ist voller Narben. Ein Auge ist ausgelaufen. Das andere fast blind. Sieh dir das Bild an! Ein neueres gibt es nicht. Sie läßt sich nicht mehr fotografieren. Dieses Mädchen hat nie wieder gelacht. Kein Mann wird sie je lieben. Sie wird als Jungfrau sterben. Und warum? Warum?!«

Er riß mir das Foto weg, betrachtete es selber und sprach weiter mit seiner auf einmal sehr lauten und schneidenden Stimme.

»Warum!! Um Unrecht anzuprangern? Weil Kapitalismus böse ist? Darum werft ihr Bomben? Lydia ist ein Krüppel, weil ihr die Welt verbessern wollt! Weil ihr nur eure Ideologie habt, aber keine Menschlichkeit!«

Er verstaute das Foto vorsichtig in der Brusttasche seiner Jacke.

»Ich bin hart geworden« sagte er, und seine Stimme klang nicht nach Tränen. »Ich mußte hart werden, sonst hätte ich es nicht ertragen. Und ich habe gewartet. Ich habe gewartet auf den Tag, an dem einer von euch hier eingeliefert wird. Ich habe auf dich gewartet. Zehn lange Jahre. Und jetzt bist du da.«

»Aber ich bin …«, wollte ich endlich etwas entgegnen.

»Ich weiß«, unterbrach er mich, »daß du das damals in Frankreich nicht warst. Dazu bist du zu jung. Aber es waren deine Freunde. Du bist zu ihnen gegangen, obwohl sie seit Jahren morden und Bomben werfen. Sie finden immer Nachwuchs. Ich will, daß es aufhört. Ihr sollt merken, daß es Leute gibt, die das nicht länger hinnehmen. Ihr sollt wissen, daß es mich gibt.«

Ein Schauder lief mir über den Rücken. Obwohl er lange schwieg, war ich zu keiner Entgegnung fähig.

»Ich habe dir meine Geschichte erzählt«, begann er erneut, »damit du weißt, warum es dir von jetzt an nicht mehr so gut gehen wird. Ich habe es dir erzählt, damit du Angst bekommst. Große Angst. Ich sehe dich zittern. Dabei ahnst du nicht mal, was dich erwartet. Was du bisher erlebt hast, war schlimm, bildest du dir ein. Es war nichts. Gar nichts. Das blanke Wohlleben. Von jetzt an ist es vorbei mit dem humanen Strafvollzug. Ein für allemal. Ich werde dich nicht anrühren. Noch nicht. Vielleicht nie. Aber denk immer daran, daß ich einen Schlüssel für deine Zelle besitze. Ich werde dich jeden Tag besuchen. Jede Nacht. Du wirst nicht viel schlafen in der nächsten Zeit. Sei auf der Hut, wenn sich der Schlüssel im Schloß dreht. Vielleicht bin ich allein, vielleicht bringe ich Besuch mit. Es gibt hier viele Leute, die Terroristen verabscheuen. Ich weiß, daß du eine Memme bist. Ein Verräter. Melde mich, wenn du dir was davon versprichst. Man wird dir nicht glauben. Und falls doch, hast du nichts gewonnen. Meine Kollegen wissen Bescheid. Sie kennen meine Geschichte. Und einige kennen meine Tochter. Es wird weitergehen. Jeden Tag. Jede Nacht. Egal, wohin du verlegt wirst. Ich habe überall Freunde. Laß dir das Abendbrot schmecken. Ich wünsche dir eine ruhige, ungestörte Mahlzeit.«

Er wandte sich zum Gehen, steckte den Schlüssel ins Schloß und sagte dabei, ohne sich umzudrehen: »Behalt die Tür im Auge. Ich komme wieder!«

Die Stahltür klappte hallend hinter ihm zu. Schulz schloß mich ein. Jetzt erst konnte ich mich aus meiner Erstarrung lösen. Ich sprang auf, rannte zur Tür, trommelte mit den Fäusten dagegen und schrie. Sicher hörte Schulz es deutlich, doch reagierte er nicht darauf. Ich schlug meinen kahlen Schädel mit voller Wucht gegen den Stahl. Ein zweites, ein drittes, viertes Mal, bis die Stirnhaut aufplatzte und Blut mir in die Augen rann.

Als ich etwas ruhiger geworden war, setzte ich mich an den Tisch und schrieb. Etwas von mir soll bleiben. Eine Erklärung. Eine Chance für die Wahrheit.

An der Tür …

Schulz hat das Abendbrot geholt.

»Keinen Appetit?« fragte er. »Dumm von dir. Du wirst deine ganze Kraft brauchen.«

Und beim Hinausgehen: »Aber helfen wird sie dir nicht.«

Es gibt keinen Ausweg. Mein Anwalt hat gesagt, ich solle widerrufen. Aber dann steckt Everding mich wieder zu Dahms und Tischendorf. Oder zu anderen, die nicht besser sind. Körting hat auch gesagt, daß meine Schlagverletzungen von einem Arzt begutachtet werden müssen. Von welchem? Von dem, der mich lahm gespritzt hat? Und er hat gesagt, daß er eine Dienstaufsichtsbeschwerde über Everding abgeben werde, weil der meine Erzählungen über Vergewaltigung und Zusammenschlagen als Bagatellen abtat, obwohl er sie glaubte, denn sonst hätte er mich damit ja nicht zum Aussagen erpreßt. Beschweren bei wem? Bei Staatsanwalt Holartz, der sich nicht um mich scherte? Oder bei der müden Blondine? Wer würde mich ernst nehmen, wenn ich alle und jeden bezichtigte? Solcherart Querulanten kannten sie hier. Körting räumte ein, daß mir niemand glauben würde, doch hielten sie sich erfahrungsgemäß nach Beschwerden einige Zeit mit Schikanen zurück. Schulz würde sich nicht zurückhalten lassen. Nur durch den Beweis meiner Unschuld, aber bis der erbracht wurde – falls überhaupt jemals –, war es zu spät. Der Widerruf würde mir nicht helfen. Einmal gestanden, immer schuldig, sagte Körting. Zumindest in den Augen derer, die mit Kriminellen zu tun haben. Verbrecher gestehen und widerrrufen im Akkord. Wer sollte ausgerechnet mir trauen? Es würde einige Zeit brauchen, die Polizei durch Fakten von meiner Unschuld zu überzeugen. Aber es sei möglich. Mag sein. Ja, ich glaube ihm, daß es möglich ist. In einem Jahr, in einem halben, vielleicht sogar noch schneller wird das Kartenhaus der Anklage zusammenfallen. Für mich kommt das zu spät. Ich kann den Haß von Schulz sogar verstehen. Wer, wenn nicht ich, der ich selbst zu hassen gelernt habe in den letzten Tagen. Was er erlebt hat, rechtfertigt jeden Haß. Nur daß er sich gegen mich richtet, ist falsch.

Längst habe ich mich entschlossen und zögere doch noch. Die Furcht vor etwas nach dem Tode hielt Hamlet vom Selbstmord ab. Von wegen freier Willen! Der wußte nicht, was er tun sollte, und war zum Sterben zu feige. Ellen, ich war ein Idiot. Verzeih mir meinen Verriß, wenn du kannst. Ich habe gute Gedanken an dich, trotz deiner Kälte am Telefon. Verzeih mir, daß ich dich zum Erkalten brachte. Ellen, ich liebe dich und würde gern mit dir leben.

Ich werde nicht mehr lange leben, und mit dir schon gar nicht. Ich habe keine Furcht vor etwas nach dem Tode. Ich habe die Furcht, daß nach dem Tode nichts ist. Absolut nichts. Besser nichts als das hier. Sowie das Licht ausgeht …

An der Tür ist wieder jemand. Mein Herz rast vor Angst. Er geht weiter. Kehrt zurück. Steckt den Schlüssel ins Schl …

Ein Protokoll

Aufgezeichnet und aus der Erinnerung kommentiert von Ellen Weisbach

Nackte Plastiktische, staubige Gardinen vor vergitterten Fenstern. Draußen scheint die Sonne, hier sind die Neonleuchten angeschaltet. Gelbliche Ölfarbe an den Wänden. Drei Grünpflanzen mickern vor sich hin, zwei weitere haben's aufgegeben. Die große Sprecherzelle des Untersuchungsgefängnisses. Kalter Rauch mischt sich mit warmem von einem halben Dutzend qualmender Zigaretten. Ich krame in meiner Tasche, hole eine fast leere Schachtel heraus. Meine eiserne Ration, falls ich mich aufrege. Ich nehme die Wartesaalatmosphäre in mir auf, versuche, mir Jo hier vorzustellen. Der Raum ist angefüllt mit Stimmengewirr. Mit einem Löffel wird an ein Wasserglas geklopft. Langsam wird es still.

Doktor Blome-Bernhard erhebt sich für einen Augenblick von seinem Stuhl an der Stirnseite, entschließt sich dann aber, die Konferenz im Sitzen zu leiten.

»Ich«, belegte Stimme, Räuspern, »habe Sie alle einzeln begrüßt, also muß ich das jetzt nicht wiederholen. Wir fangen einfach und ohne Umschweife an. Meine Person kann ich ja bei jedem als bekannt voraussetzen. Wir treffen uns, wie ich bei der Einladung sagte, auf den ausdrücklichen Wunsch von Fräulein Ellen Weisbach, die erfahren möchte, wie es zu dem unglücklichen Vorfall in der Zelle ihres Verlobten gekommen ist. Sie zieht eine Strafanzeige in Erwägung.«

»Nur zu«, ruft Hauptkommissar Everding dazwischen. »Der Vorfall ist bereits polizeilich untersucht worden!«

Außer Blome-Bernhard und Anwalt Körting ist er der einzige, der sich mir vorgestellt hat, mit Kopfnicken und Händedruck, aber deutlich spürbarem Mißtrauen hinter dem Dienstgesicht. Die Sorte Bulle, bei der man im Ernstfall auf Granit stößt, wenn man die Abbiegespur verwechselt hat. Aber ein Kriminalkommissar?

»Von Ihnen?« gebe ich höhnisch zurück. Ich habe auch keine Lust, aus meinem Herzen eine Mördergrube zu machen. Fataler Doppelsinn, schießt es mir durch den Kopf. Und ein Grund mehr, daß ich auf dieser Zusammenkunft aller Beteiligten bestanden habe.

»Bitte«, beschwichtigt Blome. »Sie werden alle die Gelegenheit erhalten, sich zu äußern. Ich beginne, denn ich habe das Experiment geleitet. Ein Experiment, das, wie ich betonen möchte, sowohl vom Bundesjustizministerium als auch vom Bundesgesundheitsministerium gefördert wird, weil es rein humanitären Zweken dient.«

»Wollen Sie sagen, das haben die Minister angeordnet?«

Das ist Anwalt Körting neben mir. In stillem Einverständnis haben er und ich uns an der anderen Stirnseite, Blome gegenüber, postiert. Bei jedem Zwischenruf rucken die Köpfe zu uns herum wie auf dem Tennisplatz.

»Nicht angeordnet, sondern gefördert, und nicht die Minister, sondern die Ministerien. Die Zustimmung einschließlich der Gewährung der Fördermittel wurde auf Abteilungsleiterebene erteilt. Darf ich jetzt fortfahren? Danke. Herr Joseph Kowalski unterzeichnete aus freiem Willen und bei klarem Verstand einen Vertrag, in dem er sich bereit erklärte, sich für die wahrlich stolze Summe von 40 000 DM einen Monat lang testweise den realen Haftbedingungen eines Gefängnisses auszusetzen. Genau das ist geschehen. Das und nichts anderes. Wenn er so schwache Nerven hat, daß er sich schon nach einer Woche aufhängt, hätte er sich nicht darauf einlassen dürfen. Er wird sich ja wohl gekannt haben. Ich kannte ihn nicht. Auf mich machte er bei unserer einzigen Begegnung den Eindruck eines klardenkenden, sehr selbstbewußten jungen Mannes.«

»Warum haben Sie gerade Joseph ausgewählt?« Meine Frage. Die Köpfe rucken.

»Das hatte mehrere Gründe.« Ruck zurück.

»Der erste war, daß wir durch Zufall an ein Foto gerieten, das ihn im Gespräch mit einem anderen jungen Mann zeigte, der im weitesten Sinne zur terroristischen Szene gehört. Der zweite: Er hatte eine Handvoll kritischer Artikel verfaßt, sehr kluger Artikel übrigens, wenn ich das einmal sagen darf. Erschienen sind sie jedoch nicht in einem seriösen Organ, sondern in einem radikalen Krawallblatt. Das ermöglichte uns die Scheinanklage, nach der wir ihn um der Authentizität willen festhielten. Hinzu kam, daß er Geld brauchte, und außerdem, daß er keine näheren Angehörigen hat. Daran war uns gelegen, um ihn die Probleme der ungewohnten Umgebung allein bewältigen zu lassen, ohne Verbindung nach draußen. Soweit die Ausgangslage. Zum Verfahren wird sich jetzt Hauptkommissar Everding äußern.«

»Der ist doch nicht echt!« Ich bin erstaunt über meine Courage.

»Alle sind echt«, versichert Blome. »Und die Amtspersonen waren, anders wäre es nicht möglich gewesen, selbstredend eingeweiht. Sie haben sich mit dem Anliegen unseres Forschungsprojektes identifiziert. Bitte, Herr Hauptkommissar.«

Typisch männliche Ignoranz. Redet von einem Forschungsprojekt, als ob es sich um einen neuen Autotyp und nicht um einen Menschen handelt. Jetzt brauche ich eine Zigarette.

»Ich habe ihn ordnungsgemäß festgenommen. Auf seine Versuche, das ganze als Experiment zu behandeln, bin ich natürlich nicht eingegangen. Ich habe ihn verhört wie jeden Verdächtigen. Die Vernehmungen waren weder besonders scharf noch besonders lang. Es ist nicht ungewöhnlich, daß jemand, der eines Kapitalverbrechens verdächtig ist, acht oder mehr Stunden befragt wird, wobei sich die Beamten abwechseln. So etwas konnten wir uns der laufenden Arbeit wegen bei Kowalski nicht leisten. Schließlich war es eine zusätzliche Aufgabe, die uns viele Überstunden aufhalste. Unerwartet steigerte sich Kowalski in eine Geständniswut, die ihresgleichen sucht. Zeitweilig glaubte ich, daß wir versehentlich einen echten Terroristen für das Experiment gewonnen hatten.«

»Nicht besonders scharf?« fahre ich ihm in die Parade. »Sie haben seine Beschwerde nicht ernst genommen, daß er geschlagen und vergewaltigt wurde. Im Gegenteil. Sie haben ihn damit erpreßt, daß er in die Zelle zurück muß, wenn er nicht erzählt, was Sie hören wollen. Und Sie haben ihn selber geschlagen.« Mein Mund ist ganz trocken vor Aufregung, ich versuche, innerlich die Ruhe zu behalten.

»Da muß ich denn doch entschieden widersprechen, Fräulein Weisbach. Das stimmt absolut nicht, auch wenn er das behauptet. Die Anwendung physischer Gewalt ist nicht statthaft, und daran halten wir uns. Trotzdem tauchen solche Behauptungen immer wieder mal auf. Ich kann mir das nur so erklären, daß in bestimmten Perioden grundsätzlich jeder Beschuldigte behauptet, er wurde geschlagen, er wurde getreten, er wurde unter Druck gesetzt. Seltsamerweise konzentrieren sich solche Beschuldigungen immer auf jeweils eine Justizvollzugsanstalt oder Untersuchungshaftanstalt, so daß wir dort deutlich den Einfluß von anderen Inhaftierten spüren. Ebenso legen Beschuldigte Haftbeschwerden ein, obwohl die Behandlung einwandfrei gewesen ist, nur weil sie von anderen Inhaftierten dazu gedrängt wurden. Solche Modeerscheinungen hat es gegeben und wird es immer wieder geben. Und das zähle ich eigentlich auch hierzu.«

Seine Unverschämtheit macht mich sprachlos.

Doktor Blome-Bernhard moderiert: »Frau Haftrichterin.«

»Ich hatte nur eine kurze Begegnung mit Joseph Kowalski. Was er und sein Anwalt vorbrachten gegen die Beschuldigungen, nämlich Witze und lahme Erwiderungen, ließ mir keine Wahl. Vor mir lag eine umfangreiche, sorgfältig angelegte Akte, die den Anfangsverdacht hinreichend belegte. Die Untersuchungshaft war anzuordnen. Ich habe nach dem Gesetz entschieden.« Die Frau scheint nicht zu merken, daß absurd ist, was sie da sagt.

»Aber Sie wußten, daß er unschuldig ist!« – Die Blondierte würdigt mich keines Blickes.

»Jeder wußte das. Zum Experiment gehörte natürlich, daß wir ihn dies nicht merken ließen, um optimale Bedingungen für einen realitätsnahen Test zu gewährleisten. Aber davon abgesehen, wurde er von dem Augenblick an, da er dieses Gebäude betrat, so behandelt, wie das Gesetz es vorsieht.«

»Da muß ich wiedersprechen«, sagt der Anwalt. Von ihm nimmt sie entschieden mehr Notiz, zeigt sogar Interesse an dem, was er sagt: »Nicht jeder wußte, daß es sich um ein Experiment handelt. Ich war nicht eingeweiht, und ich frage mich, warum die Wahl gerade auf mich gefallen ist. Ich vermute, weil ich noch nicht sehr viel Berufserfahrung besitze. Und natürlich wirke ich, wenn ich selber ahnungslos bin, auch viel überzeugender dabei, ihm auszureden, daß es nur ein Experiment ist. Ich habe ihn so vertreten wie jeden meiner Mandanten. Das heißt, ich studierte die Akten, ich befragte ihn zur Sache, ich beriet ihn und verhielt mich gemäß seinen Wünschen. Hätte ich geahnt, was hier gespielt wird, dann hätte ich dafür gesorgt, daß er auf der Stelle freikommt.«

»Danke«, unterbricht ihn Blome und bemerkt launig: »An sich war erst der Herr Staatsanwalt an der Reihe, aber wir müssen uns ja nicht sklavisch an die festgelegte Abfolge halten. Bitte, Herr Holartz.«

Beeindruckende Erscheinung, dieser Holartz. Gepflegter Endvierziger, das solargebräunte Gesicht hebt sich vorteilhaft von den grauen Schläfen und dem Jackett aus Naturleinen ab. Ich bedaure, sein nuancenreiches Mienenspiel nicht festhalten zu können, als er mit sonorer Stimme zu tönen beginnt.

»Das Experiment hat mir von Anfang an nicht behagt. Die Zielsetzung begrüße ich wohl, kann mich in der Tat mit ihr identifizieren, doch ist der Weg gar zu rauh und steinig. Ich bin ausgestiegen nach zwei Tagen, weil ich meine Mitwirkung nicht mit meinem Gewissen vereinbaren konnte. Die Bedingungen der Haft sind zwar in Deutschland unvergleichlich besser als in anderen Ländern – und ich denke dabei nicht an Rußland oder den Iran, das wäre ja noch schöner, sondern an Frankreich oder die USA –, aber wahrhaft human sind sie nicht, und das werden sie aller Voraussicht nach auch niemals sein. Es ist schon schlimm genug, daß ein Krimineller sie erdulden muß, aber unser aller Anstrengung sollte darauf gerichtet sein, sie wenigstens den Unschuldigen zu ersparen. Und es ist, Frau Drephal, natürlich nicht nach dem Gesetz zugegangen in diesen Mauern, denn das Gesetz sieht nicht vor, daß jemand inhaftiert wird, der kein Verbrechen begangen hat.«

»Sie haben doch länger mitgespielt als ich«, giftet die Richterin. »Sie waren sogar bei den Verhören dabei!«

»Nur bei einem. Im übrigen räume ich im Unterschied zu Ihnen durchaus ein, meiner Verantwortung nicht voll gerecht geworden zu sein. Ich hätte das Experiment abbrechen müssen. Leider war mir das Ausmaß der Aktionen unbekannt; nach meinem Ausstieg wurde ich nicht mehr informiert, und ich bestand auch nicht darauf, da es sich ja um keinen realen Fall handelte. Das war, was ich im Augenblick zu sagen habe. Eine Frage hätte ich noch an Fräulein Weisbach. Eine Frage, bei der mich am meisten wundert, daß noch niemand sie gestellt hat. Das wäre wohl Ihre Aufgabe gewesen, Herr Doktor Blome-Bernhardt. Nun stelle ich sie. Fräulein Weisbach, wie geht es Ihrem Verlobten?«

Ich kann nicht erkennen, ob sein Interesse echt ist oder zu seiner Rolle des moralisch Entrüsteten gehört. Das selbstgerechte Geschwätz widert mich an, trotzdem sende ich einen dankbaren Blick in seine Richtung, da er mir die Chance gibt, zu Wort zu kommen.

»Schlecht. Er ist wieder zu Hause, hat aber noch Schwierigkeiten mit dem Sprechen. Die Stimmbänder sind schwer gequetscht und heilen nur langsam. Was seine seelische Verfassung betrifft …« Ich mache eine Pause und nehme mir die Zeit, in einzelne Gesichter zu schauen, wie von einer Bühne herunter, und verfehle meine Wirkung nicht, »so ist nicht abzusehen, welche Langzeitfolgen das Erlebte auf seine Psyche hat. Es ist ein Trauma, daß ihn unter Umständen Zeit seines Lebens verfolgen wird. Er war nicht in der Lage, mich hierherzubegleiten. Dieses Haus betritt er nie wieder.«

»Wünschen Sie ihm gute Besserung von mir.« Holartz macht Plüschaugen und ein Gesicht wie ein kondolierender Priester. »Ich muß diese Konferenz jetzt leider verlassen. Die Arbeit …« Er erhebt sich, nickt in die Runde und geht. Jetzt bist du fein raus, Schauspieler. Ich stecke mir eine neue Zigarette an. Ehe mein Streichholz brennt, schnippt Körting mit seinem Feuerzeug. Sein kurzer freundlicher Blick macht mich fast verlegen, so unerwartet ist er in dieser Umgebung.

Wieder Doktor Blome: »Was die Bewertung des Experimentes betrifft, so hat der Herr Staatswalt meines Erachtens weit über das Ziel hinausgeschossen, aber das werden wir wohl noch diskutieren. Jetzt sind die Häftlinge an der Reihe. Zuerst Herr Köhler.«

»Ja, hier« Das muß der Mörder sein. Ich habe Josephs Aufzeichnungen gelesen. Er hat nicht übertrieben. »Ich, äh, ich weiß nichts. Das Experiment ... Ich weiß nichts drüber. Kowalski war auch nur ... einen halben Tag, nicht länger.«

»Und was haben Sie mit ihm angestellt?« Ich habe noch nie mit einem Mörder gesprochen.

»Nichts. Ich hab Kowalski behandelt wie ... wie jeden Frischling. Ihm gesagt, daß ich ... daß ich der Boß bin. Weiter war nichts. Er wurde verlegt.«

»Läßt man Sie frei dafür?« Meine piepsige Stimme ärgert mich. Das völlig ausdruckslose Gesicht und die schleppende Stimme machen mich nervös.

»Wofür?«

Der Moderator schaltet schneller als der Muskelmann: »Jetzt Herr Walter Tischendorf.«

»Ich will es gar nicht abstreiten: Wir haben ihm ein bißchen zugesetzt in der Zelle. Er konnte sich nicht in unsere Gemeinschaft fügen. Daß er kein echter Häftling ist, ahnten wir nicht. Leider. Sonst hätten wir ihn mit Samthandschuhen angefaßt. Aber es ist nichts Außergewöhnliches passiert. Nur das Übliche.« Nur das Übliche? Armer Jo.

»Was ist üblich?«

»Beschimpfungen und so. Ich hab auch mal versucht, ihn anzumachen.«

»Ihn anzumachen? Wie?« Ihm gegenüber bin ich sicherer. Er ist bloß ein Dieb, macht einen intelligenten Eindruck. Irgendwie sympathisch, wäre da nicht dieses permanente Grinsen um die Mundwinkel, das er wohl für Ironie hält.

»Gefragt, ob er mit mir schläft. Ihn auch mal angefaßt.«

»Angefaßt?«

»Er wollte nicht.«

»Das war nicht die Frage. Wie haben Sie ihn angefaßt, wo, und blieb es beim Anfassen?«

»Entschuldigung, diese Frage muß ich überhört haben.« Das Grinsen wird noch breiter. »Soll ich es an Ihnen demonstrieren, Fräulein Weisbach?«

Die Tour zieht bei mir nicht, Widerling.

»Herr Tischendorf, ich muß doch bitten«, empört sich der Moderator.

»War nur ein Witz, Chef. Sie kennen wohl meine Akte, oder? Ich mache mir nichts aus Frauen.«

»Heißt *anfassen* Vergewaltigung?«

»Ich bin nicht gewalttätig. Steht auch in meiner Akte.«

»Haben Sie es trotzdem getan?«

»Natürlich nicht. Der Junge war auch nicht mein Typ. Schon gar nicht mit der Glatze. Richtig eklig sah er aus. Ich stand ganz schön auf dem Schlauch, um einen wie ihn überhaupt anzufassen.«

»Homosexuelle Belästigungen gehören zum Gefängnisalltag«, erklärt Blome. »Auch Männer, die draußen heterosexuell sind, verkehren im Gefängnis mit anderen Männern. Was sollten sie auch sonst tun? Knastschwul nennt man das. Auf jeden Fall wäre das Experiment unvollständig gewesen ohne wenigstens eine kleine Attacke. Wir haben Kowalski nicht ohne Grund gerade in diese Zelle verlegt. Und dabei trotz allem für seine Unversehrtheit gesorgt, indem wir den friedfertigen Tischendorf ...«

»Dank für Ihre gute Meinung!« Mit frechem Grienen der Dieb.

» ... statt eines brutalen Typen aussuchten. Wir hatten das Experiment die ganze Zeit im Griff!«

»Darüber ist das letzte Wort noch nicht gesprochen.« Ich kann nur drohen, beweisen kann ich nichts. Langsam begreife ich, wie ohnmächtig sich Joseph gefühlt haben muß. »Ich bestehe darauf, daß Herr Tischendorf einem Aids-Test unterzogen wird.«

»Ich bin sauber.« Tischendorf. »Soll sich doch Kowalski testen lassen! Ich bin sehr interessiert am Ergebnis. Man will doch wissen, ob man sich angesteckt hat.« Erheitertes Gemurmel in der Runde.

»Das Schwein!« Ich. »Sie haben es alle gehört. Er hat indirekt gestanden.«

Es ist nicht zu übersehen, daß Blome jede Diskussion rechtzeitig abwürgt: »Bitte mäßigen Sie sich, Fräulein Weisbach, Herr Tischendorf. Wir sind zusammengekommen, um Verständnis füreinander zu wecken, nicht um die alten Fronten zu verhärten.«

»Ach so.« Tischendorf.

Gleichzeitig ich: »Glauben Sie.«

»Mario Dahms bitte.«

»Gibt nichts zu erzählen. Ihr wollt mir nur was anhängen.«

»Der Skinhead hat Joseph gezwungen, eine Socke zu essen, und hat ihn mehrfach zusammengeschlagen.« Meine Information ruft erneute Heiterkeit hervor.

»Ich bin kein Skinhead. Ich bin Hooligan und stolz darauf, eh. Ich laß mir nichts anhängen. Wenn ich wen zusammenschlage, steht er nicht so schnell wieder auf. Sagen die Bullen. Aber es gibt keinen Beweis.«

»Joseph wurde ärztlich untersucht. Die Prellungen stammen von Faustschlägen.« kontere ich.

»Weiß ich, mit wem er sich geprügelt hat? Oder habt ihr meine Faustabdrücke auf ihm gefunden?«

»So sind diese Helden der Nation. Schwächere zusammenschlagen, aber zu feige, sich dazu zu bekennen.« Meine Provokation funktioniert.

»Ich hab der Flasche ein paar gefeuert, weil er dauernd petzen rannte. Mehr war nicht.«

»Was hat er denn gepetzt?«

»Daß wir …«

»Bitte!« unterbricht der Moderator wie auf Stichwort, ich habe schon drauf gewartet. »Fräulein Weisbach, auch Schlägereien gehören zum Gefängnisalltag. Leider. Und Schlimmeres. Folter durch Mithäftlinge. Gebrochene Arme. Schnitte mit einer Rasierklinge. Drogenhandel. Das Abhängigmachen von Rauschmitteln. Darum brauchen wir ja das Experiment.«

»Wollen Sie damit sagen, daß Sie auch das noch durch-gezogen hätten, wenn Joseph länger in Ihrer Gewalt geblieben wäre?«

»Absolut nicht. Im Gegenteil. Wir haben es ihm erspart, in-dem wir seine Zellengefährten sorgfältig ausgewählt haben. Fast hätten wir sie in die Zielstellung des Experimentes einge-weiht, indes wäre es dann leider wenig wert gewesen. Ansons-ten hätten wir ja gleich Schauspieler einsetzen können. Aber wir haben wahrscheinliche Verhaltensprognosen eines jeden der unwissentlich Beteiligten erstellt, um für höchstmögliche Sicherheit zu sorgen.«

»Danke, Herr Doktor. Tausend Dank für Ihre Güte«, kann ich mir nicht verkneifen.

Er überhört meinen Sarkasmus. »Der Friseur bitte.«

»Ich habe ihm die Haare geschnitten, aus hygienischen Gründen. Wegen der Läuse.«

Die nächste Lachnummer.

»Sie haben ihm eine Glatze geschnitten, wenigstens das ist ja nachweisbar.« Ich habe zu Hause mit unserer Polaroid eine ganze Verbrecherkartei von Jo angelegt.«

»Ja. Auf Anweisung.«

»Er war an den Frisierstuhl gekettet.«

»Ich bin selbst Häftling. Ich besitze keine Handschellen.«

»Wußten Sie von dem Experiment?«

»Bis heute gar nichts. Ich bin nur ein Friseur. Und denken Sie auch mal daran: Kowalski hat es hinter sich. Ich muß drin-bleiben. Wer weiß, wie lange noch.« Ich zerfließe vor Mitleid.

»Als letzter der Wachtmeister«, sagt Doktor Blome.

»Als letzter?« Meine Stimme klingt schrill, ich will auf-brausen, Körting hält mich zurück. »Wo ist der Arzt, der Jo-seph lahm gespritzt hat?«

»Die Kranken gehen vor. Und *lahm gespritzt* – da übertrei-ben Sie maßlos. Herr Kowalski selbst hatte um die Beruhi-gungsspritze gebeten. Intramuskuläre Injektionen sind nun mal nicht schmerzfrei. Nach einer Woche ist alles vergangen, glau-ben Sie meiner Erfahrung. Kein Grund zur Besorgnis. Also bitte, Herr Schulz.«

Wachtmeister Schulz alias Boris Karloff könnte ohne Maske in jedem Frankenstein-Remake eingesetzt werden. »Ich habe ihn behandelt wie jeden. Eher besser. Er beschwerte sich. Sofort habe ich seine Zellengefährten ermahnt. Sogar privat sprach ich mit ihm. Ich habe etwas aus meinem Leben erzählt. In der letzten Nacht sah ich mehrfach durch den Türspion nach ihm. Zu seinem Glück. Er hing am Fenstergitter. An seinem Laken. Ich schnitt ihn ab. Ich machte Wiederbelebungsversuche. Er rührte sich nicht. Da holte ich den Sanitäter. Wir haben sein Leben gerettet.«

»Das Sie erst in Gefahr gebracht haben.«

»Unsinn.«

»Sie haben ihm gedroht.«

»Unsinn.«

»Die polizeiliche Untersuchung«, sagt Blome, »ergab keine Hinweise auf Fremdverschulden. Über sein Motiv können wir nur spekulieren. Wahrscheinlich weiß er selber es nicht genau und verrennt sich deshalb in Beschuldigungen nach allen Seiten. Sein Suizidversuch bleibt unmotiviert. Hatte er einen Alptraum? Befiel ihn im Schlaf eine Depression? Setzte sein Verstand auf einmal aus? Hundertprozentige Klarheit darüber werden wir wohl nie erreichen können.«

»Sie wissen genau, daß es dieses wahnwitzige Experiment war, das ihn beinahe umgebracht hätte.«

»Auch das ist eine Möglichkeit, ja. Wir können leider nicht ausschließen, daß er dem Streß der selbstgewählten Aufgabe nicht gewachsen war.«

»Ihre Veranstaltung ist eine Farce. Billige Ausreden, Beschönigungen und Wortverdrehungen. Wir werden uns an die Presse wenden«, rege ich mich auf. Ich bin froh, daß Joseph diese Verhöhnung nicht miterleben muß.

»Daß es nicht leicht werden würde, war sowohl durch den Vertragstext als durch die Höhe der Entschädigung von vornherein klar. Allen Eingeweihten. Zu denen zwar nicht die Häftlinge, aber auch Sie gehörten, Fräulein Weisbach. – Sie waren Kowalskis einziger fester Außenkontakt. Für ein Entgelt in Höhe von D-Mark 10 000 erklärten Sie sich bereit, aus dem Nichts einen Streit zu provozieren und zum Schein und für die Dauer des Experiments den Kontakt mit ihm abzubrechen. Sie haben mitgemacht, also spielen Sie sich jetzt nicht als Richterin auf.« Und du dich nicht als Kläger. Darauf habe ich schon die ganze Zeit gewartet. Ich schlucke.

»Ich habe mitgemacht, um Joseph den Rücken für seine Dissertation freizuhalten. Ich konnte nicht ahnen, was passieren würde.« Meine Verteidigung ist schwach.

»Das haben wir alle nicht geahnt.« Die blondierte Richterin.

»Im Unterschied zu Ihnen hatte ich keinerlei Vorstellung darüber, was Joseph wirklich riskierte. Wenn er es mir genauer gesagt hätte am Telefon, dann wäre ich in derselben Sekunde ausgestiegen. Aber er hatte ja nur sechs Minuten, und da äußerte er sich so allgemein, daß ich nichts mitbekam, außer daß er im Streß ist.« Das ist nicht die ganze Wahrheit, und ich schäme mich, daß ich seinen Worten damals auch nicht getraut habe. Aber das brauchen die hier nicht zu wissen.

»Der Zeittakt am Sonntag beträgt zwölf Minuten«, sagt der Polizist. »Sie waren es, die bereits nach vier Minuten und siebenundfünfzig Sekunden auflegte.« Und siebenundfünfzig Sekunden. Jetzt wird der Spieß also umgedreht.

»Damit kommen Sie nicht durch. Ich lasse es nicht zu. Nächsten Montag steht die Geschichte im *Spiegel*.«

Stille.

»Das liegt selbstverständlich in Ihrem Ermessen, Fräulein Weisbach.« Blome, verbindlich. »Die Pressefreiheit ist uns so heilig wie die Freiheit des Individuums. Nur verwirken Sie damit Ihren Anspruch auf das Honorar. Der Vertrag – beide Verträge, auch der Ihre – sehen ausdrücklich die absolute Geheimhaltung vor.«

Jetzt habe ich dich.

»So sehr fürchten Sie die Öffentlichkeit? Um so besser. Erpressen lassen wir uns jedenfalls nicht. Jo darf nicht umsonst gelitten haben.«

»Das hat er nicht, Fräulein Weisbach. Wir alle sind betroffen über seinen Suizidversuch. Aber sollte der wirklich auf unser Experiment zurückzuführen sein, so wäre es fast so etwas wie ein Erfolg für unser Anliegen, den Strafvollzug zu reformieren. Ich sage *unser Anliegen*, denn wir alle, auch Sie und Herr Kowalski, haben sich damit identifiziert. Wir haben gesehen: Anderthalb Wochen Haft können einen Menschen brechen. Also ist die Haft in der Weise, wie sie organisiert wird, inhuman. Der Gesetzgeber ist gefragt, und eines Tages wird er auch handeln. Joseph Kowalskis Schicksal weist uns den Weg: Was wir brauchen, ist mehr Menschlichkeit.«

Danke, Herr Doktor Mengele.

»Ihre Heuchelei ist unerträglich!« Verteidiger Körting.

Das wird auch Zeit. Ich bin dieser Parodie auf eine Gerichtsverhandlung nicht mehr gewachsen. Ich fühle mich erschöpfter als nach zwölf Stunden Probe.

»Die Liste der Verstöße gegen geltendes Recht ist stattlich. Jeder hier im Raum weiß darüber Bescheid. Ich habe bereits einige Dienstaufsichtsbeschwerden verfaßt und vor Beginn dieser Farce den jeweils Zuständigen überbracht. Die Beschwerden betreffen den Ersten Kriminalhauptkommisar Hans-Heinrich Everding, den Staatsanwalt Peter Holartz, die Richterin Dagmar Drephal und den Wachtmeister Schulz, Vorname unbekannt. Ferner …«

»Oskar«, sagt Schulz. Alle sehen ihn erstaunt an. Der Name paßt nicht zu seiner finsteren Erscheinung.

»Sie haben ja gar kein Mandat, Herr Körting«, Blome lehnt sich zurück, spielt mit seiner Brille. »Das von Kowalski beruht auf einem Irrtum, ist also ungültig. Mengen Sie sich nicht in Dinge, die Sie nichts angehen.«

»Die Dinge gehen mich an wie jeden Juristen, für den der Begriff Standesehre kein Fremdwort ist.«

Ich eile ihm zu Hilfe. »Außerdem erteile ich ihm ein Mandat, und Joseph wird seines erneuern.«

»Danke, Fräulein Weisbach. Ferner, so stand ich im Begriff zu sagen, als Herr Oskar Schulz mir freundlicherweise seinen Vornamen mitteilte, ferner bereite ich Strafanzeigen gegen die Herren Tischendorf und Dahms vor. Gegen Herrn Tischendorf nach Paragraph 179 – sexueller Mißbrauch Widerstandsunfähiger. Gegen Herrn Dahms nach Paragraph 178 – sexuelle Nötigung …«

»Eh, ich bin doch keine Tunte!« protestiert der Skin.

»Wer einen anderen mit Gewalt nötigt, sexuelle Handlungen eines Dritten an sich zu dulden, wird mit Freiheitsstrafe bis zu zehn Jahren bestraft.«

»Ihr wollt mir noch was anhängen!«

»Ferner werden wir Herrn Dahms auch des mehrfachen Verstoßes gegen Paragraph 223 anzeigen – Körperverletzung. Dies, wie gesagt, war der Stand vor Beginn Ihrer Konferenz. Inzwischen steht für mich fest, daß ich mit den Dienstaufsichtsbeschwerden zu tief gegriffen habe. Was hier abgelaufen ist – das sogenannte Experiment –, ist ein deutlicher Fall von Freiheitsberaubung nach Paragraph 239, Ziffer 1 und auch 2, denn mein Mandant wurde mehrfach geschlagen und schließlich in einen Suizidversuch getrieben, was einer schweren Körperverletzung gleichzusetzen ist. Für den Nichtjuristen Blome: Eine Freiheitsstrafe von bis zu zehn Jahren ist angedroht. Und sagen Sie nicht, Kowalski habe ja freiwillig eingesessen. Die Väter unseres Grundgesetzes schreiben: *Die Freiheit der Person ist unverletzlich. In dieses Recht darf nur auf Grund eines Gesetzes eingegriffen werden.* Auf Grund eines Gesetzes, nicht auf Grund eines Vertrages. Eine Unterschrift setzt unsere Verfassung nicht außer Kraft. Nicht mal die eines Ministers. Der Freiheitsberaubung haben sich meiner Überzeugung zufolge schuldig gemacht: Herr Blome als Initiator, die Herren Holartz und Everding sowie Richterin Drephal als ausführende Amtspersonen. Ferner die Abteilungsleiter in den geldgebenden Ministerien, sofern diese Information der Wahrheit entspricht. Daheim werde ich prüfen, ob die Voraussetzungen für Anzeigen nach 332 – Bestechlichkeit – gegen Richterin, Staatsanwalt, Kommissar und Wachtmeister sowie nach 335 – Bestechung – gegen Herrn Blome gegeben sind.«

»Ich hab auch nichts gewußt«, murrt Schulz dazwischen.

»Ferner gegen die genannten Amtsträger nach 344, Ziffer 1 wegen Verfolgung Unschuldiger. Ferner gegen Wachtmeister Schulz wegen Paragraph 241 – Bedrohung. Ferner gegen Hauptkommissar Everding wegen Paragraph 160 – Verleitung zur Falschaussage. Gegen denselben nach Paragraph 202 a –

Ausspähung von Daten – und nach Paragraph 203 – Verletzung von Privatgeheimnissen. Sie sind in die Wohnung meines Mandanten eingedrungen, wiewohl Sie wußten, daß er unschuldig ist, und haben die in seinem privaten Computer gespeicherten Daten sowie seine Briefe und sonstigen persönlichen Texte gelesen. Daß Sie, Herr Blome-Bernhardt, nun zu alledem auch noch die Unverschämtheit besitzen, mit dem Entzug des Honorars zu drohen, das meinem Mandanten wenigstens als Ansatz einer Entschädigung für die erlittenen Demütigungen zusteht, liegt endgültig jenseits meiner Vorstellungen von Moral und Anstand.«

Sieg! Blome-Bernhard versagt als Moderator. Ich frohlocke. Der Hauptkommissar erbleicht. Der Skin trotzt mimisch, der Dieb spielt den Indifferenten. Der Wärter und der Mörder verstehen nicht. Der Friseur grinst schadenfroh. Die Richterin ist der Lage gewachsen.

»Mein lieber junger Kollege,« sagt die Drephal, »das war ein recht eigenwilliger Vortrag. Den sollten Sie sich für den Gerichtssaal merken. Bis dahin machen Sie sich bitte noch über ein paar andere Paragraphen sachkundig. Zum Beispiel über 164 – falsche Verdächtigung – oder über 185 bis 187 – Beleidigung, üble Nachrede, Verleumdung. In der Verhandlung interpretiert übrigens ein Richter das Strafgesetzbuch. Kann durchaus sein, daß der zu ganz anderen Folgerungen und Auffassungen kommt als Sie. Auch Richter sind ja manchmal ziemlich eigenwillig. Vor allem gegenüber jungen, übereifrigen Rechtsanwälten. Besonders gespannt bin ich darauf, wie Sie auf Einhaltung eines Ihrer eigenen, vor Zeugen geäußerten Auffassung zufolge rechtswidrigen Vertrages klagen wollen. Ich erwarte ein Kabinettstück anwaltlicher Syllogismen. Meine zwanzig Jahre Berufserfahrung, an denen ich Sie gern teilhaben lasse, sagen mir allerdings, daß Sie mit Ihrer juristischen Hausmacherkost niemals bis zu einem Verhandlungstisch im Gerichtssaal vordringen werden. Beweisen nämlich lassen Ihre Abstrusitäten sich schwerlich.«

Hexe.

»Mir ist durchaus klar, daß die meisten Verfahren im Stadium der Untersuchung eingestellt werden, falls sie jemals bis dorthin gelangen sollten. Damit werden wir leben können, denn eines ist ebenso klar: An Ihnen bleibt etwas kleben. Der Geruch des Schmutzes, mit dem Sie sich eingelassen haben. Mit der Drohung, mir ein Verleumdungsverfahren anzuhängen, bringen Sie mich nicht zum Schweigen. Denn für den Hauptpunkt – Freiheitsberaubung – besitzen wir einen Beweis: Den Vertrag, den Doktor Blome-Bernhardt mit meinem Mandanten abgeschlossen hat. Gegen den Mörder …«

»Nur Totschlag!« Köhler, automatisch.

» … und gegen den Friseur liegt unsererseits nichts vor, so daß wir vielleicht selbst in dieser handverlesenen Runde der wissentlich und unwissentlich Beteiligten zwei Zeugen besitzen. Ich denke, mehr ist im Augenblick nicht zu sagen. Ich verlasse die unerquickliche Versammlung. Fräulein Weisbach, kommen Sie mit?«

»Unbedingt.«

»Sie werden von uns hören. Einen schönen Tag noch, meine Dame, meine Herren.« Hallende Schritte. Wir verlassen die schweigende Runde. Kein Happy-end.

Vor der Tür falle ich dem Anwalt um den Hals. Dann schalte ich das in meiner Handtasche versteckte Tonbandgerät aus.

Berichte vom Überleben

Phase eins

Das Gefängnis verließ ich im Blaulichtwagen, obwohl mein Zustand nicht bedrohlich war. Bereits in der Zelle war ich aus der Ohnmacht erwacht, konnte jedoch nicht sprechen. Seltsamerweise waren meine Stimmbänder geschädigt worden, als ich mich an einem aus dem Laken gedrehten Strick aufgehängt hatte. Bereits nach zwei Tagen wurde ich aus dem Krankenhaus entlassen. Nicht in die Zelle, auch nicht in eine Nervenklinik, sondern in die Freiheit. Nach Hause.

Zwei Haltestellen eher stieg ich aus der Straßenbahn und lief über den *Broadway*. Tausende von Menschen in der Fußgängerzone, Touristen und Einheimische, buntgekleidet, kaufwillig oder Flaneure wie ich. Die bunten Auslagen, die allgegenwärtige Werbung, das Überangebot hatten mich bisher eher abgestoßen, sofern ich dem überhaupt meine Aufmerksamkeit geschenkt hatte. Jetzt sah ich es mir an, und es gefiel mir. Eine schöne neue Welt war mir geschenkt worden. Nur mit meinem Aussehen kam ich noch immer nicht klar. Ich vermied es, zu dicht an spiegelnde Schaufenster heranzutreten, um den mageren Glatzkopf mit dem verbitterten Mund und dem Stoppelbart nicht sehen zu müssen. Die Physiognomie eines Verbrechers. Wäre ich einem wie mir begegnet, ich wäre ihm sicherheitshalber in großem Bogen aus dem Weg gegangen.

Ellen hatte mich im Krankenhaus besucht. Sie erschrak bei meinem Anblick. Wir sprachen nicht viel miteinander. Ich schwieg, weil das Reden mir Schmerzen bereitete, sie aus einem anderen Grund, den sie mir erst zu Hause mitteilen wollte. Das glaubte ich ihr nicht, hielt es für Befangenheit meinem fremden Aussehen gegenüber. Die Haare wachsen wieder, hatte ich sie zu trösten versucht. Die Kopfhaut juckt schon. Da hatte sie geweint und mich umarmt.

Einen einzigen Laden betrat ich. Darin wurden unter anderem Perücken vertrieben. Ich ließ mir von der bei meinem

Anblick sehr nervösen und dienstfertigen Verkäuferin einige zeigen und erkundigte mich flüsternd nach den Preisen. Als ich sie hörte, verließ ich das Geschäft fluchtartig.

Zu Hause setzte ich mich sofort vor meinen Computer. Ich überprüfte, ob die Polizei etwas gelöscht oder durcheinandergebracht hatte. Festellen konnte ich nichts. Meine Papiere waren nicht durchsucht worden. Ich fand den Vertrag und legte ihn in die Schreibtischschublade. Dann las ich in meiner Dissertation. Ich ertrug die Lektüre nicht. Was ich verfaßt hatte, klang hohl, theoretisch, lebensfremd. Inzwischen war ich klüger als vor zwei Wochen. Wesentlich klüger.

Ich schaltete auf das Verzeichnis der Spiele und wählte Tetris aus. Ich hatte keine Chance gegen den Computer. An Tagen, da ich in drei aufeinanderfolgenden Spielen nicht wenigstens einmal über 8 000 Punkte komme, weiß ich, daß ich mich nicht konzentrieren kann, und verzichte auf jede schöpferische Arbeit. Ich gehe dann in die Küche, wasche ab, mache sauber, räume auf. Aber in der Küche stand kein schmutziges Geschirr, und die Notwendigkeit zum Aufräumen fehlte.

Bis Ellen kommen würde, hatte ich noch fünf Stunden Zeit. Ich steckte meine Papiere ein und verließ das Haus wieder. In meiner Bank erwartete mich eine Überraschung. Eher routinemäßig hatte ich den Automaten nach meinem Kontostand befragt. Statt des erwarteten Minusbetrages leuchtete mir grün eine für mich phantastische Summe entgegen. 19 587,12 DM. Im Auszugdrucker orderte ich meine Kontauszüge. Zu Ihren Gunsten: 20 000 DM. In der Rubrik »Vorgang« wurde ich über den Einzahler aufgeklärt: INST FORENS PSYCH KÖLN. Auf der Stelle hob ich 1 000 DM ab und rannte zu dem Laden, den ich zwei Stunden zuvor fluchtartig verlassen hatte. Ich orderte, jetzt konnte ich es mir leisten, eine Perücke aus Naturhaar, das etwa die Farbe meines im Mülleimer verschwundenen Skalps hatte: dunkelbraun. Die Verkäuferin sah mich sehr verdutzt an; mit meiner Rückkehr, gar mit einem Kauf hatte sie nicht gerechnet. Nicht mehr ängstlich, sondern sehr freundlich half sie mir beim Anpassen. Endlich konnte ich mich wieder im Spiegel ansehen, ohne daß mir schlecht wurde.

Als nächstes aß ich eine Pizza. Eine Pizza Funghi, zubereitet von echten Italienern. Und weil es so schön war, in Freiheit Pizza zu essen und dazu italienischen Landwein zu trinken, ließ ich eine Pizza Frutti di Mare folgen und ergänzte sie schließlich um eine Pizza Bolognese. Die mußte ich mir freilich unter Aufbietung aller Energien in den Schlund stopfen. Aber es ist schön, wenn einem in Freiheit schlecht wird.

Nachdem ich 50 Mark beim Kellner und den unverdauten Mageninhalt auf dem Klo losgeworden war, suchte ich die Kanzlei meines Anwalts auf. Er war gerade wieder mal in einem Gerichtssaal, sehr beschäftigt, der Junganwalt, er würde seinen Weg machen. Seine Sekretärin gab mir, ohne daß ich mich hätte ausweisen oder die Perücke lüften müssen, meinen Schreibblock heraus. Zu Hause begann ich sofort damit, meine Aufzeichnungen aus dem Gefängnis abzutippen.

Noch einmal durchlebte ich die Geschichte. Das flaue Gefühl im Magen konnte freilich auch von meinem Pizza-Exzeß herrühren, aber das glaube ich nicht. Wut und Haß produzierten es. Was war mit mir geschehen? Warum? Und wer hatte es geschehen lassen? Ich las und schrieb, las und schrieb, und ich wunderte mich darüber, daß ich diese vielen Seiten innerhalb von lediglich drei Tagen gefüllt hatte. Das Abtippen würde mindestens genauso lange dauern. Wahrscheinlich sogar länger, denn an Stellen, die gar zu schludrig formuliert waren, besserte ich nach. Ohne mich an der Substanz zu vergreifen, schwor ich mir.

Bei der Ankunft fiel es Ellen nicht sofort auf, daß ich eine Perücke trug. Ich sah so aus, wie sie mich kannte. Dann begriff sie es und lachte. Ihre Heiterkeit wirkte unecht. Ellen wirkte unvertraut gehemmt. Ich entschuldigte mich für unseren dummen Streit, und sie sagte, es sei an ihr, sich dafür zu entschuldigen.

Das tat sie aber erst, als sie das gesamte Manuskript gelesen hatte – ich selbst war zum Vorlesen noch nicht in der Lage. Bei jedem lauten Wort schmerzten die Stimmbänder. Und Flüstern strengt mehr an als das Reden in gewohnter Lautstärke. Ellen weinte, und dann beichtete sie mir, daß sie in das Komplott gegen mich eingeweiht war. Den Streit hatte sie provoziert, was ihr allerdings leichtgefallen sei, da ich mich wie ein Idiot benommen hatte. Wir verziehen uns gegenseitig und sanken uns in die Arme. Auf der Liege spielte sich dann aber doch nichts ab, jedenfalls nicht bei mir. Ich dachte an Tischendorf, und alles verging mir.

Wir kleideten uns wieder an und schmiedeten Pläne. Ich würde es nicht auf mir sitzenlassen, daß sie mich mißbraucht und in den Selbstmord getrieben hatten. Selbst unser Liebe hatten sie vergiftet. Das stand keinem zu. Ellen und ich schworen Rache. Wem? Natürlich der ganzen Gesellschaft, wennschon, dennschon. Wir würden wieder in die Opposition gehen, etwas unternehmen. Etwas Wirkungsvolles. Aber was? Keine Gewalt, schlug ich ohne tiefere Überzeugung vor. Öffentlichkeit. Ellen betrachtete die Pressefreiheit skeptisch, wußte aber nichts Besseres vorzuschlagen.

Ich tippte meinen Bericht ab – tatsächlich, es dauerte länger als drei Tage. Entschieden länger. Ellen, wesentlich cleverer als ich, hatte bei Unterzeichnung ihres Vertrages Blomes hiesige Anschrift und Telefonnummer erfragt und auch mitgeteilt bekommen. Der Organisator meiner Leiden war in einem noblen Berliner Hotel abgestiegen und residierte auch jetzt noch dortselbst. Auf ihr Ansinnen, alle Beteiligten zusammenzurufen, reagierte er erfreut statt verwundert. Er drängte darauf, daß auch ich daran teilnehme. Ellen stellte mich kränker dar, als ich war. Da wollte er die Konferenz bis zu meiner Genesung verschieben. Erst als ich ihm ausrichten ließ, daß ich mich nur unter Anwendung von Gewalt jemals wieder in seinen Einflußbereich begeben würde, stimmte er Ellens Terminvorschlag zu und übernahm auch die Einladung der Gäste. Ellen schnitt die Konferenz heimlich mit. Leider in so schlechter Tonqualität, daß nur wenig zu verstehen war beim Abhören des Bandes. Sie ergänzte, was sie behalten hatte. Nur sie selber und unser Anwalt hatten in Mikrofonnähe gesessen; die anderen rauschten mehr, als daß sie sprachen. Meinen Bericht und Ellens Protokoll vervielfältigten wir und schickten sie an die drei größten deutschen Nachrichtenmagazine. Und dann warteten wir auf die Veröffentlichung. Und warteten. Und warteten.

Die Berlin-Redaktion des größten Magazins reagierte am schnellsten. Ein Herr Schwabe bedankte sich für das übersandte Material, verhehlte jedoch nicht, daß er es für einen Roman hielt. Das Thema – Gewalt in Haftanstalten – hatten sie bereits selbst recherchiert und unlängst publiziert, womit sicher meinem Anliegen, die Gesellschaft darauf aufmerksam zu machen, Rechnung getragen sei. Der Redakteur empfahl mir, mich mit dem Roman an einen Krimi-Verlag zu wenden. »Zu unserer Entlastung senden wir Ihnen anliegend das Manuskript zurück und bedanken uns für die Möglichkeit, es vor einer Veröffentlichung lesen zu dürfen«, schloß der Brief.

Wenig später reagierten auch die beiden anderen Magazine. Weniger substanziell, aber ähnlich. Niemand glaubte mir. Um mich zu trösten, schlug mir Ellen den Weg zu den Boulevardblättern vor. Ich lehnte ab. Die werden heute gelesen, morgen vergessen. Und meinen Bericht von einhundertfünfzig Manuskriptseiten auf zwanzig Zeilen für Analphabeten verdünnen zu lassen wäre mir als Sakrileg erschienen. Meiner Freundin übrigens auch; sie wollte nur lieb sein.

Wir unterschrieben unserem Anwalt die Vordrucke, die ihn mit der Vertretung unserer Interessen gegen Blome und Co. beauftragten. Körting empfahl uns Geduld. Mit Reaktionen auf seine Dienstaufsichtsbeschwerden und Strafanzeigen sei vor Ablauf eines Vierteljahres gewiß nicht zu rechnen, und längere Wartefristen seien eher die Regel denn die Ausnahme. Um ihm die Einleitung zivilrechtlicher Schritte zu ermöglichen, sollten wir uns nach dem Verbleib meines Resthonorars erkundigen; auf Ellens Konto war überhaupt noch nichts von dem für ihre Mitwirkung vereinbarten Honorar eingegangen.

Ellen übernahm den Anruf bei Blome, der noch immer in dem Berliner Nobelhotel wohnte. Wer weiß, wer das bezahlte. Gewiß nicht das Gesundheitsministerium.

»Aber Fräulein Weisbach!« sagte Blome-Bernhardt, und seine Stimme triefte vor Ironie, »Sie werden doch nicht für schäbige anderthalb Wochen mehr Honorar erwarten, als Herr Kowalski bereits erhalten hat! Er ist absolut überbezahlt. Dies zum einen. Ich würde dennoch einer Überweisung zustimmen, schließlich sind die Gelder bewilligt, jedoch wurden Sie vertragsbrüchig.«

»Inwiefern?«

»Spielen Sie nicht die Naive, Fräulein Weisbach. Sie haben sich an drei Nachrichtenmagazine gewandt.«

»Wie kommen Sie darauf?« reagierte Ellen schlagfertig. »Haben Sie irgendwo etwas gelesen über Ihr Experiment?«

»Daß Sie Ihr Geschreibsel nicht losgeworden sind, ist nicht Ihrer vertraglich vereinbarten Zurückhaltung, sondern Ihrer journalistischen und kommerziellen Unfähigkeit zu verdanken. Aber Sie können das Honorar gern einklagen, wenn Sie meinen, daß Ihnen das weiterhilft. In dem Fall werden wir mit einer Gegenklage antworten. Sofern Sie auf unserer Zahlung bestehen, erkennen Sie die Rechtmäßigkeit des Vertrages an und geben uns damit die Möglichkeit, Sie wegen Ihres versuchten Gangs an die Öffentlichkeit zur Rückzahlung des Vorschusses verurteilen zu lassen. Einen schönen Tag noch, Fräulein Weisbach, und meinen herzlichen Gruß an Herrn Kowalski, der sicher neben Ihnen steht und mithört.«

Als wir Körting von dem Gespräch erzählten, räumte er ein, daß Blomes Betrachtungsweise nicht jeder Substanz entbehre. Über eine Zivilklage sei Blome kaum beizukommen, und ob es in den Strafverfahren je zu einer Anklageerhebung kommen werde, sei ebenfalls fraglich.

»Justiz und Gerechtigkeit haben wenig miteinander zu tun«, dozierte er. »Sein Recht muß man sich selber verschaffen, aber das ist strafbar. Seien Sie sicher, daß ich für Sie tun werde, was ich kann. Leider ist das nicht sonderlich viel.«

»Nun gut«, sagte ich zu Ellen auf dem Heimweg, »soviel zur Ausschöpfung der Legalität. Kommen wir zur Phase zwei.«

»Was willst du denn machen?«

»Keine Ahnung«, gab ich zu. »Wenn ich es genau weiß, werde ich es dir sagen. Dir zuerst.«

Die alte Garde

Zweimal an diesem Vormittag wählte ich eine Nummer. Ergebnislos. Kurz nach dem Mittag – ich hatte an einer Bude

Döner Kebab gegessen und dazu ein Bier getrunken – versuchte ich es zum drittenmal. Ich rief von einer Zelle aus an und wollte gerade auflegen, als sich eine Männerstimme meldete.

»Ja?«

»Hier ist Joseph Kowalski, Herr Schreiner. Erinnern Sie sich an mich?«

»Selbstverständlich.«

»Sie haben mir gesagt, wenn ich meine Akte gelesen habe, würde ich Fragen haben. Damit solle ich mich ruhig an Sie wenden. Stehen Sie noch dazu?«

Kurze Pause. Dann: »Ich stehe immer zu meinem Wort, Herr Kowalski. Aber warum kommen Sie erst jetzt? Die Akte haben Sie bereits vor einem Jahr gelesen!«

»Das wissen Sie?« Woher nur?

»Was wollen Sie wirklich?« fragte Schreiner.

»Es gibt ein neues Problem. Darüber würde ich gern mit Ihnen sprechen.«

»Sie wollen mit mir über Ihre Probleme sprechen? Mit mir?« Durch Ironie überspielte er seine Verwunderung. »Wenn Sie das nur vor fünf Jahren getan hätten!«

»Ich brauche den Rat eines Fachmanns«, sagte ich und mußte mir nicht mal Mühe geben, um hilflos zu klingen.

Wieder eine kurze Pause. Dann entschloß er sich. »Kommen Sie vorbei. Paßt es Ihnen am Samstag?«

»Geht es nicht eher?«

»Also ein akutes Problem«, folgerte er.

»Ja. Haben Sie heute etwas Dringendes vor?«

»Allerdings. Ich habe natürlich nicht Däumchen gedreht und auf Ihren Anruf gewartet. Es ist jetzt … Hm. Wenn Sie sofort kommen, geht es.«

»Bin schon unterwegs.«

Ich legte auf und rannte zur Straßenbahnhaltestelle. Schreiner wohnte in einer der Neubau-Satellitenstädte, die unser Stadtzentrum regelrecht umstellen. Begegnet war ich ihm nur dreimal bisher. 1989 war er Oberstleutnant und stellvertretender Abteilungsleiter der Abteilung XX in der Bezirksbehörde des Ministeriums für Staatssicherheit. Anderthalb Wochen vor dem vierzigsten Jahrestag der DDR hatte er mich zu einem Gespräch, so nannte er es, in seine Behörde vorgeladen. In seinem spartanisch eingerichteten Dienstzimmer hatten außer ihm noch zwei seiner Mitarbeiter gesessen, als pure Staffage, sie durften wohl nichts sagen. Einer machte gelangweilt Notizen, der andere versorgte uns mit Mineralwasser und leerte den Aschenbecher. Mit einem Wechselbad von Drohungen und Geplauder hatte Schreiner fünf Stunden lang meine Persönlichkeit erkundet. Obwohl ich aus meiner Überzeugung, daß die Regierung abgewirtschaftet habe und die Festschreibung der führenden Rolle der SED in der Verfassung unzeitgemäß sei, keinen Hehl gemacht hatte, durfte ich danach gehen. Die zweite Begegnung war wesentlich kürzer und angenehmer gewesen. Als das Neue Forum – damals gehörte ich noch dazu, war sogar Mitglied des Sprecherrats – am 5. Dezember 1989 das Bezirksamt der Stasi besetzte, war er natürlich auch dort gewesen. Wir hatten uns mit Handschlag begrüßt, ansonsten aber nicht miteinander geredet. Worüber auch? Immerhin erfuhr ich bei der Gelegenheit seinen richtigen Namen und Dienstgrad – denn bei dem sogenannten Gespräch hatte er sich als Major Schulze vorgestellt. Die dritte Begegnung fand rein zufällig statt, glaube ich wenigstens. Ich saß in einem mäßig gefüllten Café. Wenig später kam er herein und setzte sich an meinen Tisch. Ein sonderlich inhaltsreiches Gespräch ergab sich nicht. Immerhin fragte er mich, ob ich meine Akte inzwischen schon gesehen habe, und als ich verneinte, kündigte er mir Überraschungen an. »Sie werden Fragen haben. Kommen Sie damit ruhig zu mir.« Und hatte mir eine Karte gegeben. Name, Anschrift, Telefonnummer. Ich verwahrte die Karte nur meiner Gründlichkeit wegen. Daß ich mich jemals mit Fragen oder gar eines privaten Problems wegen an ihn wenden würde, hielt ich damals für ausgeschlossen.

Nach dem Klingeln öffnete er mir sofort per Summer die Haustür, aber vor seiner Wohnung mußte ich fast zwei Minuten warten. Dann ging die Tür auf, und er grinste mich sehr fröhlich an und bat mich herein. Er sah immer noch so aus wie vor vier Jahren. Ein mittelgroßer dicker Mann mit kurzem grauem Stoppelhaar, schwer bestimmbaren Alters zwischen vierzig und fünfundfünfzig. Er trug einen pastellfarbenen Jogginganzug und gelbe Filzlatschen. Auch mir bot er sofort Latschen an, damit ich seine Perser nicht eindrecke.

Die Wohnung war klein; ich sah nur ein Zimmer, und das war ringsum vollgehängt mit fast einhundert Geweihen. Auf einer Anrichte standen zwei große ausgestopfte Vögel, im Bücherregal zwischen sowjetischer und DDR-Belletristik, gleich unter einer Reihe mit Marx, Engels, Lenin, Stalin, ein ausgestopfter Fuchs und ein kupfergeschmiedetes Porträt von Felix Edmundowitsch Dsershinski.

Zunächst einmal tasteten wir uns im allgemeinen Gespräch ab. Schreiner wirkte ruhig, sicher, ja, gelöst. Nicht wie jemand, dessen gesamte Existenz zerstört worden war. Ich fragte ihn, womit er heute sein Geld verdient.

Er sei eine Art Vertreter oder Berater, teilte er mir mit. »Ich helfe Leuten in der Wirtschaft, sich auf selbständigem Gebiet zu festigen. Ich berate sie bei der Erlangung von Fördermitteln, die von Land, Bund und EG aufgelegt sind.«

»Woher wissen Sie von den Fördermitteln? Verstehen Sie etwas von Wirtschaft?

»Die meisten Leute bei der Staatssicherheit haben eine gediegene Bildung.« Er grinste sehr überlegen.

»Aber Sie waren damals für Künstler zuständig, nicht für Ökonomen.«

»Woher wollen Sie das so genau wissen? In den letzten Jahren kamen die Wirtschaftsfunktionäre dutzendweise zu mir und haben sich ausgeheult. Es ging alles den Bach hinunter, und sie mußten darüber Stillschweigen bewahren. Nur noch mit mir konnten sie offen sprechen. Außerdem kann ich immer, was ich will.«

Ich wechselte das Thema. »Was für einen Grund gab es für unser Gespräch anderthalb Wochen vor dem Jahrestag der DDR? Ich meine das, wo wir uns zum erstenmal gesehen haben.«

»Wo Sie mich das erste Mal gesehen haben«, präzisierte er süffisant. »Was glauben Sie?«

»Ich sehe zwei Möglichkeiten. Die eine: Es sollte der Einschüchterung dienen, weil die Demonstration am Tag der Republik verhindert werden sollte. Zum anderen kann es auch sein, daß genau das Gegenteil bewirkt werden sollte: Die Demonstration sollte unbedingt stattfinden, und ich sollte aufgestachelt werden, sie zu organisieren.«

Er lächelte sehr überlegen. »Es ist beides nicht richtig. Wir haben hier alles anders gemacht als in anderen Städten. In Leipzig und Berlin haben sie draufgeknüppelt. Wir haben den Dialog geführt. Der Blickwinkel der Einsichten ist für einen Geheimdienstmann geweitet. Wir haben sehr genau gewußt, was in unserem Land los war. Wenn man miteinander redet, kann man sich verstehen. Man muß Argumente haben. Das ist besser als Gewalt. Natürlich war die Situation hier auch nicht so verschärft wie in Leipzig. Bei uns gab es nur fünf, sechs Leute, die zählten. Dazu gehörten Sie.«

»Tatsächlich? Oh, danke. Was verschaffte mir die Ehre?«

»Ich denke, Sie kennen Ihre Akte.«

»Das meiste war vernichtet. Drei leere steife Hüllen haben sie mir vorgelegt. Alles weg. Spitzelberichte, und was sonst noch dringewesen sein mag. Nur eine dünne Führungsakte mit allgemeinen Einschätzungen und Anweisungen war übriggeblieben.«

»Vernichtet? Nicht durch mich, dessen können Sie gewiß sein. Wer weiß, wo das jetzt liegt.«

»Damit sind wir schon fast beim Thema. Halten Sie es für möglich, daß die Akte heute anderenorts weitergeführt wird?«

Schreiner nickte sehr gewichtig. »Ich halte das nicht nur für möglich, sondern für wahrscheinlich.«

»Warum gerade ich?« Das war mir wirklich unklar. »Ich bin ein eher unpolitischer Mensch …«

»Na ja …«

»Damals bin ich nur aus moralischer Empörung auf die Straße gegangen, weil sich die Betonköpfe dem Experiment Glasnost verweigerten.

»Und jetzt?«

»Jetzt mache ich gar nichts mehr als Studieren.«

»Warum diese Abstinenz? Mir scheint, daß gerade jetzt etwas Bewegung nottut.«

»Als ich mich das letzte Mal bewegte, ist etwas ganz anderes herausgekommen, als ich wollte.«

»Tja, Herr Kowalski, das müssen Sie mit Ihrem Gewissen ausmachen.«

»Muß ich wohl«, sagte ich, um ihn nicht zu reizen. Aber was mich in seinen Augen so gefährlich machte, wollte ich schon wissen.

»Ihre Rigorosität. Sie ragten heraus aus dieser Bande von evangelischen Pfarrern, mit denen Sie sich umgaben. Die seierten um den Brei herum, während Sie die Dinge beim Namen nannten. Nicht immer beim richtigen Namen, wie Sie inzwischen wohl selber gemerkt haben, aber das taten die Kirchenschwätzer ja erst recht nicht. Und Sie konnten reden. Ihnen hörten die Massen zu und ließen sich beeinflussen. Ich wundere mich, daß Sie weiterstudieren, anstatt in die Politik zu gehen.«

»Die Schwätzer waren in der Mehrheit«, sagte ich. »Als die Wende gelaufen war, brauchten sie mich nicht mehr.«

»Das sollte Ihnen zu denken geben. Ich habe jedenfalls Ihre Potenzen erkannt, im Unterschied zu Ihren sogenannten Freunden. Ich habe damals mit Ihnen gesprochen, obwohl mir Ihre Kommilitonen sagten, der ist nicht gefährlich. Der ist zu feige. Ich bin Jäger. Ich weiß, daß selbst ein Hase gefährlich werden kann, wenn er in die Enge getrieben wird. Oder eine Gans. Ich hatte mal eine Gans geschossen. Sie fiel herunter auf das Eis, aber sie lebte noch. Da sagte ich mir, es ist unwaidmännisch, ein zweites Mal auf eine Gans zu schießen. Ich wußte, wenn man sie am Hals packt und kräftig auf das Eis stukt, dann stirbt sie. Sie hat sich gewehrt und mir die Wattejacke und den Pullover durchgebissen und mich am Arm verletzt – bis aufs Blut.«

Ich schluckte.

»Wollen wir zur Sache kommen?« fragte Schreiner.

»Ja.« Aber ein bißchen Anlauf brauchte ich immer noch. Er war mir jetzt, so schien es mir, überlegener als bei dem Verhör vor viereinhalb Jahren. Damals fühlte ich mich stark, weil ich Teil einer Bewegung war, die das Recht und die Zukunft auf ihrer Seite wähnte. Heute saß ich ihm als jemand gegenüber, der eine Revolution vermasselt hat und sich nun an die einstigen Feinde um Hilfe wenden muß.

»Bei dem Gespräch damals haben wir beide sozialistische Positionen für uns reklamiert. Wie stehen Sie heute dazu?«

»Ich will im nachhinein nichts verklären«, antwortete er bereitwillig. »Ich habe nie große patriotische Worte gebraucht, aber heute sage ich: Die DDR war mein Vaterland. Wir haben damals alles falsch gemacht, was wir falsch machen konnten, aber nicht das hat zum Ende der DDR geführt, sondern die Zerstörung des sozialistischen Marktes durch die Perestroika. Als es der DDR schlechter ging, waren immer mehr dagegen. Aber die eigentlichen Aktivisten, die ständig Vernetzung wollten, das waren nicht mehr als zweihundert. Es gab Leute, die sagten, das ist keine Kraft.«

»Warum wurden wir nicht festgenommen? Sie wußten doch, wer wir waren.«

»Hätten die Regierenden noch gekonnt, wie sie wollten, dann wären Sie nicht auf der Straße herumgedöbert. Aber die haben sich überhaupt nicht mehr bewegt. Ihre Intoleranz bestärkte oppositionelle Haltungen.«

»Sie sind nicht einverstanden mit der neuen Gesellschaft«, sagte ich. »Unternehmen Sie etwas dagegen?«

»Als Wirtschaftsberater? Da tue ich, was ich kann, damit ein bißchen Geld an die richtigen Leute umverteilt wird. Mehr ist nicht möglich. Auf lange Sicht wird ohnehin etwas geschehen, auch ohne mein Zutun. Der Sozialismus hat sich selbst aufgelöst. Der Kapitalismus hängt nur noch an einem Faden. Die Hungerströme werden etwas bewirken. – Aber meine Zeit ist bemessen. Sind Sie gekommen, um mit mir über die Weltlage zu philosophieren?«

»Nein.« Niemand nahm mir die Entscheidung ab. Ich konnte gehen, oder ich mußte Vertrauen wagen. Vertrauen zu einem Mann, der meine Post gelesen hatte, der meine Freunde über mich ausgehorcht, der Spitzel an mich angeschleust und der ein Strafverfahren gegen mich vorbereitet hatte. Ich entschied mich.

Und dann redete ich Klartext. Ich erzählte ihm – ausführlicher, als ich beabsichtigt hatte – die Geschichte der letzten Wochen. Er hörte sehr aufmerksam zu, und obwohl ich länger als eine Stunde sprach, unterbrach er mich nicht ein einziges Mal. Er notierte sich nichts, und ein Band lief vermutlich auch nicht mit. Als ich mit der Schilderung der Konferenz meinen Vortrag beschloß, sah er mich nachdenklich an. Er räusperte sich, wohl weil er so lange geschwiegen hatte, dann fragte er:

»Tragen Sie eine Perücke?«

»Ja.«

»Setzen Sie sie bitte ab.«

Ich tat es und nutzte die Gelegenheit, mich ausgiebig zu kratzen. Denn schlimmer noch als der mir widerwärtige Anblick war das ewige Jucken unter der Perücke.

Schreiner betrachtete den kahlen Schädel mit den millimeterkurzen, fast noch unsichtbaren Stoppeln und sagte: »Danke. Ihre Story klingt gar zu hanebüchen. Da bedurfte ich wenigstens eines augenscheinlichen Beweises. Sie können die Perücke wieder aufsetzen. Und was erwarten Sie nun von mir?«

»Ihren Rat.«

»Da müßte ich zunächst die ganze Wahrheit wissen.«

»Das war sie.«

»Bedenken Sie, daß ich Ihre Akte genau kenne. Schließlich wurde sie unter meiner Leitung angelegt. Die IM unter Ihren Kommilitonen, ich habe das schon angedeutet, schätzten Sie als feige ein, weil Sie sich nur selten in größeren Diskussionen zu politischen Fragen äußerten. Ich denke, das war keine Feigheit, sondern Vorsicht. In Kirchen haben Sie Klartext geredet, obwohl Sie wußten, daß fast die Hälfte Ihrer Zuhörer unsere Mitarbeiter oder Quellen waren. Am Tag der Republik sind Sie in der ersten Reihe der illegalen Demonstration gelaufen und auch nicht gewichen, als vor Ihnen die Polizeikette auftauchte. Sie wollten einen W 50 mit Schiebeschild mit bloßen Händen aufhalten. Wer so etwas riskiert, ist nicht feige.«

»Worauf wollen Sie hinaus?«

»Auf Ihren sogenannten Selbstmordversuch. Sicher, Sie waren verzweifelt, aber einer wie Sie bringt sich doch nicht in der ersten Verzweiflung um!«

»Bitte, das ist die Druckstelle.« Ich reckte meinen Hals aus dem Hemdkragen und tippte mit dem rechten Zeigefinger darauf.

»Oh, ich glaube, daß Sie sich aufgehängt haben, aber ich sehe auch, daß Sie gesund vor mir sitzen. Und an den Zufall, daß Ihr Karloff ausgerechnet in dem Moment vorbeikam, wo Sie den Kopf in die Schlinge steckten, glaube ich nicht. Ich glaube überhaupt nicht an bedeutungslose Zufälle. Nur an den Schnittpunkt zweier Notwendigkeiten. Sie lauschten auf jeden Schritt, das haben Sie selbst gesagt. Ich nehme an, daß Sie warteten, bis der Wachtmeister vor der Tür stand. Und das heißt, Sie hatten begriffen, daß etwas faul ist mit Ihrer Haft.«

»Ja«, gab ich zu, verblüfft über seinen Scharfsinn. Das hatte ich sogar in meinem Manuskript verborgen, das meine Erlebnisse und Gedanken ansonsten korrekt wiedergibt. Selbst daß ich gegen Ende mächtig auf die Tränndrüsen drücke, ist keine Schauspielerei. Mir war zum Heulen elend. Zum Heulen, aber nicht zum Aufhängen. Ich verschwieg es, damit diejenigen, die meine Aufzeichnungen finden und lesen würden, an die Echtheit des Suizidversuchs glaubten. Das schien mir besonders wichtig für den Fall, daß ich versehentlich doch zu Tode kam. Denn wenn man sich aufhängt, muß man natürlich immer einkalkulieren, daß man es nicht überlebt. Das Risiko hielt ich so gering wie möglich, indem ich abwartete, bis Karloff durch den Spion sah. Da er ungewöhnlich langsam und ungeschickt war, wäre ich trotz meiner Vorsorge tatsächlich beinahe draufgegangen.

»Was machte Sie mißtrauisch?« fragte Schreiner.

»In der ersten Zeit gar nichts. Was weiß ich schon darüber, wie es in einer Haftanstalt zugeht. Dank Ihrer freundlichen Zurückhaltung habe ich noch nie gesessen. Ich hielt den Knast für echt. Für verdammt echt sogar, und ich war ehrlich verzweifelt. Bis ich alles aufschrieb. Auch dabei fiel mir noch nichts auf. Am Samstagnachmittag gab ich meinem Anwalt das Manuskript, soweit es fertig war. Danach saß ich vor einem leeren Block und dachte noch einmal über alles nach, was ich erlebt und aufgeschrieben hatte. Und da stutzte ich. Wir leben am Ende des 20.

Jahrhunderts. In einem Land, das, was immer wir beide sonst davon halten, mit zu den fortschrittlichsten gehört in Bezug auf Haftbedingungen. Und das, was mir widerfuhr, stank irgendwie nach Mittelalter. Natürlich weiß ich, daß alles, für sich betrachtet, durchaus vorkommt in einem Gefängnis. Schlägereien, Vergewaltigungen, repressive Verhöre und so weiter. Aber daß wirklich jeden Abend punkt zehn das Licht gelöscht wird, das ist irgendwie altmodisch. In einem modernen Gefängnis gibt es Gemeinschaftsräume mit Fernsehern und Spielen. Ich saß den ganzen Tag in der Zelle und wurde nur einmal am Tag rausgeführt. Zu einem Rundgang auf einem ummauerten Hof. Das Kahlscheren. Man hat schließlich selbst als Verurteilter Rechte, um so mehr als Untersuchungshäftling. Und als ich meinen Hungerstreik ankündigte, wurde ich auf der Stelle an einen Tropf gehängt. Macht man das wirklich von der ersten Sekunde an? Nicht erst, wenn das Leben bedroht ist?«

Es konnte nichts schaden, wenn Schreiner mich für klüger hielt, als ich war. Zu solchen Erwägungen nämlich war ich denn doch nicht gelangt in meiner Zelle. Die kamen mir erst vor dem heimischen Computer.

»Da lief irgendein Spiel ab«, setzte ich fort, da Schreiner die rhethorische Frage unbeantwortet ließ. »Und ich möchte jetzt wissen, wer da warum mit mir spielte.«

»Das weiß ich auch nicht. Aber wenn schon Ihnen als Laien die Unstimmigkeiten auffallen, dann werden Sie ahnen, daß ein erfahrener Geheimdienstler noch mehr bemerkt. Das Experiment war offenkundig ein Vorwand. Denn was die da in Ihrer neuen Akte zusammengetragen haben, das setzt gründliche Recherchen voraus. So was macht man nicht, nur um zu testen, wie sich die Haft auf Normalbürger auswirkt. Der Aufwand wäre vor keiner Finanzkontrollbehörde der Bundesrepublik zu rechtfertigen. Glauben Sie mir, ich verstehe etwas von der neuen Bürokratie. Und selbst wenn denen die Arbeit erleichtert wurde, weil sie Ihre alte Akte in die Finger bekamen, so endet die doch im Dezember 1989. Was gegen Sie vorgebracht wurde, war jüngeren Datums, also Eigenrecherche. Irgend jemand hat etwas mit Ihnen vor.«

»Wer? Was?«

»Ich kann Ihnen nur den Rat geben, sich völlig ruhig zu verhalten. Setzen Sie Ihr Studium fort und tun Sie nichts, was Sie sonst nicht auch tun würden. Dann entgehen Sie der Falle, die Ihr unbekannter Gegner für Sie konstruiert hat.«

»Man kann Fallen besser umgehen, wenn man weiß, wo sie stehen.«

»Das ist eine Nummer zu groß für Sie, scheint mir. Ich kenne Ihren Hauptkommissar Everding. Er hat mich dreimal vorgeladen, weil er sich einbildete, ich würde gerade ihm etwas erzählen. Ein Wessi-Arschloch, wie es im Buche steht, wenn auch nicht ganz so unfähig wie der übrige Müll, den sie hier bei uns entsorgen. Der gehörte auch drüben zu den Erfolgreichen. Wenn der mitspielt, muß ein Auftraggeber existieren, der weit über ihm steht. Darum mein Rat: Verhalten Sie sich ruhig. Aber ich kenne Sie. Diesen Rat werden Sie nicht befolgen.«

»Stimmt.«

»Der Rat ist trotzdem gut. Tun Sie nichts, und Sie machen denen ihr Spiel kaputt.«

»Das liegt mir nicht.«

»Sind Sie eigentlich verfolgt worden, als Sie zu mir kamen?«

»Ich weiß nicht … Ich hatte den Eindruck, ja. Aber ich bin aus der Straßenbahn gestiegen, durch die Fußgängerzone gelaufen und dann in letzter Sekunde auf eine andere Straßenbahn aufgesprungen. Ich denke, damit bin ich sie losgeworden.«

»Kommen Sie mal mit.« Wir gingen gemeinsam zum Fenster, schauten durch die Gardine hinaus. »Sehen Sie den blauen Opel dort hinten auf dem Parkplatz? Es sitzen zwei Männer darin. Der Wagen stellte sich dorthin, als Sie auf mein Haus zukamen. Und ich bin sicher, wenn Sie losgehen, wird er wieder abfahren. Nun überlegen Sie mal. Wie konnte der Ihnen folgen, wenn Sie durch die Fußgängerzone gelaufen sind?«

»Sie hören mein Telefon ab.«

»Das ist die eine Möglichkeit, aber für eine perfekte Überwachung zu unsicher.«

»Sie haben Wanzen in meiner Wohnung angebracht und hören jedes Wort, das dort gesprochen wird.«

»Schon besser. Aber was, wenn Sie Ihre Pläne erst unterwegs fassen oder sie ändern?«

»Stimmt, das habe ich ja. Ich habe mit niemandem darüber gesprochen und Sie aus einer Zelle angerufen.«

»Ausgezeichnet! Sie haben gelernt! Gefällt mir, Kowalski.«

Ich hütete mich, ihm zu sagen, daß mein Anruf aus der Zelle nur ein Zufall war. Er glaubte sowieso nicht an Zufälle.

»Wie konnten sie Ihnen folgen?« beharrte Schreiner auf seiner Frage.

»Keine Ahnung. Zu Fuß, oder jemand hat mir im Gedränge einen Peilsender zugesteckt.« Ich durchwühlte meine Taschen.

»Den könnten Sie finden oder verlieren. Außerdem können Ihre Verfolger nicht sicher sein, dicht genug an Sie heranzukommen.«

»Dann haben sie eben Pech gehabt.«

»Hatten sie aber nicht, wie wir wissen. Also gibt es noch eine andere Möglichkeit. Sie haben erzählt, daß Sie eine Spritze in den Hintern bekamen und daß der Arzt, als Sie schliefen, ein Pflaster darübergeklebt hat. War das die erste Spritze in Ihrem Leben?«

»Natürlich nicht.«

»Hat man jemals das Einstichloch mit einem Pflaster verschlossen?«

»Beim Blutspenden …«

»Das ist das Gegenteil einer Spritze. Also?«

»Die Infusion …«

»Drücken Sie sich nicht vor der Erkenntnis. Pflaster klebt man auf verletzte Haut, nicht auf verletzte Muskeln. Alles klar?«

»Sie meinen, man hat mir …? Das ist nicht möglich. Nein, das glaube ich nicht. Warum denn? Warum ausgerechnet mir?«

»Das interessiert mich auch. Werden Sie es mir sagen, wenn Sie es herausgefunden haben?«

»Ich dachte, Sie helfen mir.«

»Das tue ich bereits. Ich habe Sie angehört, ich gebe Ihnen Empfehlungen. Ohne jedes Honorar. Wissen Sie, was zweieinhalb Stunden meiner Zeit sonst kosten? Ich bin Wirtschaftsberater. Wenn Sie Ihr Honorar gut anlegen wollen, sind Sie bei mir an der richtigen Adresse. Mit Geheimdienstarbeit habe ich nichts mehr zu schaffen.«

»Wenn wirklich in meinem Hintern … Was soll ich da machen?«

»Weiter damit hcrumlaufen, bis die Batterie alle ist, oder herausoperieren lassen.« ·

»Und wenn der Arzt für die arbeitet?«

»Langsam sind Sie aufgewacht. Kowalski. Wurde aber Zeit.« Er stand auf, entnahm seinem Schreibtisch eine Visitenkarte, gab sie mir. »Gehen Sie da hin. Der wird nie für *die* arbeiten, wer immer *die* sein mögen.«

»Danke. Kann ich mich auf Sie berufen?«

»Wenn Sie sich etwas davon versprechen.«

»Das ist ein Anfang. Aber ich möchte herausfinden, wer *die* sind. Allein schaffe ich es nicht. Ich brauche die Unterstützung von echten Profis.«

»Das Ministerium für Staatssicherheit wurde vor vier Jahren aufgelöst. Unter anderem auch dank Ihrer Bemühungen. Und was die Boulevardpresse über die Untergrundarbeit der Ewiggestrigen spekuliert, das stimmt nicht. Ich befand mich in einer Position, in der ich wissen würde, wenn es so was gäbe, und ich weiß nichts davon. Sie sind auf sich selbst gestellt, Kowalski.«

»Hören Sie, Herr Schreiner, ich habe meine Akte gelesen. Ich habe darin den IM ›Catharina‹ entdeckt. Die war auf mich angesetzt, und ich bin in die Falle getappt. Einmal habe ich mit ihr geschlafen. Ein einziges Mal. Es war nicht besonders erhebend und hatte böse Folgen. Ich fühle mich heute noch besudelt. Meine damalige Freundin bekam es mit und trennte sich von mir. Sie haben das eingerührt. Ich trage es Ihnen nicht nach, aber meinen Sie nicht, daß Sie mir noch etwas schuldig sind?«

»Nein. Das meine ich nicht. Was wir gegen Sie unternehmen mußten, hatten Sie sich durch Ihre staatsfeindlichen Aktivitäten selbst zuzuschreiben. Ich habe nur meine Arbeit erledigt. Meinen Job getan, wie man heute sagt. Was sollte ich Ihnen schuldig sein? Und daß Sie mit Catharina ins Bett gegangen sind, können Sie mir schon gar nicht vorwerfen. Ich habe Sie nicht dazu angestiftet.«

»Ich mache Ihnen keine Vorwürfe, wirklich nicht. Ich bitte nur um Ihre Hilfe.«

»Die haben Sie bereits bekommen. Überreichlich. Mehr ist nicht drin. Wenn Sie etwas über Leute herausfinden wollen, müssen Sie einen Privatdetektiv engagieren. Geld haben Sie ja.«

»Empfehlen Sie mir bitte einen.«

»Sehen Sie in den Gelben Seiten nach. Unter D wie Detekteien.«

»Ich will nicht irgendeinen, ich will den besten. Jemanden aus Ihrer Firma.«

»Woher kommt Ihre plötzliche heftige Liebe zu meiner ehemaligen Firma? Als sie noch bestand, haben Sie uns faschistische Methoden unterstellt und wollten uns unbedingt auflösen.«

»Um ehrlich zu sein«, erwiderte ich gereizt, »ich bedaure noch immer nicht, daß die Stasi abgeschafft ist. Sie haben mich schon an der Oberschule bespitzelt, und damals habe ich nichts weiter gemacht außer ab und zu die Klappe aufgerissen wie Tausende anderer auch. Und Sie haben Angst und Schrecken verbreitet allein durch Ihre Existenz. Ich bin gegen Geheimdienste und ihre Macht. Gegen alle Geheimdienste, egal wo auf der Welt sie herumspitzeln. Aber eines kann man nicht bestreiten: Sie waren ein Spezialist. Der einzige, den ich persönlich kenne. Bei der Stasi haben die besten Spezialisten gearbeitet. Und so einen brauche ich jetzt.«

»Sie lehnen meine Arbeit ab, aber Sie wollen sie in Anspruch nehmen. Denken Sie bei Gelegenheit mal über diesen Widerspruch nach.«

Ich erwiderte nichts. Schreiner blickte mich eine Weile an. Er überlegte. Schließlich erhob er sich erneut und schaffte eine weitere Visitenkarte herbei. »Ich denke, das ist der beste, den Sie kriegen können. Genau weiß ich es nicht, ich habe nie direkt mit ihm zusammengearbeitet. Er war bei der Berliner Kriminalpolizei, wurde erst Anfang 91 hierherversetzt. Unserer Behörde stand er etwas skeptisch gegenüber. Auf seine Art war er ein durchaus integerer Beamter. Entlassen wurde er trotzdem durch dieses Abziehbild von einem Polizeipräsidenten, das sie uns zumuten. Iwers ist ein wirklich guter Mann. Nicht billig, aber gut.«

Schreiner blickte auf seine Armbanduhr und gab vor, seinen geschäftlichen Termin wahrnehmen zu müssen. Auf einmal hatte er es sehr eilig und komplimentierte mich geschwind aus seiner Wohnung. Und ich fuhr, wie er mir eingeschärft hatte, zur Poliklinik.

Inzwischen war der Berufsverkehr vorbei, und so entging mir nicht, daß mir der blaue Opel folgte, obwohl er gebührenden Abstand wahrte. Was wollten die bloß von mir? Ich verfluchte Blome und seine Bande, die mich dazu zwangen, mich unter die Fittiche meiner ärgsten Feinde zu flüchten.

Die ehemalige Poliklinik – jetzt das Ärztehaus – war um diese Zeit fast völlig von Medizinern und Patienten verlassen. Nicht einmal die Pforte war besetzt. Beinahe wäre ich umgekehrt, aber dann sagte ich mir, daß ich wenigstens mal nachsehen sollte, wenn ich mir den Weg schon gemacht hatte. Schreiner würde mich doch wohl nicht in ein leeres Haus schicken, oder? Ich orientierte mich auf einer Tafel, fuhr mit dem Fahrstuhl in den dritten Stock, suchte den Gang ab und entdeckte schließlich die richtige Tür. Ich klopfte und klinkte. Sie war offen. An einem Schreibtisch saß ein Mann im weißen Kittel.

»Doktor Roloff?« fragte ich.

»Herr Kowalski?« fragte er.

»Ich wurde Ihnen angekündigt?«

»Sonst wäre ich nicht mehr hier.« Roloff erhob sich, schüttelte mir die Hand. Er war ein Mann um die Fünfzig, groß, schlank, mit glattem, nichtssagendem Gesicht. Gespielte Freundlichkeit, wahrscheinlich von Berufs wegen.

»Dann zeigen Sie mir mal Ihr Gesäß«, forderte er mich sofort auf.

Ich öffnete Gürtel und Reißverschluß, zog Jeans und Unterhosen herunter und präsentierte meine Rückfront.

»Wo genau?«

Ich tippte auf die Stelle. Er betrachtete und betastete sie, was mir unangenehm war, aber nicht schmerzte.

»Taktil nichts festzustellen. Müssen wir röntgen«, knurrte er.

Ich zog mir die Hosen hoch und folgte ihm über den Flur zum Fahrstuhl. Wir fuhren in den Keller. Er schloß die Tür der Röntgenabteilung auf, sagte, ich solle mir die Hosen ausziehen und das Hemd unter die Achseln schieben und dirigierte mich dann auf eine Liege, über die er eine gewölbte Platte absenkte. Nachdem er die nötigen Einstellungen vorgenommen hatte, verließ er den Raum. Sekunden später war er wieder da und befreite mich aus der Maschine.

»Ziehen Sie sich an.«

»Und?«

»Strahlungsquelle im Gesäß. Wir werden es gleich auf dem Bild sehen. In fünf Minuten.«

Ich zog mich an, und wenig später kam er mit einem schwarzen Foto wieder, das er mir allerdings erst in seiner Praxis zeigte. Er legte es vor einen Leuchtschirm. Den Hintern erkannte ich nur daran, daß er ihn mir zeigte. »Hier – das ist die Strahlungsquelle.«

»Was heißt das, Strahlungsquelle? Meinen Sie, da ist etwas Radioaktives drin?«

»Ja. Genau das meine ich.«

»Wollen die mich verseuchen?«

»Unsinn. Das ist eine Isotopenbatterie, wie sie auch bei Herzschrittmachern Verwendung findet. Völlig ungefährlich für den Träger. Einfach eine besonders langlebige Batterie. Da nicht anzunehmen ist, daß damit Ihre Darmtätigkeit unterstützt werden soll, werden wir sie jetzt rausholen. Oder haben Sie Probleme beim Scheißen? Haha, selbst wenn – die elektronischen Darmschrittmacher sind meines Wissens noch nicht erfunden.«

Er führte mich ins Nebenzimmer und forderte mich zum drittenmal innerhalb einer knappen halben Stunde auf, meinen Hintern frei zu machen. Das war fast schon ein running gag. Während ich mich entblößte, zog er eine Spritze auf, wusch sich die Hände und streifte sich Handschuhe über. Ohne Aufforderung legte ich mich bäuchlings auf eine Liege.

»Örtliche Betäubung«, sagte er und verpaßte mir eine Injektion. In Erinnerung an meine letzte Spritze, verkrampfte ich mich, aber es tat nicht weh.

»Ganz ruhig«, sagte er. »Sie werden nichts spüren.«

»Und hinterher?«

»Auch nichts. Jedenfalls nicht viel.«

»Was ist *nicht viel*? Nach der letzten Spritze mußte ich eine Woche lang hinken.«

»Das war Absicht, damit Sie das Implantat nicht bemerken.« Er knetete meinen Hintern. »Spüren Sie etwas?«

»Ja.« Es war mir unangenehm. Seit Tischendorf mich vergewaltigt hatte, wußte ich, daß auch mein Arsch ein Geschlechtsteil ist, und ich war sehr empfindlich für mißdeutbare Berührungen. Aber Roloff walkte das Fleisch so geschäftsmäßig durch, daß meine schlimmen Gedanken verflogen.

Fünf Minuten später konnte er sich ans Werk machen. Es dauerte kaum länger als eine Minute, und etwas Metallisches klirrte in eine Schale. Die Wunde verschloß er mit Nadel und Faden.

»Beim erstenmal«, erläuterte er, »haben sie Fäden verwendet, die sich mit dem organischen Gewebe verbinden. Damit kann ich leider nicht dienen. Meine Praxis funktioniert nach den Gesetzen des Marktes, nicht nach den Bedürfnissen meiner Patienten. Aber keine Angst – Ihre Operation stelle ich niemandem in Rechnung. Sie soll ja unter uns bleiben. Und einem alten Genossen hilft man gern.«

Ich verkniff mir die Bemerkung, daß ich weder Genosse noch alt sei. Vielleicht meinte er ja auch Schreiner.

»Kommen Sie in drei Tagen um die gleiche Zeit vorbei, damit ich die Fäden ziehen kann.« Er sprühte flüssiges Pflaster auf und sagte, das sei es schon gewesen.

Als ich angekleidet war, fragte ich, was er herausgeholt habe. Er präsentierte mir ein winziges, glattes Gerät.

»Ich glaube, das ist ein Peilsender«, erklärte er.

»So was gibt's doch nur im Film!«

»Wie Sie sehen, gibt es das auch in Wirklichkeit.«

»Ich kann es nicht glauben.«

»In der Bibel heißt es: Glaubet, ohne zu sehen. Sie glauben nicht mal, was Sie sehen!«

»Ich sehe ein Stück Metall ohne erkennbare Spezifikationen.«

»Natürlich kann meine Vermutung falsch sein. Sprechen Sie mit einem Fachmann darüber. Mit diesem Ex-Polizisten, den Ihnen Schreiner empfohlen hat. Stecken Sie das Ding in die Hosentasche, bis der Ihnen gesagt hat, wie Sie sich verhalten sollen. Und gehen Sie gleich hin.«

»Ich habe das Gefühl, ich werde schon wieder von außen gesteuert.«

»Sie werden nicht gesteuert, sondern unterstützt. Hoffentlich begreifen Sie den Unterschied. Es wäre bedauerlich, wenn Mißverständnisse auftreten. Dazu ist die Sache zu wichtig. Vor allem für Sie!«

Obwohl es mir einleuchtete, blieb ich mißtrauisch. Nur gab es im Augenblick keine Alternative. Wenn ich Klarheit wollte, mußte ich mich mit Satan an einen Tisch setzen. Ich hoffte, mein Löffel war lang genug, um auch etwas von dem Gericht abzubekommen und nicht schon wieder in einer Pfanne zu landen.

»Ihre anonymen Bewacher wissen natürlich«, setzte er seine Bevormundung fort, »daß Sie im Hause sind. Aber ich habe so schnell gearbeitet, daß die wahrscheinlich nicht argwöhnen, Sie seien bereits operiert. Verlassen Sie das Haus durch den Hinterausgang. Dann denken die Verfolger vielleicht, daß Sie ein Täuschungsmanöver durchführen, um sie auszutricksen. Und jetzt gehen Sie ins *Thalia*.«

»Was wird denn gespielt? Egal. Mir ist nicht nach Film.«

»Benehmen Sie sich nicht wie ein Anfänger, Kowalski! Sie gehen ins Kino, verschwinden sofort in Richtung Toilette, Gang nach rechts statt nach links, und klopfen dreimal kurz, dreimal lang an die Tür mit der Aufschrift *Privat*. Und beeilen Sie sich. Die Vorstellung beginnt in einer halben Stunde.«

Teure Erleuchtung

Ich weiß nicht, was für ein Stück das ist, in dem ich plötzlich mitspiele. Nicht mal, ob es eine Haupt- oder eine Nebenrolle ist. Bin ich der Held oder das Opfer meiner Geschichte? Was ist aus meinem freien Willen geworden? Was aus der Autonomie meines Handelns? Wem habe ich mich unterworfen? Dem blinden Schicksal oder den Plänen von Menschen, die mich an Fäden dorthin dirigieren, wo sie mich haben wollen? Es war mein freier Entschluß, Schreiner um Rat und Hilfe zu bitten. Und er hatte sich anflehen, ja beschwören lassen, mir die Adresse eines fähigen Privatdetektivs mitzuteilen. Jetzt kamen mir Zweifel. Hätte er mir die Adresse vielleicht auch ohne meine Bettelei gegeben? Sie mir gar aufgedrängt, wäre ich ihm nicht auf den Leim gegangen? Hatte ich den Spielmeister Blome nur gegen den Spielmeister Schreiner ausgetauscht? Das Ergebnis würde sich kaum unterscheiden. Der Kandidat hat null Punkte.

Ins Kino sollte ich gehen und dort unter konspirativen Bedingungen einen Privatdetektiv treffen. Der Grund für die Geheimnistuerei war mir durchaus klar. Da ich verfolgt und angepeilt wurde, sollten meine Bewacher annehmen, ich sehe mir einen Film an. Wenn sie davon erführen, daß ich einen Privatdetektiv engagiere, würden sie ihn sicher ebenfalls überwachen. Gut auch, daß es andere für mich organisiert haben. Allein wäre ich dazu nicht in der Lage gewesen. Trotzdem schmeckte es mir nicht. Bezüglich Schreiners Menschenfreundlichkeit jedenfalls war ich frei von Illusionen. Ich wollte den Teufel mit Beelzebub austreiben. Wollte? Ich mußte! Hatte ich denn eine Wahl?

Also ging ich ins Kino. Der Andrang war nicht groß, aber das Kino immerhin so voll, daß man mich in der Dunkelheit kaum im Zuschauerraum entdecken oder vermissen dürfte. Ich löste eine Karte, ging in den Saal, wo gerade die Werbung begann, harte Männer am romantischen Lagerfeuer in wilder Felsenkulisse, die wahre Freiheit besteht darin, Zigaretten zu rauchen. Machte ich sowieso, wenn auch in Maßen und gewiß nicht diese Marke, da konnten sie werben, soviel und so gut sie wollten. Hatte ich keine anderen Probleme? Ich kehrte um und suchte das Privat-Zimmer im Toilettengang. Ich klopfte das Signal, und mir ward aufgetan.

Der Detektiv war ein Mann von höchstens vierzig Jahren. Er trug eine ovale randlose Brille, hatte wirres dunkelblondes

Haar über einem jungenhaften Gesicht, lustige graue Augen und einen sorgfältig gestutzten Schnauzbart. Er kleidete sich eine Spur salopper, als daß er so seriös gewirkt hätte, wie man dies von erfolgreichen Detektiven und Ex-Polizisten erwartet. Von weitem mochte er durchaus noch als Endzwanziger durchgehen. Als er sich zur Begrüßung erhob, sah ich, daß er kleiner war als ich, gerade mal 1,70 Meter. Er war mir nicht unsympathisch. Auch ich schien auf ihn sympathisch zu wirken, denn er sagt zur Begrüßung:

»Sie sehen gar nicht aus, als ob Sie für die Firma gearbeitet haben.«

»Sie auch nicht«, versichere ich ihm.

»Habe ich ja auch nicht.«

»Ich schon gar nicht.«

»Warum schickt Sie dann Schreiner zu mir?«

»Vielleicht finden Sie auch das heraus.«

»Mal sehen. Ich koste, je nach Umfang des Auftrags, 500 bis 1 500 DM pro Tag.

»Was?«

»Ich kann es Ihnen gern aufschlüsseln: Die Einsatzstunde kostet 100 DM am Tag, 150 DM in der Nacht und am Wochenende. Dazu die Kosten für technisches Gerät, die Spesen, die Bürokosten. Hinzu kommt ein Erfolgshonorar, das fallentsprechend vereinbart und als Honorarzuschlag verrechnet wird. Meine Detektei berechnet keinesfalls die Höchstsätze, aber mir ist klar, daß es trotzdem eine Menge Geld ist. Können Sie sich mich leisten?«

»Kommt ganz auf die Größenordnung des Erfolgshonorars und auf Ihr Arbeitstempo an, Herr ... äh ...«

»Iwers. Beinahe hätte ich Hauptkommissar gesagt, aber das bin ich schon seit über zwei Jahren nicht mehr.« Womit er es doch gesagt hatte.

»Ich denke, daß ich mir Ihre Dienste leisten kann.«

»Gut. Dann schildern Sie mir Ihr Problem. Ich sichere Ihnen unbedingte Diskretion zu, auch wenn ich den Fall ablehnen sollte.«

»Was hat Schreiner Ihnen gesagt?«

»Daß jemand eine Scheinanklage gegen Sie konstruiert hat, daß Sie zwei Wochen im Gefängnis waren und daß Ihnen dort jemand einen Peilsender implantiert hat. Darum treffen wir uns hier statt in meinem Büro. Ist der Sender inzwischen eigentlich draußen?«

Ich legte das kleine Metallstück auf den Tisch. Wie man das von Sherlock Holmes erwarten darf, zog er eine Lupe aus seiner Jacke und betrachtete es gründlich.

»Tatsächlich ein Peilsender, keine Wanze«, sagte er. »Ein amerikanisches Modell. Einen Kilometer Reichweite, wenn nicht mehr. Ein solides Stück. Profiarbeit. Behalten Sie das Ding unbedingt am Mann, bis es notwendig wird, die Verfolger abzuhängen. Und nun erzählen Sie.«

Zum zweitenmal an diesem Tag betete ich meine Story herunter. Kürzer als bei Schreiner und durch Zwischenfragen immer wieder auf das Wesentliche zurückgeführt.

Als ich fertig war, fragte er: »Was erwarten Sie von mir?«

»Ich will wissen, wer da was warum mit mir abgezogen hat.«

»Um dann was zu tun?«

»Das weiß ich noch nicht. Vor ein paar Tagen hätte ich noch gesagt, daß ich damit an die Öffentlichkeit gehe, aber meine Erfahrungen mit den Medien waren bisher nicht die besten. Ich habe meine Story an drei große Nachrichtenmagazine geschickt. Seltsamerweise hat nicht eines angebissen. Ich habe das Gefühl, daß sie bewußt abblocken und mich gegen Mauern rennen lassen.«

»Kann sein, kann nicht sein. Wir werden sehen. Okay. Was wir also tun müssen, ist folgendes: Zunächst einmal überprüfen, wie echt die Leute sind, die Ihnen im Knast begegneten. Der Polizist, der Staatsanwalt, der Verteidiger und die Richterin sind insofern echt, als daß sie die Berufe wirklich ausüben, das kann ich Ihnen jetzt schon sagen. Aber ich werde überprüfen, woher sie kommen. Eine Schlüsselfigur scheint der Wärter zu sein. Der ist mir unbekannt. Desgleichen der Drahtzieher des Ganzen, der Doktor Blome-Bernhardt. Und die Kriminellen sowieso. Was wissen Sie über den Arzt, der Ihnen den Sender implantierte?«

»Nichts. Keinen Namen, keine Vorstellung, wo er sonst tätig ist. Nur die Personenbeschreibung.«

»Wir werden ihn finden. Wir werden alle finden. Das ist allerdings ein Programm, das einen einzigen Mann überfordert. Das bedeutet, der Tagessatz beträgt das Maximum: 1 500 DM. Und auch das nur, wenn ich nicht jeden Posten auf die Rechnung schreibe. Ich werde sieben Tage benötigen und setze das Erfolgshonorar mit 4 500 DM fest. Es ist nur fällig; wenn Sie selbst mit den Ergebnissen zufrieden sind und mir dies ausdrücklich bestätigen. Bei Teilerfolgen besteht keine Zahlungspflicht. Spesen werden nicht gesondert berechnet. Einverstanden?«

»15 000 sind ganz schön viel.«

»Wollen Sie schachern, oder wollen Sie die Wahrheit wissen?«

»Einverstanden.«

»Okay. Dann folgende Verhaltensmaßregeln. Machen Sie das, was Sie sowieso tun wollen, lassen Sie sich durch die Verfolger nicht abhalten. Tun Sie in der nächsten Zeit nichts Illegales, dann ist es gleichgültig, ob Ihnen jemand an den Fersen klebt. Telefonieren Sie nie von Ihrer Wohnung aus mit mir und besprechen Sie dort auch nichts Geheimes. Die Wohnung ist wahrscheinlich voller Wanzen. Wer weiß davon, daß Sie mich beauftragen?«

»Schreiner und der Arzt, der den Sender herausholte.«

»Gut. Ich traue Schreiner nicht, aber wenn er Sie an die Gegenseite verraten wollte, hätte er nicht mich vorgeschlagen, sondern einen seiner Leute. Es scheint ihm also um echte Ergebnisse zu gehen. Und das heißt, er hat eine Vermutung, wer hinter der Aktion steckt, und es ist jemand, den er nicht leiden kann. Da er den Arzt ins Spiel brachte, wird für den dasselbe gelten. Wir müssen uns beeilen, die Vorstellung dauert nur noch fünf Minuten. Also der Rest im Telegrammstil. Trauen Sie niemandem, der wie auch immer mit dem sogenannten Experiment zu tun hatte oder der im Zusammenhang damit ins Spiel gebracht wurde.«

»Auch nicht meinem Anwalt? Der hat sich bei der Konferenz ganz schön ins Zeug gelegt für mich.«

»Überlassen Sie ihm das Mandat für die gerichtlichen Schritte, aber sagen Sie ihm einstweilen nichts von Schreiner und mir.«

»Und meine Freundin Ellen?«

»Für Ihr Privatleben mache ich Ihnen keine Vorschriften. Ob Sie ihr trauen können, müssen Sie selber entscheiden. Mein Vorschlag: Warten Sie die Überprüfung ab, ehe Sie sie einweihen. Sicher ist sicher. Lichten Sie den Experiment-Vertrag für mich ab und drucken Sie ein Exemplar Ihres Gefängnistagebuches für mich aus. Schicken Sie es mir per Post – aber so, daß kein Beobachter sieht, daß Sie etwas absenden, geschweige denn, an wen Sie es adressiert haben. Tragen Sie den Brief in einer undurchsichtigen Tüte und liefern sie ihn am besten direkt in einem Postamt ab. Meine Karte haben Sie. Rufen Sie mich heute in drei Tagen um diese Zeit an. Aus einer Telefonzelle oder von einem sicheren Anschluß.«

Er sah auf die Uhr. »22.28 Uhr«, teilte er mir mit. »Und jetzt ab in den Saal, sonst merken die was. Laufen Sie zum Bahnhof, gehen Sie über den Bahnsteig und auf der anderen Seite herunter. Stellen Sie sich an die Bushaltestelle. Wenn die Straßenbahn kommt, rennen Sie so knapp hin, daß Sie sie gerade noch schaffen.«

»Sie wollen meine Verfolger orten.«

»Tempo, die Leute kommen schon raus.«

Wir verabschiedeten uns nicht voneinander. Ich verließ das provisorische Büro und mengte mich unter die Hinausströmenden. Weder ein Verfolger noch der Verfolger eines Verfolgers fielen mir auf. Ich bin tatsächlich ein Laie.

Zu Hause wartete Ellen auf mich. Sie war in Sorge, weil ich mich fast acht Stunden lang nicht gemeldet hatte. Ich erfand belanglose Ausreden und schrieb ihr dabei auf einen Zettel, daß wir wahrscheinlich abgehört werden. Sie erbleichte, war aber klug genug, nun ihrerseits Belangloses zu quatschen. Ich war müde genug, trotz meiner Erregung schnell einzuschlafen.

Am nächsten Tag besuchten wir ein Café. Dort weihte ich Ellen ein. In alles. Wenn ich ihr nicht trauen durfte, würde ich ohnehin an der Welt verzweifeln. Wozu dann noch Aufklärung?

Die drei Tage vergingen schnell. Ich versuchte weiterhin,

meine Story an die Öffentlichkeit zu bringen, und telefonierte mit einem halben Dutzend Zeitungsredaktionen. Nur zwei Redakteure waren zu einem Treffen bereit. Einer stieg schon beim Kontaktgespräch aus und empfahl mir, mich an die Bild-Zeitung zu wenden. Der andere las immerhin ein paar Seiten meines Berichtes, ehe er mir eine ähnliche Empfehlung auf den Weg gab.

Meine Wut steigerte sich. Da wurde ich hereingelegt, verschleppt, mißhandelt, vergewaltigt und mit einem Peilsender gespickt, und niemand interessierte sich dafür. Niemand glaubte mir.

Wir fuhren nach Berlin, um es noch einmal bei dem Nachrichtenmagazin zu versuchen, das mir am seriösesten geantwortet hatte. Zu unserer Überraschung wurden wir empfangen, obwohl wir uns nicht angemeldet hatten. Schwabe, der verantwortliche Redakteur, ein riesenhafter, sehr von sich selbst und der Sendung seines Magazins überzeugter Mann, hatte meinen Bericht gelesen. Von der ersten bis zur letzten Zeile, schwor er mit sonorer Stimme und bezeichnete ihn als erschütterndes Dokument, sagte aber auch, daß er ihn bis zum Beweis des Gegenteils für literarische Fiktion halte. Die Story sei gar zu unwahrscheinlich. Er bedaure, aber wenn man seinem Blatt allwöchentlich auch immer wieder Sensationshascherei vorwerfe, so könne er doch versichern, daß alle Berichte nach bestem Wissen und Gewissen recherchiert seien. Ich könne mich selbstverständlich jederzeit bei ihm melden, wenn ich mehr wisse. Nein, die Ablichtung des Vertrages sei kein ausreichender Beweis, so einen Vordruck könne ich auf meinem Computer mühelos selber erstellen. Jetzt, da er uns von Angesicht zu Angesicht sehe, schließe er aufgrund seiner Menschenkenntnis natürlich aus, daß wir Spinner oder Wichtigtuer seien, die ihn hereinlegen wollten. Die Story werde er gewiß nicht vergessen, und sowie ihm, woher auch immer, etwas zu Ohren komme, was meine Angaben wenigstens in einigen Details bestätige, werde er sich sofort an mich wenden. Den Peilsender zeigten wir ihm nicht. Beweiskraft hätte der nur besessen, wenn er der Operation zugesehen hätte. Und in meiner derzeitigen Situation hielt ich es für klüger, niemanden davon in Kenntnis zu setzen, daß ich ihn in der Tasche statt im Gesäß trug. Auch den Mitschnitt der Konferenz spielten wir ihm nicht vor. Selbst ich, der ich wußte, worum es ging, konnte nicht einmal die Hälfte verstehen.

Nach dem trotz oder gerade wegen Schwabes Freundlichkeit frustrierenden Gespräch fuhren wir mit der U-Bahn zum Prenzlauer Berg. Ich zeigte Ellen, wo ich gewohnt hatte, und wir kehrten in der *Kommandantur* ein. Es war fast wie in meinen erfundenen Geständnissen. Nur daß niemand darin saß, den ich kannte. Nach zwei Bieren gingen wir wieder. Direkt vor der Tür traf ich dann doch noch einen Bekannten, Wolf, den Leiter des *Anarcho*-Blattes. Wir schwatzten über die schlechten alten und die noch schlechteren neuen Zeiten, und als er sagte, er habe einen Termin in der Kneipe eines besetzten Hauses, akzeptierten wir seine Einladung, ihn zu begleiten. Von dem, was mir passiert war, erwähnte ich nichts. Ich sichtete das Terrain. *Bulldogge* nannten die Autonomen ihre kleine, verräucherte Kneipe, in der mangels Besuchermasse Hardrockbänder für Stimmung sorgten. Über der Theke, natürlich, die rote Simplizissimus-Dogge von Thomas Theodor Heine. Auch dort tranken wir zwei Biere, redeten belangloses Zeug, besichtigten einige spartanisch eingerichtete Zimmer und verschwanden wieder. Ich glaube, daß schon damals mein Plan Gestalt annahm, obwohl ich noch immer keine Ahnung hatte, was mir geschehen war.

Der erste Anruf im Berliner Büro meines Privatdetektivs war wenig ergiebig. Er sei am Ball und sicher, die Erfolgsprämie zu verdienen. Nächster Anruf in zwei Tagen. Da klopfte er den gleichen Spruch und vereinbarte dann mit mir ein Treffen im Kino für den übernächsten Tag.

Zum Glück hatte das Programm gewechselt, so daß es meinen Bewachern nicht auffallen würde, wenn ich schon wieder hinging. Diesmal begleitete mich Ellen. Falls es meinen Detektiv verwundern sollte, ließ er es sich nicht anmerken. Iwers begrüßte uns herzlich und strahlte so, daß ich von vornherein einen Erfolgsbericht erwartete.

»Wir hatten Erfolg«, begann er denn auch. »Mit einer Ausnahme. Die Identität des Arztes, der Ihnen den Sender implantierte, konnten wir nicht zweifelsfrei klären. Natürlich wissen wir seinen Namen, aber sonst nichts von ihm. Er stammt aus Köln, war dort in der Gerichtsmedizin tätig und ist jetzt ein Aufbauhelfer Ost. Mehr ist über ihn nicht bekannt bis jetzt.«

»Was ist mit Blome-Bernhardt?«

»Den heben wir uns mal für den Schluß auf. Fangen wir mit dem Friseur an. Der ist hundertprozentig echt. Besitzt einen Frisiersalon, hat tatsächlich in Volltrunkenheit eine Polizeisperre überfahren und wartet seit einem halben Jahr auf seinen Prozeß. Das gleiche gilt für Köhler, den Mörder. Ein echter Untersuchungshäftling, der auf seinen Prozeß wartet. Und das gilt auch für Mario Dahms. Mehrfach wegen Gewalttätigkeiten vorbestraft, aber bisher immer mit Bewährung davongekommen. Hat nach einem Fußballspiel zwei Leute zusammengeschlagen, darunter einen Polizisten, und diesmal wird er sitzen müssen, weil er kein Jugendlicher mehr ist. Es geht allerdings das Gerücht in der Szene um, daß Mario ein Spitzel ist, ein V-Mann, weil er bei seiner vorigen Straftat auch schon über einundzwanzig war und trotzdem auf Bewährung entlassen wurde. Eindeutiger ist die Sachlage bei dem sogenannten Dieb, und zwar gerade deshalb, weil überhaupt nichts klar ist. Ein Walter Tischendorf existiert nämlich nicht. Die Kripo führt keine Akte über ihn, und wie ich aus der U-Haftanstalt erfuhr, wurde er am Tag nach der Konferenz entlassen. Mit unbekanntem Ziel. Deutlich also ein V-Mann oder ein Beamter. In wessen Auftrag er tätig wurde, werden Sie wenig später mühelos selber folgern können.«

»Sie wissen also nicht, wer er ist?«

»Nein. Wir haben viel geleistet, aber Wunder konnten wir nicht vollbringen.«

»Ich sehe schwarz für Ihr Erfolgshonorar.«

»Eine interessante Figur ist der Wärter Schulz. Die Geschichte, die er Ihnen von seiner Tochter erzählte, ist wahr, was unter anderem bedeutet, daß er damals im Westen wohnte, sonst hätte seine Tochter ja nicht nach Paris fahren dürfen. Schulz ist eine Leihgabe aus Tegel. Besitzt dort keinen guten

Ruf bei seinen Kollegen. Übertrieben hart zu den Gefangenen, sagen sie. Seinetwegen gab es 1990 eine kleine Gefangenen- revolte. Kurz danach wurde er versetzt. Damals, als das mit seiner Tochter passierte, war er Mitarbeiter des Verfassungs- schutzes. Offenbar drehte er durch bei einer verdeckten Opera- tion, schoß auf einen Unbeteiligten und wurde aus dem aktiven Dienst entfernt. Seitdem erst ist er im Strafvollzug tätig.«

»Was ist nun mit Blome-Bernhardt?« wollte Ellen wissen.

»Die Richterin Drephal«, fuhr der Detektiv fort, als habe er nichts gehört, »gilt als integer, aber nicht besonders durch- setzungsfähig. Sie hat es trotz ihres Alters -Mitte Fünfzig in- zwischen – nie zur Vorsitzenden Richterin gebracht, bis sie in den Osten kam. Jetzt kassiert sie die Ost-Zulage und die höhe- ren Bezüge. Ihre Verhandlungsführung zeugt von Sachkennt- nis, und noch keines ihrer Urteile wurde durch eine Revision aufgehoben. Eine kleine Beamtin, die möglicherweise auf das Gerede vom Experiment hereingefallen ist. Wir fanden keinen Hinweis darauf, daß sie tiefer drinsteckt, als sie selbst zugege- ben hat. Dasselbe gilt, modifiziert, für Staatsanwalt Holartz. Der hat die Chance genutzt, seine Einkünfte zu verdoppeln, und ließ sich in den Osten delegieren. Er gilt als Schreibtisch- jurist, der von Kriminalistik wenig Ahnung hat und der Polizei eher im Wege steht, als daß er wirklich die Untersuchungs- verfahren leitet. Außer daß er es versteht, sich stets das best- mögliche Einkommen zu sichern, wurde nichts Spezielles über ihn bekannt bisher. Auch er kann durchaus auf das Experiment hereingefallen sein. Ich bin sogar bereit, ihm seine Bedenken zu glauben, die er auf der Konferenz äußerte.«

»Was ist mit Blome?« fragte Ellen.

»Der Erste Kriminalhauptkommissar Hans-Heinrich Ever- ding ist wahrscheinlich die größte Koryphäe, die man uns ge- schickt hat. Das sage ich, obwohl ich ihn nicht leiden kann. Everding hat mich abgelöst. Er sitzt jetzt in meinem Arbeits- raum und leitet meine Kommission. Natürlich kann er nichts dafür. Entlassen wurde ich auf Weisung des Innenministers, und der hat auch Everding in die Provinz gelockt. Wer weiß, durch welche Versprechungen, denn Everding war vorher schon kein Niemand. Er gilt als Antiterror-Spezialist und soll damals in Mogadischu mit dabeigewesen sein, obwohl er bei der Kripo Kölln war, nicht bei der GSG 9.«

»Der Ort Kölln kommt ziemlich oft vor«, bemerkte ich.

»Ziemlich oft«, bestätigte grinsend der Detektiv. »Aus dem Osten kommt, von Ihnen mal abgesehen, nur Ihr Anwalt. Kollegen, die ihn aus der DDR-Zeit kennen, wunderten sich, daß er es gleich nach dem Studium zu einer eigenen Kanzlei brachte. Körting soll über gute Beziehungen zur Firma verfügt haben, munkelt man. Sein Vater jedenfalls war Dozent an der Juristischen Hochschule Golm, der Stasi-Kaderschmiede. Vielleicht hat der Vater ohne Hans-Georgs Wissen die Karriere eingerührt, denn Körting gilt auch bei seinen Neidern als einigermaßen integer. Zwei Republikflüchtlinge, die er Anfang 1989 vertrat, fanden in ihrer Akte keinen Hinweis darauf, daß er Informationen über sie weitergab. Und er wußte mehr über sie, als vor Gericht zur Sprache kam.«

»Also ist er okay«, stellte ich erfreut fest.

»Dachte ich auch. Bis ich an diesen Brief gelangte.«

Falk Iwers legte zwei weiße A-4-Blätter auf den Tisch. Kopien, das war offensichtlich. Die Vorlage war ein mit Schreibmaschine getippter Brief. Die Unterschrift kannte ich.

»Wie sind Sie da rangekommen?« fragte ich.

»Betriebsgeheimnis.«

Ellen und ich lasen gleichzeitig, und der Detektiv beobachtete uns dabei und grinste die ganze Zeit triumphierend.

Sehr geehrter Herr Bongartz,

es ist mir eine Freude, Ihnen mitteilen zu können, daß mein Plan trotz des vorzeitigen Abbruchs unseres Experiments aufzugehen scheint. Das Objekt hat bereits Kontakt zu autonomen Kreisen aufgenommen. Sowie, lesen und staunen Sie, zum ehemaligen Staatssicherheitsdienst. K. suchte vor einigen Tagen einen Neubaublock auf. Als einzigen möglichen Anlaufpunkt in diesem Gebäude haben wir einen Herrn Schreiner ermittelt. Sie sprachen mehr als drei Stunden miteinander in der Wohnung des Schreiner. Schreiner ist als Wirtschaftsberater vorwiegend für ehemalige Genossen tätig, die selbständige Unternehmen gründen wollen oder gegründet haben. Bis Ende 1989 war er stellvertretender Leiter der Abteilung XX der Bezirksbehörde des MfS im Dienstgrad eines Oberstleutnant. Dem K. ist er einmal als Vernehmer begegnet. Der Inhalt der Unterredung mit dem Oberstleutnant i. R. ist noch unbekannt. Das Objekt hat sich in seiner eigenen Wohnung auf Fragen der Weisbach nicht dazu geäußert. Es ist anzunehmen, daß Schreiner den K. auf die Möglichkeit hinweis, daß er abgehört und beobachtet wird. Darauf deuten außer der Tatsache, daß seit diesem Besuch in der Wohnung des Objektes nichts Relevantes mehr besprochen wurde, besonders die mehrfachen Versuche des Objektes hin, etwaige Verfolger zu orten oder abzuschütteln. Im Anschluß an das Treffen mit Schreiner begab er sich in ein Ärztehaus, in dem er, der Peilung nach zu urteilen, zwischen den Etagen hin und her lief, um es dann unerwartet durch einen Hinterausgang zu verlassen. Dank des Senders wurde er schnell wieder aufgefunden und zu einem Kino verfolgt, in dem er sich einen Actionfilm ansah. Nach der Vorstellung bemühte er sich, etwaige Verfolger durch einige Manöver abzuschütteln, was ihm nicht gelang. Unsere Leute blieben ungesehen. Im übrigen ist der Grund für Ks Manöver, uns abzuschütteln, nicht einzusehen, da er lediglich nach Hause fuhr. Direkten Kontakt zu Schreiner nahm er bisher nicht wieder auf. Allerdings führte er außerhalb der Wohnung einige Telefonate von öffentlichen Fernsprechern, die nicht abgeklärt werden konnten. Die Vermutung, daß Schreiner aktiv ist, liegt nahe. Für wen, werden wir herausfinden. Ich habe, Ihr Einverständnis voraussetzend, zwei weitere Leute angefordert, die ihn derzeit rund um die Uhr unter Kontrolle halten. Die Vorsehung hat uns mit K. offenkundig einen Haupttreffer landen lassen.

   Am Mittwoch begab sich das Objekt, begleitet von der Weisbach, in das Berliner Büro eines sattsam bekannten Hamburger Nachrichtenmagazins, wo er, seinem Gesichtsausdruck beim Herauskommen nach zu urteilen, die Story erneut nicht loswurde, wie ich es angesichts der von uns inszenierten Unwahrscheinlichkeiten vorausgesehen hatte. Anschließend suchte er eine als Szenetreff berüchtigte Kaschemme im Stadtbezirk

Prenzlauer Berg auf, in die ihm unsere Leute ihrer Aufmachung wegen nicht folgen konnten. K. und Weisbach verließen sie nach einer Stunde und suchten ein besetztes Haus auf. Begleitet wurden sie von einem Wolfhard Peters, der als Verantwortlicher im Sinne des Presserechts für eine dubiose anar-chistische Monatsschrift fungiert und vom K. in einem seiner Scheingeständnisse als Kontaktmann zur Terrorszene bezeichnet wurde. Der Peters gab bereits zu DDR-Zeiten unter konspirativen Bedingungen eine Untergrundzeitung heraus, die damals mit Duldung der evangelischen Kirche im Keller eines Gemeindehauses gedruckt wurde. Peters gilt nach Aktenlage als unbelehrbarer Querulant, dessen einziges Lebensziel darin besteht, Opposition zu inszenieren, gleichgültig, gegen wen. Wie ich vorausgesehen hatte, beinhalteten die Scheingeständnisse zum großen Teil Wahrheiten, die uns nun weiterhelfen können, da die Anschleusung von Bergner wegen Kowalskis Suicidversuch ja noch nicht stattfinden konnte. Wir arbeiten daran. Bergner wird versuchen, in dem besetzten Haus Quartier zu nehmen, da vorauszusehen ist, daß K. etwaige Aktivitäten von dort aus starten wird. Als Vertrauensmann bauen wir ersatzweise Körting auf, der sich bei der Konferenz im abgesprochenen Umfang für Kowalski eingesetzt hat - mit dem vorhersehbaren Eindruck auf K. und die Weisbach. Sicher wird das Objekt ihn nicht in geplante terroristische Aktivitäten einweihen, aber im Falle einer Anklage wird er Körting wahrscheinlich mit seiner Verteidigung beauftragen und ihn dabei in Details einweihen, die uns bei der Überführung helfen können. Ich weiß, daß auch dieser Zwischenbericht Ihre Zweifel am Gelingen meines Planes nicht ausräumt und Sie weiterhin auf die üblichen Verbindungen setzen, aber ich kann Ihnen versichern, daß alles bestens läuft. Und den Politikern wird ihre Entscheidung für uns jedenfalls leichter fallen, wenn mein Erfolg offensichtlich ist. Geben Sie mir noch ein Vierteljahr, und wir haben Kowalski dort, wo wir ihn brauchen. Wenn nicht, haben wir zumindest nichts verloren.

Bis zum nächsten Wochenbericht verbleibt mit optimistischen Grüßen

Ihr Blome-Bernhardt.

»Ist der Brief echt?« fragte Ellen.

»Selbstverständlich.«

»An wen ist der Brief gerichtet?«

Der Detektiv schob uns die Ablichtung eines Briefumschlages zu. Empfänger ein Herr K. Bongartz in Köln, Absender Blome-Bernhardt, zur Zeit Berlin.

»Wer ist K. Bongartz?« fragte ich.

»Ein leitender Mitarbeiter in der Abteilung III des Bundesamtes für Verfassungsschutz«, gab Iwers Auskunft. »Abteilung III befaßt sich mit Linksextremismus und Linksterrorismus. Doktor Blome-Bernhardt ist Mitarbeiter derselben Abteilung. Am Institut für forensische Psychologie ist er unbekannt. Der Kopfbogen des Institutes ist echt. Über Blomes sogenanntes Experiment ist man weder im Justizministerium noch im Gesundheitsministerium informiert. Unmögliches konnte ich in der einen Woche nicht vollbringen, und so ist die folgende Aussage mit Vorsicht zu genießen: Sie sind der einzige, dem ein solcher Vertrag angeboten wurde. Der einzige, von dem wir wissen. Das Experiment galt Ihnen. Nur Ihnen.«

»Jetzt verstehe ich überhaupt nichts mehr. Ich bin weder besonders links, noch bin ich ein Terrorist. Was will der Verfassungsschutz von mir?«

»Aber Herr Kowalski!« Der Detektiv lächelte sehr milde und sehr überlegen. »Haben Sie den Brief denn nicht genau gelesen? Hier: *Das Objekt hat bereits Kontakt zu autonomen Kreisen aufgenommen. Sowie, lesen und staunen Sie, zum ehemaligen Staatssicherheitsdienst.* Oder hier: *geplante terroristische Aktivitäten.* Ich nehme an, das Experiment diente dem Zweck, Sie durch staatlich organisierte Demütigungen zu radikalisieren. Diese Leute besitzen alte Akten über Sie und haben Sie außerdem beobachtet. Es scheint, als halte man Sie für jemanden, der zu terroristischem Aktionismus fähig ist. Hatten Sie Einsicht in Ihre Stasi-Akte?«

»In das, was davon übrig war. Man hielt mich für gefährlicher, als ich bin, das stimmt. Neurotisch geltungssüchtig, hitzköpfig, aufbrausend, verschlagen. Trägt ständig ein Messer bei sich. Es gab kaum eine negative Vokabel, die in den

Einschätzungen nicht wenigstens einmal auftauchte. Kein Wort wahr, soweit ich mir ein Urteil über mich selbst anmaßen darf. Wer glaubt schon an das, was in den Akten steht?«

»Blome-Bernhardt, Bongartz und die Massenmedien. Man bescheinigt der Stasi allgemein Sorgfalt und Akribie. Sie werden sich doch nicht selbst die Taschen voll gelogen haben, ist ein beliebtes Argument.«

»Ein echter Geheimdienst müßte bemerken, daß es Unfug ist. «

»Ein echter Geheimdienst hat noch nie etwas bemerkt.«

»Warum sollten die wollen, daß ich Terrorist werde? Sie sind doch dazu da, den Terrorismus zu bekämpfen!«

»Hier unten: *Ich weiß, daß auch dieser Zwischenbericht Ihre Zweifel am Gelingen meines Planes nicht ausräumt und Sie weiterhin auf die üblichen Verbindungen setzen, aber ich kann Ihnen versichern, daß alles bestens läuft. Und den Politikern wird ihre Entscheidung für uns jedenfalls leichter fallen, wenn mein Erfolg offensichtlich ist.* Der Verfassungsschutz ist eine umstrittene Behörde, die um ihre Existenz kämpft. Die Schlapphüte sollen Daten von anderthalb Millionen Bürgern gespeichert haben. Und das, wo sie sich drüben so haben mit dem Datenschutz. Der Verfassungsschutz hört Telefone ab, liest Briefe, schleust Spitzel in Privatkreise ein.«

»Wie die Stasi.«

»Nur mit noch geringerem Erfolg. Sie haben nicht einen großen Anschlag verhindern können und wahrscheinlich noch nie etwas herausgefunden, was wirklich von Bedeutung ist. In die Schlagzeilen kommen sie immer nur durch ihre so drastischen wie plumpen Verstöße gegen den Datenschutz. Nach dem Untergang des Ostens wurden Stimmen laut, nun sei die aufgeblähte Behörde nicht mehr vonnöten. Aber sie wollten sich nicht auflösen lassen. Wer gibt schon gern seine Pfründe auf. Da versuchten sie mit allen möglichen Tricks, die Notwendigkeit ihrer Existenz zu begründen. Zum Beispiel wollen sie sich um die sogenannte Organisierte Kriminalität kümmern – armes Deutschland, wenn die das machen -, und andere sind auf andere Einfälle gekommen. Bongartz setzt auf die Beeinflussung der Politiker. Blome-Bernhardt scheint einen anderen Plan zu verfolgen. Er will einen Erfolg vorweisen, und zwar RAF-Nachwuchs aus dem Osten, ertappt auf frischer Tat. Da läßt sich eine Bedrohungslegende stricken von kampferprobten Bürgerrechtlern und den schutzwürdigen Interessen der Demokratie, die eine Aufstockung der Mittel rechtfertigt statt der Auflösung des Dienstes.«

»Wie sind Sie an den Brief gekommen?« Ellen konnte sehr beharrlich sein. »Ich begründe Ihnen meine Frage. Wenn der Brief echt ist, beantwortet er tatsächlich einige unserer Fragen. Ich glaube aber nur, daß er echt ist, wenn ich eine plausible Erklärung höre.«

Wieder lächelte der Detektiv mild überlegen. »Nichts leichter als das. Wir haben Blome vom Morgen nach der Auftragserteilung an rund um die Uhr beobachtet und gesehen, daß er einen Brief in einen Kasten warf. Der ist uns leider entgangen. Beim nächsten Mal – das war vor drei Tagen – waren wir vorbereitet. Kaum daß der Brief eingeworfen und Blome verschwunden war, näherte sich einer meiner Mitarbeiter in einem Postfahrzeug und leerte den Kasten unter Zuhilfenahme eines Nachschlüssels. Ein anderer warf kurz danach zwanzig Briefe ein, damit dem echten Postler nichts auffällt, wenn er seine Tour macht. Im Auto wurde Blomes Brief aussortiert. Die anderen wurden sofort auf verschiedene Postkästen verteilt. Blomes Brief wurde geöffnet, kopiert, wieder verschlossen und am Postamt eingeworfen, damit es bei der Beförderung keine Verzögerung gibt. Eine unserer leichtesten Übungen. Und ehe Sie fragen, warum er seinen Brief nicht per Kurier befördert und warum er ihn an eine Privatadresse schickt, nicht an die Dienststelle: Das weiß ich nicht mit letzter Gewißheit. Ich vermute, Blomes Plan ist eine halb private Unternehmung. Sicher gibt sein Chef ihm bis zu einem gewissen Punkt Rückendeckung und ein paar Mitarbeiter zur Unterstützung. Irgendwie wird Blome auch an finanzielle Mittel herankommen, aber das dürfte es dann auch gewesen sein. Offiziell läuft nichts. Gegen Sie arbeitet nicht der Verfassungsschutz, sondern Blome mit seinen Leuten. Es sind übrigens vier. Zwei im Opel, zwei in einem Volkswagen. Dazu noch die zwei an Schreiners Fersen. Mehr haben wir nicht bemerkt.«

»Müssen wir Schreiner nicht warnen?« fragte ich.

»Wenn er das nicht selber merkt, ist er nicht wert, beschattet zu werden«, gab Iwers zurück. »Aber wenn Sie es wünschen, gebe ich ihm einen Hinweis.«

Wer weiß, wozu ich Schreiner noch würde brauchen können eines Tages. »Ja, ich wünsche es.«

»Bitte schön«, sagte Iwers ohne Begeisterung, setzte fort: »Und Sie warnen im Gegenzug Ihre autonomen Freunde vor dem V-Mann, der sich im Haus einnisten will.«

»Das sowieso. Ist wirklich nur eine Handvoll Schlapphüte hinter mir her?«

»Ja. Inwieweit Everding in Blomes Plan eingeweiht ist und mit polizeilicher Unterstützung dient, wissen wir nicht. Es ist aber anzunehmen, daß er als einziger der Beteiligten intelligent genug ist, nicht auf das sogenannte Experiment hereinzufallen. Er dürfte Bescheid wissen. Desgleichen Ihr Anwalt.«

»Das trifft mich am härtesten. Warum macht Körting mit?«

»Vielleicht haben sie etwas gegen Körting in der Hand, oder er ließ sich durch die Aussicht verlocken, Verteidiger des ersten Top-Terroristen aus dem Osten zu werden. Das verschafft ihm eine Medienöffentlichkeit, die er anders nie erreichen würde. Sein Marktwert, der in unserer Gesellschaft eher vom Bekanntheitsgrad als von der Leistung abhängt, würde enorm steigen.«

»Haben Sie auch einen Lösungsvorschlag, wie ich da rauskomme?«

»Ich denke, wenn Sie absolut nichts tun, werden die irgendwann das Experiment abbrechen.«

»Ich bin schon mal verhaftet worden, ohne daß ich etwas getan hatte. Hoffen und Harren scheint mir eine unsichere Kiste zu sein. Um so mehr, als die ja auch noch einen Haufen irrsinniger Geständnisse von mir besitzen. Wenn sie mit dem Rücken an der Wand stehen, versuchen sie es vielleicht ein zweites Mal auf die ganz dumme Tour.«

»Durchaus möglich«, stimmte der Detektiv zu. »Sie können nur auf Ihr Glück hoffen.«

»Oder darauf, daß Blome verschwindet«, sagte ich leise.

»Versuchen Sie es über die Öffentlichkeit«, empfahl der Detektiv.

»Das sowieso«, behauptete ich. »Wenn Sie mir mit noch einer Kleinigkeit weiterhelfen, dann ist das Erfolgshonorar fällig.«

»Das ist es meiner bescheidenen Meinung nach sowieso«, bemerkte Iwers säuerlich. »Worum geht es?«

»Ich hätte gern den Schlüssel zu Blomes Hotelzimmer.«

»Kein Problem.« Nun grinste er wieder. »Natürlich waren wir in seinem Zimmer und haben uns umgesehen. Nichts Verräterisches. Keine belastenden Papiere. Auf eine gründliche Durchsuchung haben wir verzichtet, denn Blome ist Profi. Das hätte er bemerkt. Also sehen Sie sich vor, wenn Sie selber nachsehen. Morgen liegt der Schlüssel in Ihrem Briefkasten.«

Ich zahlte die vereinbarten 15 000 DM bar aus. Eine stattliche Summe für ein paar Auskünfte. Ein Dumpingpreis, behauptete Iwers. Was soll's! Wie gewonnen, so zerronnen. Blome-Bernhardts Geld ermöglichte es mir, ihn fertigzumachen. Leider war ich nun wieder pleite. Was auch immer ich unternehmen würde, es durfte nichts kosten.

Am nächsten Morgen steckte ein unfrankierter Briefumschlag im Kasten. Inhalt: ein Sicherheitsschlüssel und ein grauer Zettel mit drei computergedruckten Mitteilungen:

Generalschlüssel

Zimmer 333

Zettel verbrennen.

Phase zwei

Inzwischen regte sich bei mir wieder etwas, die Haft und die Vergewaltigung durch den V-Mann hatten mich glücklicherweise nicht impotent gemacht. Aber Ellen war in meiner Wohnung so befangen, daß unser Liebesleben weiterhin litt. Zugegeben, mir ging es kaum besser als ihr. Die Vorstellung, daß jeder Satz, jedes Stöhnen, jeder Kuß mitgehört werden konnten, lähmte mich. Kaum daß ich es wagte, sie zu streicheln. Und Ellen wohnte bei ihren ungeliebten Verwandten in einer hellhörigen Neubauwohnung. Keine echte Alternative zu meinem verwanzten Zimmer. Obwohl es klüger war, uns unwissend zu stellen, suchten wir – schweigend – nach versteckten Mikrofonen. Ohne Erfolg. Damit meinen Überwachern nicht auffiel, daß wir uns daheim nur noch über den Verbleib von Kleidungsstücken (Wo liegen meine Socken?) und die Stärke des morgendlichen Kaffees austauschten, liehen wir Unmengen von Videos aus und zogen uns pro Abend drei bis vier Filme rein. Alles Actionfilme mit einsamen Helden, die es verstanden, sich einer Welt voller Feinde zu erwehren. Lehrfilme. Die Frauen der Helden hatten es schwer. Da die Horden der Bösen mit dem Helden nicht fertigwurden, machten sie sich an die wehrlose Gemahlin oder Geliebte heran, und die konnte von Glück sagen, wenn sie nur gefoltert wurde. Meistens wurde sie getötet. Der Held konnte die ganze Welt retten, nicht jedoch die Geliebte. Natürlich rächte er sie blutig, aber ob ihr das wirklich ein Trost war im Jenseits?

Zum Ausgleich für den heimischen Stumpfsinn gingen wir täglich in Cafés, um uns unbelauscht aussprechen zu können. Der gemeinsam Haß auf Blome-Bernhardt verband uns in jenen Tagen mehr als unsere Liebe. Ellen stachelte mich auf, endlich etwas gegen den Mann zu unternehmen, der plante, mich im Gefängnis vermodern zu lassen. Die Öffentlichkeitsvariante verwarfen wir endgültig. Auch der Brief war nicht der geforderte Beweis. Nichts außer der unleserlichen Unterschrift deutete auf Blome, und ob sie authentisch war, würde sich auf der Ablichtung nicht prüfen lassen. Wir konnten das Dokument selbst fabriziert haben. Und Blome-Bernhardt mitzuteilen, daß wir seine Pläne kannten, könnte uns in tödliche Gefahr bringen.

Es gab freilich noch die Möglichkeit, uns Beweise zu verschaffen. Dazu waren wir nicht in der Lage, also hätten wir uns an Iwers wenden müssen. Wie lange würde er brauchen, einen Zeugen vom Verfassungsschutz oder wenigstens ein paar belastende Dokumente aufzutreiben? Einen Monat? Ein Jahr? Eine Ewigkeit? Gleichgültig. Aus reiner Menschenfreundlichkeit würde er nicht aktiv werden. Und wir verfügten nicht über die die Mittel, uns seine Dienste ein weiteres Mal zu kaufen.

Wir rechneten zusammen: 2 000 DM waren noch auf meinem Konto. Ellen hatte 4 000 DM auf einem Sparbuch, von denen sie die Hälfte einzusetzen bereit war. Die täglichen Ausgaben konnten wir vom BAFöG bestreiten, wenn wir uns zuweilen bei Ellens knausrigen Verwandten zum Essen einluden; ein paarmal würden die Adlers das sicher mitmachen. Borgen würde uns niemand etwas. Unsere paar Freunde und Bekannten besaßen selber nichts. Mit 4 000 DM mußten wir auskommen, was immer wir vorhatten.

Ich brauchte noch fast eine Woche, bis ich mich entschloß, Ellen in das einzuweihen, was mir eingefallen war. Sie erklärte mich nicht nur nicht für verrückt, sondern war erleichtert; ja, sie betrachtete mich mit neuer Achtung, obwohl ich, genaugenommen, ein Verbrechen plante. Verbrechen gegen Verbrechen, sagte sie und war regelrecht scharf darauf, mich zu unterstützen. Natürlich wollte ich nicht, daß sie sich beteiligte. Was, wenn mein Plan fehlschlug? Dann würden wir beide im Gefängnis enden. In getrennten Gefängnissen; Familienhaftanstalten waren hierzulande nicht üblich. Außerdem sollte sie an das Schicksal der Frauen der Helden denken. Ebenso natürlich überredete mich Ellen sehr schnell. Wir gehören zusammen, beide oder keiner, was soll ich draußen, wenn du sitzt. Und die Frauen gehen sowieso drauf, ob sie was tun oder nicht. Im Gegenteil, wenn sie selber stark sind und handeln, steigt ihre Chance zum Überleben.

Nur zu gern gab ich ihrem Drängen nach. Allein würde ich auf halber Strecke den Mut verlieren. Und ihr klarer Verstand brachte meine abenteuerlichen Phantastereien in die Nähe eines realisierbaren Vorhabens.

Als erstes besorgte sie sich eine Krankschreibung, um nicht durch den Besuch von Vorlesungen und Seminaren daran gehindert zu werden, bei mir zu sein. Nur zur nächsten Hamlet-Aufführung wollte sie unbedingt gehen. Die Inszenierung hatte bei der Premiere, entgegen meinen Erwartungen, den Beifall der Zuschauer gefunden. Zur zweiten Vorstellung waren ein paar Kritiker erschienen; einer überschlug sich in Lobeshymnen, andere waren diskreter angetan, und einer verriß es so gehässig, daß man Lust bekam, das Stück zu sehen. Also wurde eine dritte Aufführung angesetzt, und da wollte Ellen auf keinen Fall fehlen. Ich auch nicht, das war ich ihr schuldig.

Inzwischen hatten wir unsere Überwacher identifiziert. Dank Iwers kannten wir ihre Autos, und einmal war es uns gelungen, nah genug heranzukommen, um zwei von ihnen zu sehen. Sie blickten demonstrativ desinteressiert zur Seite.

Ellen und ich fuhren nach Berlin. In dem besetzten Haus hatte ich einen Burschen getroffen, den ich von früher kannte. 1989 gehörte er zu einer Antifa-Gruppe, heute war er seiner Aufmachung nach ein Autonomer. Wir hatten uns damals nicht besonders gut verstanden. Jonas war mir zu radikal, ich ihm zu gemäßigt. Aber ich glaubte, daß ich ihm vertrauen konnte, und hoffte, daß auch er mir vertraute. Unsere Bewacher scherten uns nicht. Sollten sie ruhig glauben, daß wir auf Blomes Plan hereinfielen.

Jonas war nicht in seinem Zimmer, aber ein Mädchen mit sehr kurzen, knallrotgefärbten Haarstoppeln ahnte, wo er steckte. In seinem Büro, lästerte sie, und meinte die *Bulldogge*. Tatsächlich stand er dort am Tresen und trank Bier. Wir zogen uns an einen Tisch zurück, und ich erzählte ihm von meinem Problem, überbrüllt von den *Dead Kennedys (Nazi-Punk, fuck off!)*. Das Experiment erwähnte ich nicht. Ich wußte, wie Jonas über meinen Pakt lästern würde: Für Geld verkaufst du deine Seele, und dann wunderst du dich, wenn sie weg ist. Um Blome bereinigt, klang meine Story albern. Aus einem unbekannten Grund sei ich eingesperrt und mißhandelt worden. Nach einem Selbstmordversuch hatten sie mich freigelassen, klebten seitdem aber an meinen Fersen. Wahrscheinlich sei es eher der Verfassungsschutz als die Polizei. Ich warnte ihn mit verrätselten Quellenangaben vor dem Spitzel Bergner, der dieser Tage entweder bei ihm oder in ein anderes besetztes Haus eingeschleust werden solle. Und ich sagte ihm auch, was ich suchte: Kontakt zu jemandem, der etwas von Knallkörpern versteht.

»Was wollt ihr damit?«

»Das möchte ich für mich behalten – außer wenn du selbst der Experte bist.«

Jonas betrachtete mich sehr genau. Die Musterung fiel trotz des ehrlichen Gesichtes, das ich aufzusetzen bemüht war, nicht zu seiner Zufriedenheit aus. Er hielt es für notwendig, mich zu examinieren. Was ich von der gegenwärtigen Regierung halte. Die Antwort fiel mir leicht und entsprach seinen Erwartungen. Was ich von Wahlen halte. Ich kannte den Spruch, den er zu hören wünschte, und sagte ihn auf: »Wenn Wahlen etwas ändern würden, wären sie verboten.« Mit der Aussage war er zufrieden, nicht aber mit meinem Tonfall, also hakte er nach, und ich erläuterte ihm meine Ansichten über die bürgerliche Demokratie im Zeitalter der elektronischen Medien unter besonderer Berücksichtigung des verblödenden Einflusses der Privatsender. Und schloß mit einem Zitat von George Bernard Shaw: »Die Demokratie setzt die Wahl durch die beschränkte Mehrheit an Stelle der Ernennung durch die bestechliche Minderheit.« Den Aphorismus mußte ich fünfmal wiederholen, bis er ihn auswendig konnte.

Die Gretchenfrage stand noch aus: Sag, wie hältst du's mit der Berechtigung des bewaffneten Kampfes von Minderheiten. Ich hätte auch sie in seinem Sinne beantworten können, ohne mich anzustrengen – soweit hatte Blome mich inzwischen getrieben –, aber ich war des dilettantischen Verhörs müde.

»Es reicht, Jonas«, sagte ich. »Wenn ich ein Spitzel wäre, könnte ich sonstwas vortäuschen. Meinst du, daß du clever genug bist, um rauszufinden, was meine Meinung ist und was ich spiele? Du führst dich fast so auf wie die Bande, die hinter mir her ist. Paß bloß auf, daß du nicht wirst wie die. Entweder du traust mir, oder du traust mir nicht. Wenn nicht, dann vergiß, was ich dir gesagt habe. War schön, dich mal wieder getroffen zu haben.«

»Okay, okay«, wiegelte er ab. »Aber deine Wandlung ist schon erstaunlich. Bist du also endlich wieder aufgewacht und willst was tun. Wurde höchste Zeit. Ich dachte schon, du driftest in deren Lager ab.«

»Wie kommst du denn darauf?«

»Ich hab den Scheiß gelesen, den du in Wolfs Hauspostille verbreitet hast. Am Anfang steckte noch ein bißchen Vernunft dahinter. Nicht viel, nur ein bißchen. Wenigstens hast du gewußt, wo der Feind steht. Aber dann haben sie beim Studium eine Gehirnwäsche mit dir gemacht oder was weiß ich. Zum Schluß hast du so gelabert wie die rechten Ärsche von der *taz*. Einzelaktionen bringen's nicht, Terroristen stabilisieren das System und der ganze Abkotzsalm!«

»Ja, das war falsch. Vielleicht bringen Einzelaktionen wirklich nicht sonderlich viel, aber immer noch mehr, als wenn man gar nichts macht als rummaulen.«

»Mensch, war ja echt gut, daß die Schweine dich eingesperrt haben. Jetzt kann man wieder mit dir reden, ohne sich dreckig zu fühlen.«

»Na, so schlimm wird's wohl nicht gewesen sein.«

»Heute muß man aufpassen, mit wem man umgeht. Mehr als früher.«

»Bist du nun der Sprengstoffexperte, den wir brauchen?«

»Bin ich nicht. Was wollen sie von dir?«

»Keine Ahnung.«

»Eh, ich bin nicht der Geheimdienst. Entweder du traust mir oder nicht. Was hast du angestellt?«

»Nichts. Absolut nichts.«

»Na, irgendwas wirst du doch gemacht haben außer Händchen halten bei deiner schweigsamen Freundin aus dem Westen.«

»Du betonst das Wort Westen so komisch. Hast du rassistische Vorurteile?«

»Natürlich nicht, entschuldigt. Was hast du nun gemacht?«

»Philosophie studiert. Meine Dissertation geschrieben. Ich war seit vier Jahren nicht mehr aktiv. Ehrlich. Selbst die Laberartikel habe ich längst aufgegeben. Das ist es ja, was mich so fertig macht. Selbst wenn man still zu Hause sitzt, lassen sie einen nicht in Ruhe.«

»Und die Schweine kleben euch wirklich dauernd an den Hacken?«

»Bei jedem Schritt«, bestätigte ich. »Wahrscheinlich stehen sie jetzt mit dem Auto vor der Tür. Ist besser, wir gehen nachher getrennt raus. Hier trauen sie sich nicht rein, weil sie in ihren Anzügen auffallen würden.«

»Stimmt nicht«, brach Ellen ihr Schweigen. »Da kommt gerade einer.«

Jonas sprang auf und verschwand auf dem Klo. Ich sah unauffällig zur Tür. Ein Typ, der so kostümiert war, wie seinesgleichen sich die Künstler vom Prenzlauer Berg vorstellte – vom Hersteller abgewetzte feine Lederjacke, T-Shirt vom amerikanischen Discounter, 501-Levis und Nike-Turnschuhe –, sah sich im Raum um und ging dann zielstrebig zum Tresen, wo er ein Bier bestellte. Kaum zu erkennen als einer der beiden konservativen Herren, die wir im Jetta gesehen hatten. Ellen besaß einen scharfen Blick. Ich hätte ihn nicht beachtet.

»Hat er Jonas gesehen?« fragte ich Ellen leise.

»Bestimmt. Aber nur von hinten. Was machen wir jetzt?«

»Halt die Stellung.«

Ich folgte Jonas auf die Toilette. »Zahlt und haut ab«, sagte er. »In genau vier Stunden wieder bei mir. In unser Haus trauen sich die Schweine nur mit hundert Mann Verstärkung. Kennst du Macke?«

»Nein.«

»Wenn du reinkommst, gleich rechts am Tisch. Der große Dicke mit dem Ring in der Nase. Sag ihm 'nen Gruß von mir und wer der Kerl ist. Dann wird er schon wissen, was er machen soll.«

Jonas blieb zurück. Ich ging zu Macke und sagte ihm ins Ohr, was mir Jonas aufgetragen hatte. Dann zahlte ich am Tresen und gab Ellen ein Zeichen, ihr Bier stehenzulassen. Sie folgte mir. Der Typ war von unserem plötzlichen Aufbruch überrascht. Noch mehr überraschte ihn, daß sich plötzlich Macke neben ihn stellte.

»Wir können hier keine Spitzel brauchen«, sagte er.

»Wir kommst du denn darauf?« fragte der Typ und lachte verlegen. Drei Kumpels von Macke gesellten sich dazu.

»Dein Gestank. Schweine riech ich zehn Meilen gegen den

Wind«, behauptete Macke, nahm das Glas des Spitzels und entleerte es über dessen Designerjacke. Die Fortsetzung entging uns, weil wir die *Bulldogge* verließen.

Irgendwie würden sie ihn aufhalten, aber dank des Peilsenders fanden sie uns auf jeden Fall wieder, wohin wir auch gingen. Oder nicht? Einen Kilometer Reichweite, hatte Iwers gesagt. Ob das auch für einen U-Bahn-Tunnel galt? Im Auto saßen üblicherweise zwei Männer. Der eine wurde am Tresen aufgehalten. Wenn wir zum Senefelder-Platz rannten und wir dort sofort eine Bahn erwischten, konnte uns keiner direkt folgen, und einen Zug durch den Berliner Berufsverkehr per Auto zu verfolgen war unmöglich. Aber bei Exkursionen waren vielleicht der Jetta und der Kadett im Einsatz. Schließlich waren wir ja mit der S-Bahn hergefahren, und sie hatten uns dennoch gefunden. Egal, ich mußte es versuchen.

Schnell, aber nicht auffällig schnell, liefen wir zum Bahnhof, blieben oben an der Treppe stehen, bis wir einen Zug einfahren hörten, und rannten dann hinunter. Nach uns stieg niemand ein. Die Bahn fuhr sofort ab. Richtung Alexanderplatz. Dort stiegen wir in die S-Bahn um und fuhren zum Bahnhof Zoo. Wechsel in die U-Bahn. Später wieder in die S-Bahn. Nach menschlichem Ermessen waren wir die Verfolger los. Und das einigermaßen unauffällig. Sie durften ja nicht wissen, daß ich den Sender in meiner Hosentasche herumtrug anstatt in meinem Hintern. Sonst würde der große Bluff nicht funktionieren.

Ellen zeigte wenig Begeisterung über Jonas. »Ein bornierter, arroganter Arsch, und er merkt es nicht mal.« Überhaupt war ihr im düsteren, verqualmten Ambiente der Autonomenkneipe sehr unbehaglich zumute gewesen. Unbehaglicher als beim ersten Besuch, wo die Kneipe wenigstens leer war. So etwas gab es wohl nicht im ordentlichen, übersichtlichen Freudenstadt. Typen wie Macke würde sie auf der Straße ebenso aus dem Weg gehen wie einer Horde besoffener Skinheads. Aber allein wollte sie mich trotzdem nicht lassen.

Auf die vereinbarte Minute genau betraten wir erneut das besetzte Haus. Jonas fragte uns nach Kennzeichen und Wagentyp und schickte ein paar Freunde aus, sich auf der Straße umzusehen.

In einem mit Schaumstoffmatte, Bücherregal und einem Wäschehaufen mehr als spartanisch eingerichteten Zimmer erwartete uns der Experte. Klein, schwarze Haare, schwarzer Schnurrbart, gebräuntes Gesicht. Ausländischer Akzent. Ich hielt ihn für einen Türken, Kurden oder Araber. Meinen Versuch, ihn arabisch anzusprechen, überhörte er. Seinen Namen behielt er für sich. Wollte auch nichts weiter wissen, als daß es gegen das Establishment ging. Diskret verließ uns Jonas, als der Experte zur Sache kam. Ich teilte ihm mit, was wir brauchten.

»Keine Problem. Drei Tagen.«

»Da ist meine Aufführung«, sagte Ellen.

»Geht es vormittags?«

»Elf Uhr hier. Funfhundert Mark Unkosten. Ist no Gewinn für mich. Ich tue für Freunde. Anzahlung einhundert. Haben Sie soviel? Dann gib her.« Und ließ uns allein.

Unheil, du bist am Zuge. Nimm, welchen Lauf du willst.

»Schon fertig?« fragte Jonas, als er sein Zimmer betrat. »Gut so. Der Jetta ist eben vorbeigefahren.«

Da hatte uns die stundenlange Bahnfahrt also doch nichts eingebracht als eine geringfügige Verbesserung unserer Ortskenntnis. Wahrscheinlich lagen sie auf der Lauer, bis wir in die Reichweite ihrer Empfänger zurückkehrten.

Etwas später informierte uns das Mädchen mit den kurzen roten Stoppeln darüber, daß Macke es sich nicht hatte nehmen lassen, den Jetta mit einem Farbbeutel zu bewerfen. Ein Volltreffer auf Windschutzscheibe und Motorhaube; sie machten, daß sie davonkamen.

Macke, den Champion, bekamen wir nicht zu Gesicht. Er wollte uns sein blaues Auge nicht zeigen, und einen Zahn habe er auch verloren, petzte Jonas heiter. Daß Macke nicht noch mehr passiert war, verdankte er dem Einsatz seiner Leibgarde. Der Spitzel war gut ausgebildet. Aber mindestens ein blaues Auge hatte er jetzt wohl auch. Alles in allem ein erfolgreicher Tag, der erste, seit ich auf Doktor Blome-Bernhardt hereingefallen war.

Katz und Maus

Mein Plan setzte voraus, daß sich die Beschatter auf ihren Sender verließen, was in unserem Zeitalter der allgemeinen Technikgläubigkeit weniger ein leerer Wahn denn kühle Voraussicht war. Ich brauchte das winzige Stück strahlenden Metalls also nur an einem sicheren Ort zu verwahren, um mich unbeobachtet entfernen zu können. Um ganz sicher zu gehen, wollte ich es nicht einfach auf dem Schreibtisch ablegen, sondern in der Kleidung eines Menschen deponieren – für den Fall, daß sie auch kleine Bewegungen, wie man sie in einer Wohnung macht, registrieren konnten. Am einfachsten wäre es gewesen, ihn Ellen zu geben, um niemanden einweihen zu müssen, aber sie bestand darauf, mich zu begleiten, obwohl die eigentliche Aktion letztlich nur von einer Person unauffällig ausgeführt werden konnte. Ohnehin wäre es kaum möglich gewesen, daß sie allein in einer verwanzten Wohnung unser beider Anwesenheit hätte vortäuschen können. Denn wenn ihr auf der Bühne auch sehr unterschiedliche Chargen zur Verfügung standen – meine Stimme gehörte nicht dazu.

Mir fiel ein Freund ein, den ich in der letzten Zeit fast schon sträflich vernachlässigt hatte. Zwölf Jahre waren wir in dieselbe Schule gegangen, hatten in den oberen vier Klassen nebeneinander gesessen und uns auch nach dem Abitur noch häufig gesehen. Nach seinem Studium wurde Hubert Ingenieur ohne Stellung und munterte sich mit Whisky dazu auf, jeden Tag mindestens ein neues Bewerbungsschreiben abzuschicken. Über die Antworten tröstete er sich ebenfalls mit Whisky. Wahrscheinlich deshalb hatte ich den Kontakt einschlafen lassen.

Ich kündigte unseren Besuch aus einer Telefonzelle an. Er war sehr erfreut über meinen Anruf und noch mehr über unseren Besuch. Mich beachtete er nach dem einleitenden Damalswarsjasoschön kaum noch, hatte nur Augen für Ellen. Schleppte Kekse, Schokolade, Kaffee heran, überschlug sich in Aufmerksamkeiten wie der Kellner eines Grand-Hotels. Und war, da wir ihn vormittags besuchten, noch nüchtern. Der glasige Blick seiner hervorquellenden wässerigblauen, rotgeäderten Augen verriet jedoch, daß er den Vorabend im gewohnten Zustand abgeschlossen hatte.

Ehe ich unsere gemeinsam ausgeknobelte, recht verzwickte Tarngeschichte vortragen konnte, gab Ellen mir mit den Augen ein deutliches Zeichen. So quatschten wir nur noch ein wenig über die Schwierigkeiten, damit fertigzuwerden, daß niemand in diesem Lande großen Wert auf unsere Arbeit legte, und zogen uns dann mit dem festen Versprechen zurück, uns bald wieder sehen zu lassen.

»Unmöglich«, sagte Ellen auf der Straße. »Der ist völlig fertig. Dauert nicht mehr lange, und er lungert am Kiosk mit den anderen Pennern rum.«

»Er war mal …«

»Genau!« unterbrach sie mich. »Er war. Ist nicht mehr viel von ihm übrig. Wie der mich mit den Augen ausgezogen hat! Der hat im letzten Jahr Frauen nur im Pornofilm gesehen. Fast hätte ich aus Mitleid Striptease für ihn gemacht. Oder Schaubumsen mit dir.«

»Nach Bumsen wäre mir auch. Notfalls sogar ohne Publikum.«

»Du weißt doch: sturm- und wanzenfreie Bude ab morgen. Mit deinem Hubert ist jedenfalls kein Staat zu machen. Mit dem ist nicht mal ein Staat auszutricksen.«

Sie hatte ja recht, nur war damit unser Alibi geplatzt, gab ich zu bedenken.

»Nein!« Ellen strahlte vor Überlegenheit. »Mir ist eine saubere Lösung eingefallen. Ich meine ja, wir könnten das Ding einfach liegenlassen, so genau wird die Anzeige wohl nicht sein.«

»Das soll die Lösung sein? In der Poliklinik haben sie meine Wanderung durch die Stockwerke verfolgt.«

»Genau. Durch die Stockwerke. Gewiß nicht innerhalb der Zimmer. Aber ich war noch gar nicht fertig. Um auch für den unwahrscheinlichen Fall abgesichert zu sein, daß sie Bewegungen im Zimmer messen können, brauchen wir ein Lebewesen, das sich bewegt, und um nicht verraten werden zu können, muß es stumm sein.«

»Du kennst einen Stummen?«

»Sei nicht albern. Denk an Onkel und Tante.«

Das tat ich, seit Ellen mir freudestrahlend erzählt hatte, daß die beiden eine Busreise nach und durch Italien machten – immerhin eine ganze Woche lang. Ihr erster vernünftiger Entschluß, der mir je zu Ohren gekommen war. Und wenn wir Glück hatten, dauerte die Reise sogar noch etwas länger, weil der Bus, wie so viele, unterwegs verunglückte. Ja, ich war über Gebühr gehässig in jenen Tagen.

»Wollen wir ihnen den Sender mitgeben?« fragte ich. »Eine lustige Vorstellung, die Spitzel eine Woche durchs Ausland zu hetzen. Nur sind deine Verwandten leider absolut nicht stumm. Stopp – ich hab's. Murkel. Daß ich nicht selber darauf gekommen bin!«

»Bist du ja dank meiner Nachhilfe.«

Am nächsten Morgen installierten wir den Sender am Flohhalsband der Katze von Ellens Großtante. Wir zogen die Vorhänge vor Ellens Zimmerfenster zu, legten *The Best of the Rolling Stones* auf, stellten den CD-Player auf Endlosschleife und meinten, nun genug für das Vortäuschen einer Orgie (oder was sonst die Spitzel sich angesichts geschlossener Vorhängen denken mochten) getan zu haben. Die längst überfällige echte Orgie vertagten wir.

Durch die Hintertür verließen wir das Haus. Erst Ellen, eine Minute später auch ich – mit der großen, wohlgefüllten Reisetasche. Natürlich war es möglich, daß einer der Überwacher hinten bereitstand. Dieses Risiko ließ sich einfach nicht vermeiden. Wir waren eben keine Profis. Allerdings hatte Ellen inzwischen ein Gespür für unsere Verfolger entwickelt, und das sagte ihr, daß wir sie los waren. Sie saßen wohl in ihrem Auto und beobachteten die geschlossenen Gardinen. Irgendwann würde einer unauffällig ins Haus schlendern und an der Tür lauschen. Die Musik würde ihn hoffentlich zufriedenstellen. Und wenn er nach ein paar Stunden wiederkäme und immer noch Musik hörte, würde es ihn erst recht beruhigen. Aus den Action-Videos, unseren Lehrfilmen, war uns bekannt, daß es Infrarotgeräte gab, mit denen man an Hand der Wärmeabstrahlung menschlicher Körper feststellen konnte, ob sich jemand in der Wohnung aufhielt, auch wenn die Türen und Fenster geschlossen waren. Aber falls solcherart Technik auch außerhalb von Spielfilmen existieren sollte, so war doch nicht anzunehmen, daß Blomes kleine, zudem eher private als amtliche Truppe darüber verfügte. Und sollten sie wider Erwarten mit High-Tech ausgerüstet sein, so sahen sie sicher keinen Grund, sie einzusetzen. Sie wußten ja, wo wir waren, der Peilsender verriet es ihnen. Mangels Wissen verließen wir uns auf reine Spekulation. Aber wenigstens hatte ich Phillip Knightleys *Geschichte der Spionage im 20. Jahrhundert* gelesen und war dessen gewiß, mich auf die Unfähigkeit der Schlapphüte verlassen zu dürfen.

Wir fuhren nach Berlin, stiegen ein paarmal um, beobachteten unsere Mitreisenden genau. Wenn wir doch noch einen Überwacher an den Fersen hatten, war er ein Zauberkünstler. Und weshalb hätte ein Mann mit solchen Fähigkeiten ausgerechnet zum Geheimdienst statt zum Varieté gehen sollen? Zur vereinbarten Zeit betraten wir das besetzte Haus. Unser Kontaktmann war noch nicht eingetroffen. Jonas nahm uns in seiner karg möblierten Kammer in Empfang. Mit düsterer Miene.

»Es schmeckt mir nicht«, teilte er uns gleich nach dem begrüßenden Hallo mit. »Ich weiß nicht, was für ein Ding ihr abzieht. Ich weiß nur, daß es auf uns zurückfällt, wenn es schiefgeht.«

»Eh, du bist der Radikale von uns beiden«, erinnerte ich ihn.

»Radikal heißt nicht blöd. Wir bekämpfen das Schweinesystem, aber wir laufen nicht Amok.«

»Ich laufe auch nicht Amok, wenn dich das beruhigt.«

»Verstehst du, wir leben hier. Einigermaßen friedlich. Sie wollten uns zweimal heiß entmieten, aber seitdem sind sie ruhiger geworden. Wir wollen ihnen keinen Vorwand liefern.«

»Jetzt redest du wie die Typen, über die du dich immer lustig machst«, sagte Ellen. »Nur nichts riskieren, damit die eigenen Privilegien erhalten bleiben. Wie die Spießer.«

»Privilegien!« wand sich Jonas. »Was haben wir schon für Privilegien!«

»Ihr wohnt mietfrei und werdet nicht rausgeschmissen«, sagte Ellen. »In Freudenstadt wäre das nicht möglich.«

»Wie meinst du das?« fragte Jonas unsicher; er kannte Ellens Heimatstadt nicht und hielt den Namen wohl für einen Code, den er nicht zu dechiffrieren verstand.

Ich ließ ihm seine Unwissenheit. »Was ist los mit dir, Alter?« fragte ich.

»Macke liegt im Krankenhaus.«

»Warum?«

»Vorgestern tauchte hier ein Typ auf. Ein Autonomer aus Chemnitz. Aus Karl-Marx-Stadt, hat er sogar gesagt. Ein knallroter Super-Ossi. Suchte für ein paar Tage Quartier. War uns durchaus bekannt, zumindest dem Namen nach. Hiller. Er gehört zur Chemnitzer Szene. Ist immer dabei, wenn was losgeht. Wir hätten ihn nie verdächtigt ohne deine Warnung. Da haben wir ihm auf den Zahn gefühlt. Nur zu zweit, er sah nicht besonders kräftig aus. Der Kerl wirkte echt wie Gold. Ich wollte mich schon entschuldigen für den Scheißverdacht, da ließ Macke testweise den Decknamen raus, den du uns gesagt hast. Bergner. Hiller lachte darüber. Auf einmal sprang er auf und direkt mit beiden Beinen in Mackes Fresse. Und draußen war er. Ließ sein ganzes Zeug liegen, rannte weg und kam nicht wieder. Klamotten, Papiere, Knete – fast tausend Mark.«

»Und Macke?«

»Vier Zähne draußen, eine Rippe gebrochen.«

»Blöd für Macke, aber was regt dich daran so auf?«

»Die haben uns anderthalb Jahre in Ruhe gelassen, und auf einmal schicken sie uns so einen Rambo-Typ. So einen Kamikaze. Euretwegen. Was habt ihr angestellt? In was zerrt ihr uns rein?«

»Reg dich ab«, sagte Ellen cool. »Sei doch froh, daß wir ihn auf einem silbernen Tablett serviert haben. Ihr wärt auf ihn reingefallen. Ein V-Mann, der sich seit Jahren in der Szene bewegt. Ein Topagent, wenn er Macke mit einem Fußtritt ausschalten konnte. Jetzt ist er verbrannt, muß untertauchen, wahrscheinlich im Ausland. Die Chemnitzer sind ihren besten Spitzel los. Das war doch ein Sieg!«

»So gesehen, schon, aber …«

»Mit Typen wie euch hatte ich noch nie näher zu tun«, unterbrach ihn Ellen, »aber ihr seid genau so, wie ich mir euch vorgestellt habe. Große Sprüche klopfen. Vielleicht noch hier und da mal eine Straßenschlacht gegen die Bande mit der anderen politischen Orientierung. Aber wenn es wirklich mal ernst wird, dann kneift ihr. Joseph und ich, wir haben nichts getan. Absolut nichts. Aber wir stecken in Schwierigkeiten. Sie kleben wie Schmeißfliegen an unseren Hacken. Wir wollen sie abschütteln, und heute ist es uns zum erstenmal gelungen. Aber allein werden wir mit denen nicht fertig. Wir brauchen ein bißchen Hilfe. Die haben wir bei Leuten gesucht, die sowieso im Clinch mit dem Schweinesystem liegen. Dachten wir zumindest. Aber wenn ihr euch mit dem Staat arrangiert oder wenn ihr Schiß habt, gehen wir zur Konkurrenz.«

»Wohin?«

»Zur Glatzkopfbande«, sagte ich und lüftete kurz meine Perücke. »Die Schweine haben mich bestens darauf vorbereitet.«

»Wie siehst du denn aus!« Jonas war völlig entgeistert.

»Deren Werk. Die wollten mich kleinkriegen. Bis jetzt haben sie es nicht geschafft.«

»Mensch, wir helfen euch doch!« sagte Jonas genervt.

»Wäre ja auch noch schöner, wenn nicht!« sagte Ellen.

»Wir wollen bloß wissen, weshalb sie hinter euch her sind.«
Ellen gab mir einen Wink, die Klappe zu halten. Sie war die Diplomatin von uns beiden, und ihre Fähigkeit, Leute zu manipulieren, spielte sie jetzt aus – so gut, daß es selbst mich überraschte.

»Natürlich haben wir dir nicht alles erzählt. Das ist auch okay so. Je weniger du weißt, desto besser für dich. Aber wir haben dir in keinem Punkt etwas Unwahres gesagt. Bis jetzt haben wir nichts angestellt, das gegen irgendein Gesetz der Bundesrepublik Deutschland verstößt, falls dir das was gibt. Und nun schaff endlich den Araber her!«

»Armenier«, korrigierte Jonas, ohne nachzudenken.

»Ist mir scheißegal. Wir haben unsere Schatten nicht gelinkt, um ein Agitprop-Meeting mit dir abzuziehen. Also beweg deinen Arsch, oder laß es bleiben.«

»Okay, okay«, kapitulierte Jonas endlich und warf mir einen anerkennenden Blick zu. Wenn ich so eine Freundin hatte, dann mußte mehr an mir dran sein, als er bisher angenommen hatte. Stolz nickte ich zurück. Auch ich war von mir beeindruckt, aus dem nämlichen Grund.

Fünf Minuten später betrat der Armenier, den ich seines Akzents wegen immer noch für einen Araber hielt, das Zimmer, und Jonas, der ihn herbeigeschafft hatte, blieb diskret vor der Tür.

»Voila«, sagte unser Lieferant und stellte einen Wecker auf den Tisch. Einen kleinen, schwarzen, elektronischen Wecker mit simpler Analoganzeige. »Ohne Sekundenzeiger, damit nicht ticken«, erklärte er ungefragt.

»Das Ding kostet keine zwanzig Mark«, sagte ich. »Und wo ist die bestellte Bombe?«

»Das ist Bombe.« Er drehte den Wecker um. An der Rückseite klebte ein kleines Päckchen, von dem aus zwei kurze Drähte in das Innere des Weckers führten.

»So klein?«

»Genug, um Zimmer verwusten!« behauptete er. »Mehr stark wie Handgranate.«

Wir ließen uns die Bedienung erklären. Sie war so kinderleicht, wie wir gewünscht hatten. Zuerst den Weckzeiger auf die gewünschte Zeit stellen, dann den Weckknopf herausziehen. Auf keinen Fall die Reihenfolge verwechseln. Wenn der Weckknopf oben ist, dann ist die Bombe scharf, und beim Einstellen könnten wir uns versehentlich selber in die Luft sprengen. Das war keine von den Konstruktionen, wo Experten darüber herumrätseln mußten, ob sie erst den blauen oder den gelben Draht durchkneifen mußten. Wenn der Weckknopf heruntergedrückt wird, ist die Bombe entschärft. Ausgefeiltere Modelle hätten das Zehnfache gekostet.

Wir bekundeten unsere Zufriedenheit und zahlten. Nachdem er die Echtheit der Hundertmarkscheine durch Befühlen und durch Blicke gegen das Fensterlicht geprüft hatte (»Zu vieles Kriminellen in Deutschland!«), verabschiedete sich der Konstrukteur sehr schnell. In der Tür wandte er sich noch einmal um. »War angenehm, mit euch Geschäfte zu machen«, sagte er auf einmal ohne jeden Akzent. »Wenn ihr wieder was braucht, könnt ihr jederzeit kommen.« Und verschwand.

Vier Stunden später betrat ein seriöser junger Mann mit Anzug, weißem Hemd, Schlips, schwarzbraunen Lederschuhen, in der linken Hand einen schwarzen Diplomatenkoffer, unter dem rechten Arm eine *Frankfurter Allgemeine*, ein Hotel in Berlin-Wilmersdorf. Der Yuppie war ich. Durch einen von Ellen aus dem Theaterfundus besorgten Schnurrbart hatte ich mich so verändert, daß, wie ich annahm, niemand mich genau würde beschreiben können, falls sich überhaupt jemand an meinen Kurzbesuch im Hotel erinnern würde. Ich bewegte mich sicher auf den Fahrstuhl zu, und da zu noblen Hotels die Diskretion gehört, hielt mich niemand auf.

»Fünfter Stock«, sagte ich dem Liftboy und tat, als würde ich in der Zeitung lesen, so daß er nicht viel mehr zu sehen bekam als meinen falschen Haarschopf. Leider wußte ich nicht, ob man heutzutage Liftboys Trinkgeld gibt und wenn ja, wieviel. Also vertiefte ich mich in einen Artikel und verließ den Fahrstuhl lesend – ganz der konzentrierte Jungunternehmer, wie ich ihn mir vorstellte.

Zeitunglesend lief ich den Gang entlang, bis der Lift abgefahren war. Dann ging ich zur Treppe. Blome wohnte in der dritten Etage. Er war nicht in seinem Zimmer, so hofften wir. Ellen hatte dreimal im Abstand von jeweils zehn Minuten angerufen. Niemand hatte sich gemeldet. Was sollte er auch tagsüber im Hotel. Irgendeiner Beschäftigung würde selbst er nachgehen, und sei es nur das Koordinieren der Kriminalisierung harmloser Philosophiestudenten.

Nun ja, die Bezeichnung harmlos traf auf mich inzwischen nicht mehr zu. Ich hatte vor, einen Menschen zu töten. Ich wollte Blome-Bernhardt in seinem Bett in die Luft sprengen, während er schlief. Kaltblütig geplant und vorbereitet. Vor zwei Monaten hätte ich jeden, der Ähnliches vorhatte, für einen wahnsinnigen Verbrecher gehalten und ihn wahrscheinlich der Polizei gemeldet.

Zimmer 333. Drinnen flötete das Telefon. Ellen, die gegenüber in einer Zelle stand und den Eingang beobachtete. Nur zu meiner Sicherheit. Niemand nahm ab, niemand war auf dem Gang. Ich schloß auf und betrat schnell das Zimmer.

Es war kleiner und schlichter eingerichtet, als ich vermutet hatte. Ein schmaler Korridor, von dem eine Tür zum Bad und eine andere zum Wohnschlafzimmer führte. Über einem der zwei Armstühle lag ordentlich ein Bademantel aus dunkelblauer Seide. Das Bett war bereits gemacht, das Zimmer sauber, also stand nicht zu befürchten, daß eine übereifrige Reinigungskraft den Wecker entdecken würde. Auf dem Nachttisch lag ein Taschenbuch. *Im Namen des Guten.* Blome-Bernhard las zum Einschlafen Geheimdienstgeschichten. Ich kannte die Anthologie. Blomes Verein schnitt darin sehr schlecht ab. Wahrscheinlich war der Doktor nicht nur Sadist, sondern auch noch Masochist. Ganz im Trend des Zeitgeistes.

Mit einem Taschentuch nahm ich den Hörer ab und legte ihn sofort wieder auf, ohne zu sprechen. Es war 15.35 Uhr. Ich öffnete meinen Aktenkoffer, verstaute die Zeitung, entnahm vorsichtig die Höllenmaschine. Eingestellt war der Wecker auf 3 Uhr. Da würde Blome als Beamter hoffentlich im Bett liegen und schlafen. Ich hätte die Einstellung 5 Uhr bevorzugt, aber mehr als elfeinhalb Stunden im Voraus waren nicht möglich. Das nächste Mal werde ich mir eine Vierundzwanzig-Stunden-Uhr mit Digitalanzeige leisten. Unsinn. Es wird kein nächstes Mal geben. Ich will ja kein Berufskiller werden. Nur mein Leben verteidigen. Schlimm genug, daß Blome mich dahin getrieben hat.

Ich hoffte, daß die halbe Stunde Differenz ausreichen würde, die Zündautomatik ruhig zu halten. Wenn nicht, dann erwischte es mich statt meines Peinigers. Das weiße Hemd klebte am schweißnassen Oberkörper, und der ungewohnte Schlips würgte mich. Sollte ich es lieber lassen? Nach dieser perfekten Vorbereitung? Und gerade jetzt, da ich es geschafft hatte, in das Zimmer des Schurken einzudringen wie ein richtiger Held? Wenn die Bombe unter meinen Händen hochging, sollte es wenigstens schnell geschehen. Entschlossen drückte ich den

Weckknopf nach oben. Mein Atem setzte aus. Sonst geschah nichts weiter. Ich schob den Wecker tief unter das Bett und zog mich zurück.

Kaum länger als eine Minute hatte ich mich im Zimmer aufgehalten. Wenn Iwers und seine Profis die Durchsuchung nicht riskiert hatten, mußte ich sie mir erst recht verkneifen. Noch ein Blick vom Korridor zurück. Es gab keine Spuren. Die Klinke wischte ich mit meinem Taschentuch ab, desgleichen von draußen den Drehknopf. Etwas anderes hatte ich nicht berührt. Dann schloß ich ab. War das Schloß einmal oder zweimal herumgedreht gewesen? Gleichgültig. Wenn ich mich vertat, könnte das ja ebensogut das Hotelpersonal nach dem Saubermachen gewesen sein.

Inzwischen ging es mir fast so wie Ellen. Ich entwickelte ein Gespür dafür, ob ich beobachtet wurde. Als ich abschloß, kribbelte es in meinem Naken. Sehr langsam und unauffällig wandte ich mich um. Ich war allein im Gang. Ein wirklich diskretes Hotel. Das Personal machte sich rar. Die Gäste gingen ihren Geschäften nach. Nur die Nerven, redete ich mir ein. Schließlich gehörte es nicht zu meinen Gewohnheiten, Attentate auf durchgeknallte Geheimdienstler vorzubereiten. Selbst wenn ich so etwas nur im Fernseher sah, konnte mein Adrenalinspiegel durchaus ansteigen. Und dies hier war die Wirklichkeit.

Ja, ich hatte Angst. Seit Tagen schon, seit Wochen. Ich hatte Angst, jemals wieder ins Gefängnis zurückzumüssen. Je mehr ich über die Zustände in Haftanstalten erfuhr, desto größer wurde meine Furcht. In einem Punkt hatte Blome-Bernhard nämlich nicht gelogen: Alles, was sie mit mir abgezogen hatten, gehörte durchaus zum Gefängnisalltag. Vielleicht geschah so etwas normalerweise nicht in einem so kurzen Zeitraum, aber es geschah, und Schlimmeres war denkbar – bis hin zum Mord, bei dem die Wärter wegsahen, um nicht selber dranzukommen. Wenn ich erwischt wurde, dann würde ich im Gefängnis enden.

Mein Herz raste, der Schweiß strömte mir über das Gesicht, die Beine zitterten, und doch durfte ich mir nichts anmerken lassen. Langsam stieg ich die Treppen hinab, langsam ging ich durch die Hotelhalle, vorbei an einer jungen Frau in der Rezeption, die mich durchdringend anstarrte, zumindest kam es mir so vor. Und dann sprach sie mich an.

»Wollen Sie Ihren Schlüssel nicht abgeben, mein Herr?« fragte sie.

Nur raus hier! Geistesabwesend schüttelte ich den Kopf und ging weiter. Ich spürte ihren Blick in meinem Rücken. Die Drehtür. Ich setzte sie mit der Schulter in Bewegung. Und auf einmal fiel mir ein, was ich abzuwischen vergessen hatte. Den Wecker! Vor Schreck taumelte ich, verpaßte den Ausstieg und drehte mich wieder in die Hotellobby hinein. Neben der jungen Frau an der Rezeption stand jetzt ein Mann im dunklen Anzug. Beide beobachteten mich belustigt, sprachen dabei miteinander. Ich wandte den Kopf ab, setzte die Drehtür mit größerer Kraft in Bewegung. Wenn die Bombe explodierte, würde es keine Spuren geben. Falls Blome sie vorher entdeckte, hatte ich Pech gehabt. Es ließ sich nicht mehr korrigieren. Meine Beine hätten mich auf keinen Fall noch einmal bis in den dritten Stock getragen.

Endlich stand ich im Freien. Gleichzeitig verließ Ellen die Telefonzelle auf der anderen Straßenseite. Mit weichen Knien lief ich die breite Straße entlang. Aufeinander zu gingen wir erst ein paar hundert Meter weiter. Ich sank ihr in die Arme.

»Und?«

»Alles klar.« Meine Stimmbänder versagten, aber sie verstand mich.

»Ruhig, ganz ruhig. Mach jetzt nicht schlapp. Es mußte sein. Er oder wir.«

»Ich weiß. Und trotzdem …«

»Komm weiter. Wir fallen sonst auf.«

»Ich kann nicht. Ich laufe auf Pudding.«

»Du kannst. Das Schwerste ist geschafft. Morgen früh sind wir frei!«

Irgendwann gelang es ihr, mich in Bewegung zu versetzen. Wir liefen zur U-Bahn. Beim Treppensteigen nahm ich den falschen Bart ab, riß mir den Schlips herunter und zog die Jakke aus. Das feine Zeug verschwand mitsamt Großonkels Aktenkoffer in der Reisetasche, aus der ich meine Jeansjacke nahm. Nun sah ich wieder halbwegs normal aus. Nur der Schweiß perlte noch immer von meiner Stirn.

Um 18 Uhr schlich sich Ellen von hinten in den Neubaublock. Allein, falls einer der Überwacher gerade einen Kontrollgang durchs Haus unternahm. Vom Küchenfenster aus gab sie mir ein Zeichen. Ich rannte die vier Stockwerke nach oben. Den Schweiß abwaschen. Umziehen. Ich nahm Murkel den Sender ab, bedankte mich mit einer Extraportion Büchsennahrung für die würdige Vertretung meiner Person. Dann schalteten wir die Stones-CD ab, die sich zehn Stunden lang unermüdlich gedreht hatte, hoffentlich zur Freude der getigerten Katze. Um halb sieben verließen wir das Haus durch den Vorderausgang. Als wir den Jetta hinter der Straßenbahn erblickten, waren wir zum erstenmal froh darüber. Wir hatten den Geheimdienst ausgetrickst.

Dafür kam Ellen eine Viertelstunde zu spät ins Theater. Ihre Kommilitonen machten sich bereits Sorgen. Was, wenn sie nach einer Woche Kranksein doch nicht gekommen wäre? Sie hatten tagsüber ein paarmal bei ihr und auch bei mir anzurufen versucht.

»Wir hatten das Telefon abgestellt«, entschuldigte sich Ellen und dirigierte mich aus der Garderobe. Wieder ein Stein aus der Mauer unseres Alibis herausgebrochen. Andererseits gab es keinen Grund, ausgerechnet uns des Anschlags auf Blome zu verdächtigen. Oder doch?

Ich kann nicht mehr genau sagen, wie ich den Abend überstand. Von der Inszenierung bekam ich nicht viel mit. Sie war laut, bunt, lustig, sehr modern. Ellen war gut als Ophelia, glaube ich. In der Wahnsinnsszene eine große, schlanke Fee im weißen Kleid, einen Kranz echter Wiesenblumen im langen blonden Haar. Ich liebte sie noch mehr, als ich sie auf der Bühne sah. Dieses Mädchen hatte mir geholfen, den Satan zu überwinden. Und sie war so schön und spielte so gut …

Es gab viel Beifall, und hinterher saßen die Akteure in der Kantine mit einem Theatermann aus Berlin zusammen, der meinte, das könnte – mit etwas Nacharbeit, die alles noch grotesker mache – durchaus etwas für die Volksbühne oder für eine gute Off-Spielstätten sein. Der berühmte Regisseur badete in der Anerkennung seines Kollegen, und die Schauspielstudenten sahen so aus, als ob sie noch in dieser Nacht sämtlich am Größenwahn zugrunde gehen würden. Daß ich schweigend und geistesabwesend mein Bier schlürfte, nahm mir niemand übel – ich war nur Ellens lästiges Anhängsel. Aber Ellen, in solcherlei Runden meist Mittelpunkt, blieb ebenfalls still. Glücklicherweise schrieben die anderen Studenten das ihrer Krankheit zu und wunderten sich eher, daß wir bis zum Ende blieben als über unser Schweigen.

Gegen drei Uhr in der Nacht verließen wir das Theater in einem Schwarm bezechter künftiger Weltstars. Um diese Zeit fuhr natürlich nichts mehr. Keine Bahn, kein Bus. Drei bestellte Taxis entschwanden mit denen, die in Berlin wohnten. Das waren alle außer Ellen und mir. Wir blieben allein zurück.

Beide hatten wir ziemlich viel getrunken und keine Lust, vier Kilometer durch die Nacht zu wandern. Ellen, vielleicht auch berauscht vom Erfolg, wurde vom Übermut gepackt.

»Wir lassen uns durch die Spitzel fahren.«

»Lieber nicht.«

»Wieso nicht? Jetzt ist alles gelaufen. Genau jetzt. So oder so. Und ein besseres Alibi bekommen wir nicht.«

Am Ende der Straße stand, unauffällig eingeparkt, der Opel. Sie lief darauf zu, und mir blieb nichts übrig, als ihr zu folgen. Sie klopfte an die Scheibe. Der Fahrer tat, als schliefe er über dem Lenkrad. Auch der Beifahrer stellte sich schlafend. Ellen ließ nicht locker, bis sie sich entschlossen, Erwachen zu mimen. Es waren die beiden, die wir noch nicht von nahem gesehen hatten. Der Fahrer kurbelte sein Fenster ein Stück herunter und fragte gähnend, was wir wollen. Er war ein ungewöhnlich schlechter Schauspieler.

»Nach Hause«, sagte Ellen und blies ihm ihre Weinfahne ins Gesicht.

»Dann rufen Sie ein Taxi!«

»Alle weg«, sagte Ellen. »Sie haben doch den gleichen Weg.«

»Wie kommen Sie denn darauf? Wir warten hier auf einen Kollegen.«

»Noch mehr Spitzel?« Ich zog an Ellens Arm. Sie schüttelte mich ab. »Tun Sie doch mal was Nützliches für Ihr Geld!« forderte sie.

In diesem Augenblick meldete sich eine unverständliche Stimme über Sprechfunk. Der Beifahrer, der mit abgewandtem Gesicht an der Scheibe gedöst hatte, griff schnell zu einem am Kabel befestigten Mikrofon und sagte sehr bestimmt: »Jetzt nicht. Ende.«

»Leider …«, sagte der Fahrer.

»Dann eben nicht!« Ellen, ernüchtert durch den Anruf, der sicher durch unsere Aktion ausgelöst worden war, wandte sich ab und zog mich mit sich.

Ein paar Sekunden später kam doch noch ein Taxi. Über Funk gerufen von einem der anderen Taxifahrer, sagte unser Chauffeur. Heutzutage bemüht man sich ja um Fahrgäste. Weit hinter uns sahen wir im stets gleichen Abstand die Lichter eines anderen Autos. Der Kadett folgte uns.

Bier und Wein sorgten dafür, daß wir schnell einschliefen. Jedoch erwachte ich bereits um sieben, und weil ich mich umherwälzte, wurde auch Ellen wach. Wir duschten und frühstückten. Dann ertrugen wir die Ungewißheit nicht länger, kleideten uns an und gingen auf die Straße. Das Postamt öffnete gerade. Ellen wählte aus einer Zelle Blomes Nummer.

»Ja«, meldete sich eine Männerstimme.

»Ich möchte Herrn Blome-Bernhard sprechen.«

»Das tun Sie bereits, Fräulein Weisbach. Worum geht's?«

»Um das Geld«, sagte Ellen schlagfertig. »Wenn Sie zahlen, werden wir aufhören, die Presse für unsere Story zu interessieren.«

»Machen Sie ruhig weiter«, sagte der Doktor sehr heiter. »Das kommt entschieden billiger für uns. Ach übrigens – haben Sie sich den kleinen Knallspaß ausgedacht?«

Ich stand dicht neben Ellen, hörte jedes Wort genau, und ich glaube, an dieser Stelle hätte ich den Hörer fallen lassen. Ellen erbleichte zwar, aber sie gab sich nicht geschlagen. »Was für ein Spaß?« fragte sie, ohne daß ihre Stimme zitterte. »Mir ist nicht nach Witzen zumute«, setzte sie drauf.

»Vergessen Sie es.«

»Und was ist mit unserem Geld?«

»Wollen Sie reich werden? Versuchen Sie es bei der Klassenlotterie«, empfahl Blome und legte auf.

Phase drei

Zunächst überschlug Jonas sich in seinem Drang, sich vor mir zu rechtfertigen. Er wollte auf der Stelle eine Vollversammlung aller Hausbewohner einberufen, um die aktuelle Lage zu diskutieren. Die Weisheit des Kollektivs sollte mir seine einsame Entscheidung schmackhaft machen. Den Massenauflauf konnte ich gerade noch verhindern. Also mußte er sich in eigener Person rechtfertigen. Ja, er hatte gewußt, daß die Bombe nur ein Kinderspielzeug war. Wäre sie in meiner Hand detoniert, hätte ich schlimmstenfalls eine Fingerkuppe verloren. Unter einem Bett machte sie nichts als Lärm. Blome war sicher aus dem Schlaf geschreckt, aber wahrscheinlich mußte er nicht mal ein Feuer löschen. Für einen Knallspaß hatte ich mein Gewissen niedergerungen sowie mehrere Liter Schweiß und 500 DM verloren!

»Hast du nicht begriffen, daß es hier um Leben und Tod geht?« schrie ich ihn an.

»Macke …«

»Laß mich mit Macke in Ruhe! Es geht um mein Leben!«

»Um seins auch. Er liegt auf der Intensivstation!«

»Wegen einer gebrochenen Rippe?«

Es dauerte einige Zeit, bis Jonas meine Kanonade von Beschimpfungen und sarkastischen Zwischenbemerkungen abgewehrt hatte. Dann hörte ich den vorerst letzten Akt des Dramas um den glücklosen Raufbold.

Gestern nachmittag war Macke aus dem Krankenhaus entlassen worden, gestützt durch ein Korsett. Kurz zuvor war ein Fremder in das besetzte Haus eingedrungen. Unbemerkt, bis Macke auftauchte. Was sich im Zimmer zwischen den beiden abspielte, war unbekannt. Fest stand das Resultat. Macke flog durch die Scheibe aus dem Fenster. Das Zimmer lag im zweiten Stock, erster Hinterhof. Macke klatschte auf den Müllcontainer. Beide Arme gebrochen, Schnittwunden, innere Verletzungen. Er war nicht ansprechbar. Hillers Sachen waren verschwunden, also war wohl er der Täter. Natürlich wußte er, daß die Hausbesetzer seinetwegen nicht zur Polizei gehen würden, konnte also voraussetzen, daß alles noch da war. Außer dem Geld – das hatten sie längst aufgeteilt. Das andere hatte er mitgenommen und war ungesehen entkommen.

»Traurig genug«, sagte ich, eher erheitert als wirklich betroffen, »aber was hat das mit mir zu tun?«

»Ohne dich wäre das nicht passiert, Jo. Du hast dich auf etwas eingelassen, was du nicht beherrschst! Laß die Finger davon!«

»Will denn das nicht rein in deinen blöden Schädel? Ich habe mich auf nichts eingelassen. Ich kämpfe um mein Leben!«

»Wir sind hier nicht im Wilden Westen, wo hinter jedem Baum ein Killer lauert. Ich hasse die Bullenschweine mindestens so wie du, wahrscheinlich noch mehr, aber ganz ohne Grund ziehen die so was nicht ab. Irgendwas wirst du schon angestellt haben.«

»Du Arsch! Wenn die da oben wüßten, wie staatsgläubig ihr in Wahrheit seid, würden sie euch Beamtenposten geben!«

Wir tauschten noch ein paar Beschimpfungen und gegenseitige Verdächtigungen aus, ehe ich soviel Dampf abgelassen hatte, daß ich es noch einmal mit einem Appell an seine Vernunft probieren konnte. Es fiel mir nicht so leicht wie Ellen. Normalerweise hätte sie das verfahrene Gespräch aus der Sackgasse herausgeführt, sie war versierter im Diskutieren. Aber derzeit saß sie in einem Café in Wilmersdorf, schräg gegenüber vom noblen Hotel. Sie bespitzelte den Chef der Spitzel.

Ich versuchte es mit einem der ausgesparten Teile meiner Geschichte. Mit Blomes Brief und Iwers' diesbezüglichen Folgerungen.

»Wieso wollen die gerade dich zum Terroristen krönen?« fragte Jonas ungläubig. »Mich oder Macke – das würde ich ja noch verstehen. Aber dich!«

»Das weiß ich nicht.«

»Dann laß doch einfach alles sein!«

Ich redete mir den Mund fusselig. Endlich schien er es einzusehen, wenngleich ihn verwunderte, daß ich bereit gewesen war, einen Menschen in die Luft zu sprengen. Auf einmal war ich ihm unheimlich. Aber er begriff, daß er mich am leichtesten los wurde, wenn er mich unterstützte. Ob ich noch eine Bombe brauche.

»Nee. Eine Pistole«, sagte ich.

»Hätte ich selber gern. Ich bin doch nicht im Waffenhandel! Du darfst nicht alles glauben, was die Zeitungen über uns schreiben. Wir wollen nichts als ganz friedlich alternativ in diesem Haus leben! Wenn du Waffen brauchst, mußt du dich an die Mafia wenden. Oder an die Russen.«

Er ließ sich immerhin bereden, den Armenier zu fragen. Wenn überhaupt einer seiner Bekannten Kontakt zur Unterwelt hatte, dann er. Aber ich solle mir keine falschen Hoffnungen machen. Der Armenier sei kein Waffenhändler. Da Jonas endlich begriff, daß er mir geschadet, also unseren gemeinsamen Gegnern genutzt hatte, trieb ihn sein schlechtes Gewissen zur Aktivität.

Ich vertrieb mir die Zeit mit der Lektüre eines Kriminalromans, der neben dem Kopfkissen auf den Dielen lag. Er spielt in einer Welt, die ich vor meiner Begegnung mit Blome für überzeichnet, wenn nicht sogar für reine Fiktion gehalten hätte. Die Figuren versuchen, mit Pistole und Skalpell ihre Probleme zu lösen, und alle, Täter wie Opfer, scheitern. Keine berückenden Aussichten für mein eigenes Unternehmen. Und ich habe es nicht mit primitiven Romanganoven, sondern mit geschulten Geheimagenten zu tun. Freilich bin ich zum Ausgleich dafür gebildeter als die Figuren im Krimi. Ich lasse mich weder beschwatzen noch hereinlegen. Jedenfalls kein zweites Mal. Oder kein drittes Mal. Ich lasse mir meinen freien Willen nicht abjagen. Und wenn doch, dann zumindest nicht das Thema meiner Dissertation.

Das schwarze Taschenbuch war so dünn, daß ich schon eine ganze Weile beschäftigungslos und grübelnd da saß, als Jonas und der Armenier endlich eintrafen. Obwohl Jonas inzwischen wußte, worum es ging, zog er sich diskret zurück. Ich empfing den Bombenbastler mit Vorwürfen.

»Nix zu andern«, sagte er. »Werden besser machen diese Mal.«

»Du brauchst nicht zu radebrechen. Ich weiß, daß du Deutscher bist.«

»Schade.« Er grinste. »Ich hatte gehofft, daß du mich noch mal türkisch ansprichst.«

»Es war arabisch.«

»Was brauchst du?«

»Eine Pistole, deren Herkunft nicht zurückverfolgt werden kann. Eine richtige Pistole mit echten Patronen. Kein Spielzeug.«

»Ja, das sagte mir Jonas. Aber es wird nicht billig!«

»Du bist doch längst überbezahlt! 500 Mark für einen Silvesterknaller!«

»Der hat auch Arbeit gemacht.«

»Dein Problem. Es war nicht die bestellte Arbeit.«

»Sagen wir mal so: Es war nicht deine Bestellung. Du mußt verstehen, daß ich echte Bomben nicht an jeden verkaufen kann. Dann würde es heutzutage an jeder Straßenecke rumsen.«

»Ein Waffenhändler mit moralischen Skrupeln? Ganz was Neues.«

»Ich bin kein Waffenhändler.«

»Was ist nun mit der Pistole?«

»Leg noch 500 Mark drauf, und du bekommst sie.«

»Du hältst mich wohl für blöd?«

»Das ist ein Freundschaftspreis!«

»Seit wann sind wir Freunde?«

Wir einigten uns auf 300 DM. Blomes Geld schmolz zusammen. Dafür hatte der Armenier (ich muß dabei bleiben, ihn bei seinem Spitznamen zu nennen, da er sich wiederum nicht vorstellte) die Waffe bei sich. Er erklärte mir die Bedienung, zeigte mir das volle Magazin und händigte sie mir dann aus. Sofort schob ich das Magazin ein, entsicherte und drückte ihm den Lauf an die Schläfe.

»Und jetzt rück das Geld wieder raus!«

Er erbleichte. »Das kannst du doch nicht machen. Ich bin … Mensch, nimm das Ding weg! Das kannst du nicht … Ich gebe dir das Geld.«

»Laß es stecken.« Ich ließ die Waffe sinken, sicherte sie. »Ich wollte nur deine Reaktion sehen. Die Pistole muß unbedingt echt sein, sonst geht es mir schlecht. Ich kann sie nicht ausprobieren, weil mich Schmeißfliegen umschwirren, und ich verstehe nicht genug davon, um zu erkennen, ob das auch bloß eine Attrappe ist. Deine Angst hat mir bewiesen, daß du mich nicht geleimt hast.«

Ich sprach und verhielt mich bereits wie ein Filmgangster. Wohin treibt mich diese widerliche Geschichte noch? Was wird übrigbleiben von dem netten Philosophiestudenten, der im stillen Kämmerlein auf den Tasten seines Computers herumhämmert und sich um nichts schert, solange die Welt ihn und seine Freundin in Ruhe läßt? Der alte (oder vielmehr der junge, auf jeden Fall der echte) Joseph Kowalski war unbemerkt und unbeweint in Agonie versunken, als Doktor Blome-Bernhardt den Knopf meiner Klingel berührte.

»Mach das nie wieder, du kleines Arschloch!« sagte der Armenier wütend.

»Hast du dir selbst zuzuschreiben«, konterte der neue Joseph. Und setzte noch drauf: »War angenehm, mit dir Geschäfte zu machen. Wenn ich wieder mal was brauche, melde ich mich bei dir.«

Wahrscheinlich erinnerte er sich an seine Worte bei der Übergabe der Bombe, denn er grinste wieder.

»Okay, du bist in Ordnung.«

Da war ich anderer Meinung, doch behielt ich das für mich.

»Alles klar?« erkundigte sich Jonas, der plötzlich in der Tür stand. Diskret übersah er die Pistole in meiner Hand. Ich sicherte sie und verstaute sie in der Innentasche meiner Jeansjacke.

»Alles klar«, bestätigte der Armenier und fügte heiter hinzu: »Ein gefährlichen Burschen. Was habst du mir bloß für eine Quatsch über ihn erzahlen?«

»Was soll denn das für ein Akzent sein?« fragte ich.

»Ist sich armenisch.«

»Der Jetta kurvt wieder draußen herum«, teilte mir Jonas mit. »Gründlich gereinigt übrigens.«

»Paß auf, daß sie dich nicht sehen«, warnte ich den Pseudo-Armenier.

»Wer?«

»Meine Schmeißfliegen.«

»Verfassungschutz oder Bullen«, decodierte Jonas.

»Scheiße.« Der Armenier vergaß das Radebrechen. »Ich muß durch den Hinterausgang raus. Was für ein Spiel zieht ihr mit mir ab?«

Jetzt war Jonas an der Reihe, sich über das akzentfreie Deutsch zu wundern. Irgendwann schmuggelte er ihn aber doch heraus, während ich den Vorderausgang benutzte. Der Sender lag in meiner linken Jackentasche. Denn dies war ein offizieller Ausflug. Ich demonstrierte meine Aktivitäten, um Blome bei der Stange zu halten. Inzwischen dachte ich wie ein Geheimagent – um drei Ecken. Da Blomes V-Mann Bergner aufgeflogen war, besaßen sie kaum eine Chance herauszufinden, was ich plante. Schloß ich mich wochenlang mit Ellen im Zimmer ein und tat gar nichts, würde Everding mich vielleicht ein zweites Mal grundlos festnehmen und mit konstruierten Anklagen konfrontieren. Bereitete ich aber etwas vor, wovon sie glaubten, daß sie es dank des implantierten Senders und der allgegenwärtigen Beschatter rechtzeitig genug erkennen konnten, dann verhielten sie sich wohl noch ein Weile ruhig. Sie wollten mich auf frischer Tat ertappen. In diesem Fall hatte ich alle Zeit der Welt. Was aber, wenn sie selbst einen terroristischen Anschlag organisierten und dabei alles so arrangierten, als sei ich der Urheber? Ich mußte ihnen zuvorkommen und lieber heute als morgen etwas dagegen unternehmen.

Was Blome wirklich dachte, ahne ich nicht. Es ist schwer, die Pläne des Gegeners zu vereiteln, wenn man sie nicht kennt. Selbst was er sich bei der Explosion des Knallers unter seinem Bett dachte, weiß ich nicht. Daß er meine Urheberschaft nicht ausschloß, bewies die Frage, die er Ellen gestellt hatte. Was hatten wir falsch gemacht? Ich werde es wohl nie erfahren.

Ich fuhr mit der S-Bahn nach Hause und wartete auf Ellen. Wartete und grübelte. Wollte mich mit Zeitungslektüre ablenken und konnte meinen Gedanken doch nicht ausweichen. Der alte Joseph war noch nicht völlig tot. Er meldete sich zu Wort. Nicht zum erstenmal, und etwas Neues war ihm seit seinen vergeblichen Versuchen, mich vom Bombenanschlag abzuhalten, auch nicht eingefallen.

– Blas die Sache ab.

– Die alte Leier. Das geht bekanntlich nicht, widersprach der neue Joseph routiniert.

– Alles geht, wenn man nur will. Und du glaubst doch an den freien Willen, oder?

– Natürlich. Aber die anderen haben auch ihren freien Willen.

– Neunundachtzig warst du ehrlich dafür, keine Gewalt anzuwenden.

– Ich war vor allem dafür, daß die anderen keine Gewalt anwenden. Sie besaßen Waffen, wir nicht.

– Mach nicht madig, wofür du einmal etwas riskiert hast. Du bist prinzipell gegen jede Art von Gewalt, und jetzt planst du einen Mord.

– Weißt du eine Alternative?

– Ich weiß, daß Mord keine Lösung ist.

– Abwarten ist erst recht keine Lösung.

– Und wenn sie dich fassen? Was du vorhast, ist kein Fahrraddiebstahl. Bei Kapitalverbrechen ist die Aufklärungsquote ziemlich hoch.

– Weil die meisten sich im Familien- oder Freundeskreis abspielen. Die Zahl der Verdächtigen ist überschaubar.

– Was sind das für Freunde, die sich gegenseitig umbringen!

– Die üblichen.

– Jetzt übertreibst du deinen Zynismus.

– Hättest du öfter ins Leben geblickt statt ins Buch, dann würdest du nicht Realismus mit Zynismus verwechseln.

– Und du bist realistisch? Du Traumtänzer? Weißt du nicht, über welche Möglichkeiten der Spurensicherung die Polizei heute verfügt? Wenn sie eine Kugel finden, kennen sie die Waffe.

– Die werfe ich hinterher weg.

– Sie stellen den Vorbesitzer fest, und dann verfolgen sie den Weg der Waffe bis zu dir.

– Die Waffe ist nicht registriert. Sagt der Armenier.

– Der sagt manches, was nicht stimmt. Was, wenn sie dich doch erwischen?

– Dann sitze ich lebenslang wegen eines Verbrechens, das ich begangen habe. Besser, als lebenslang wegen eines Verbrechens zu sitzen, das ich nicht begangen habe. Aber ich bin ziemlich sicher, daß sie mich nicht erwischen.

– Was ist mit deinem Gewissen?

– Ich werde damit zu Rande kommen, aus Notwehr zu töten. Und es ist auf jeden Fall besser, mit schlechtem Gewissen in Freiheit zu sein als mit reinem Gewissen im Knast.

– Wenn du tötest, bist du nicht besser als die anderen.

– Was habe ich davon, besser als die anderen zu sein? Wenn die Welt schlecht ist, müßte ich ja regelrecht wahnsinnig sein, wenn ich als einziger besser sein wollte.

– Hast du diese demagogischen Tricks nötig?

– Welche Tricks?

– Die meisten Menschen begehen keine Verbrechen.

– Weil sie nicht die Gelegenheit dazu bekommen oder zu feige dazu sind.

– Oder zu anständig, vergiß das nicht.

– Wenn ich anständig bleibe, gehe ich unter. Und du mit mir, vergiß das nicht. Denn du bist ich.

– Ich gehe nur unter, wenn du ein Verbrechen begehst. Du tötest außer Blome auch alles, was gut in dir ist. Mich.

– Kann sein. Will ich gar nicht bestreiten. Aber wenn nicht ich dich töte, dann wird uns das Gefängnis umbringen. Wenn ich auf Blome schieße und damit durchkomme, dann stirbst nur du. Ich bleibe übrig, und vielleicht, nach einiger Zeit, kehrst du sogar wieder zurück aus dem Jenseits. Du bist ziemlich kräftig. Selbst jetzt noch, in deiner Agonie.

– Du sollst nicht töten!

– Nicht mal Gott hält sich an dieses Gebot. Wer bin ich, daß ich mir anmaßen dürfte, ihn moralisch übertrumpfen zu wollen?

– Du rechtfertigst, was nicht zu rechtfertigen ist.

– Blome hat mich in eine Zwangslage gebracht, aus der es keinen anderen Ausweg gibt. Eigentlich drückt er die Pistole ab, denn er hat alles geplant und arrangiert. Nur daß seine eigene Kugel ihn trifft, das war wohl nicht vorgesehen.

– Was ist mit deinem freien Willen?

Bla, bla, bla. Nach hinten, nach vorn, nach links, nach rechts … Wir drehten uns im Kreis. Der alte Joseph kam nicht gegen den neuen an, aber er war dennoch nicht zum Schweigen zu bringen. Wenn er seinen Sermon verstaubter Moraltheorien heruntergebetet hatte, begann er einfach wieder von vorn. Auch die Entgegnungen erschöpften sich in der Wiederholung. Zuweilen ist es ergiebiger, ein Problem zu verdrängen, anstatt sich ihm zu stellen.

Ich schaltete den Fernseher ein, griff mir den kuschelwilligen Murkel, bettete ihn auf meinen Schoß. Mit der einen Hand streichelte ich den Kater, mit der anderen zappte ich mich durch die Programme und blieb bei einer amerikanischen Groteske hängen. Murkel schnurrte, und der alte Joseph gab endlich Ruhe. Auch er wollte lieber lachen als grübeln. Er war mir ähnlicher, als er wahrhaben wollte.

Und konnte mich doch nicht dem harmlosen Vergnügen hingeben. Ein buntes Märchen ist etwas anderes als die graue Realität. Es kostete mich viel Mühe, diesen Gedanken zu verdrängen oder wenigstens ins Heitere zu wenden: Das Leben mag dem jeweils davon Betroffenen als Tragödie erscheinen. An den Mißgeschicken der anderen hingegen weidet man nicht. Warum also nicht die Größe besitzen, auch die eigenen zu genießen? Das Leben ist viel zu traurig, als daß man es auch noch ernst nehmen dürfte.

Endlich, kurz vor Mitternacht, kam Ellen. Erschöpft und abgespannt, obwohl sie den Tag im Café verbracht hatte. Sie hatte gefrühstückt, literweise Kaffee und Mineralwasser getrunken, mehrfach das Imbißangebot genutzt und insgesamt über 70 Mark in den Sitzplatz am Fenster investiert. Dreimal hatten

Männer versucht, sie anzumachen. Zwei akzeptierten ihre Zurückweisung, während der dritte ihr zu verstehen gab, daß der Anblick eines einsamen Mädchens pervers und er genau der Richtige sei, ihr zur Seite zu sitzen. Täte er dies nicht, würden sich sicher lästige Männer aufdrängen wollen. Mit ihm am Tisch könne das nicht geschehen. Sie sei sicher vor jeder Belästigung, und er könne ihr mit seinem charmanten Geplauder die Zeit verkürzen. Zwei Stunden investierte er in den Kontaktversuch. Dann wechselte er endlich den Tisch und fiel nun gleich zwei Mädchen zur Last, die bis zu seinem Platzwechsel angeregt miteinander geplaudert hatten.

Natürlich wurde ich wütend über den aufdringlichen Kerl, und als Ellen sagte, Ähnliches widerfahre ihr öfter, nur nicht so massiv, verstand ich für einen Augenblick die Araber, die ihre Frauen im Harem einschließen. Das war keine Barbarei, sondern eine Maßnahme zum Schutz der geliebten Wesen. Ellen lachte darüber; sie konnte sich selber schützen. Und dann erstattete sie den Bericht über ihre detektivischen Erfolge.

Blome-Bernhardt war das erste Mal um 9.30 Uhr auf der anderen Straßenseite vorübergegangen. Nach sechs Minuten kehrte er in sein Hotel zurück. Er hielt einen dicken Stapel Tageszeitungen unter dem Arm. Gegen 11 Uhr verließ er das Hotel, stieg in einen schwarzen Porsche und fuhr davon. Um 17 Uhr parkte er den Porsche wieder und ging in das Hotel. Um 18 Uhr verließ er es erneut und fuhr mit seinem Porsche weg. Um 21 Uhr kehrte er zurück. Bis 22.20 Uhr war er nicht wieder herausgekommen, jedenfalls nicht zum Vorderausgang. Ellen hatte die Rechnung beglichen und war zur U-Bahn gegangen. Etwa vierhundert Meter vom Hotel entfernt entdeckte sie einen kleinen Presseshop. Um diese Zeit war er verschlossen und mit Jalousien verrammelt, aber sie war dessen sicher, daß Blome seine Morgenlektüre von dort bezogen hatte. Geöffnet von 7 bis 18 Uhr.

Es war unzulässig, aus der Beobachtung eines einzigen Tages Folgerungen über Blomes Gewohnheiten ableiten zu wollen. Ursprünglich hatten wir geplant, ihn zwei bis drei Tage zu observieren. Aber es würde auffallen, wenn Ellen auch den nächsten Tag im Café verbrachte, und um unsere Nerven stand es nicht zum besten. Ich mußte sofort handeln oder es bleiben lassen. Der Zeitungskauf sah nach Routine aus. Denn am Vortag war nichts geschehen, was das besondere Interesse von Blome verdiente. So glaubte ich wenigstens, der ich nur in einer einzigen Zeitung geblättert hatte. Wahrscheinlich ging er jeden Morgen in den kleinen Laden. Wenn nicht, hatte ich Pech gehabt. Da er nämlich, abgesehen vom Zeitungskauf, alle Wege im Auto zurücklegte, hatte ich keine Chance, ihn anderenorts abzufangen. Der Porsche parkte auf dem Mittelstreifen direkt vor dem Hotel. Und das war zwar trotz uniformierter Liftboys beileibe nicht so nobel, wie ich zunächst wähnte, aber wohl immer noch nobel genug, eine Videokamera auf die parkenden Autos zu richten. Da konnte ich ebensogut meine Visitenkarte an Blomes Revers zwecken.

Wiederum gelang es mir nicht, Ellen dazu zu bewegen, daheim zu bleiben und mich beim Sendertransport zu vertreten. Das könne Murkel ebensogut erledigen, während sie unverzichtbar sei, mich nach Hause zu geleiten, falls mir wieder die Beine versagen sollten. Meiner Versicherung, diesmal werde es nicht notwendig sein, glaubte ich selber nicht.

Erregt, wie wir waren, hätten wir nach dem Ende unserer Beratung trotz unserer Müdigkeit noch nicht schlafen können. Im Fernseher lief nichts, was uns interessierte. Um zwei beschloß Ellen, den längst überfälligen Anruf bei ihren Eltern zu erledigen. Der Vater arbeitete für ein Jahr als Gastdozent am Bates College in Lewiston/Maine, die Mutter begleitete ihn. In Lewiston war es jetzt erst 20 Uhr, eine gute Zeit für ein Gespräch. Und wir wußten ja nicht, wie der nächste Tag für uns ausgehen würde.

Die Wohnung der Adlers hielten wir für wanzenfrei. Als Vorruheständler saßen sie zumeist in der Wohnung und langweilten sich vor dem Fernseher. Wann hätte Blomes Truppe unbemerkt eindringen können? Aber dem Telefon trauten wir nicht. So etwas ließ sich von jedem Schaltkasten aus anzapfen, glaubten wir. Es blieb nur der übliche Ausweg Zelle.

Arm in Arm spazierten wir durch die laue Frühlingsnacht.

Unsere kleine Stadt wirkte so tot wie stets um diese Zeit. Menschen waren kaum noch unterwegs. Von fern folgten uns im Schrittempo die Lichter eines Autos. Wir spazierten bis zur Fußgängerzone, um die Schatten zum Aussteigen zu zwingen. Wenn wir es ihretwegen ungemütlich hatten, sollten sie es unseretwegen auch nicht gar zu gemütlich haben.

Nahe der katholischen Kirche stand eine Telefonzelle. Ohne Licht, sonst jedoch intakt. Ellen führte die erste ihrer beiden Karten ein. Noch halb voll. Zusammen mit der neuen Karte würde das wohl reichen. Sie tippte die Nummer ein.

»Hi. That's me, Dad. Ellen. Ich wollte mal wieder eure Stimmen hören … Gut. Sehr gut …«

Ich gab ihr durch Zeichen zu verstehen, daß ich mir eine Schachtel Zigaretten ziehen wollte, und entfernte mich diskret. Das Telefonat würde geraume Zeit dauern. So lange, wie die Karten reichten. Wenn Ellen etwas tat, dann gründlich.

Nach längerem Suchen fand ich einen Automaten. Zog eine Schachtel. Öffnete sie. Entzündete eine Zigarette. Schlenderte langsam zurück. Sah mich nach meinen Schatten um. Sie blieben unsichtbar. Dafür war an der Zelle Gedränge. Mehrere Menschen standen davor, kaum zu erkennen in der Dunkelheit. Ich beschleunigte meinen Schritt. Auf einmal hörte ich Ellens Stimme.

»Hilfe! Joseph! Hilfe!«

Die Zigarette fiel mir aus dem Mund. Nach der Schrecksekunde rannte ich los. Es waren nicht einmal zweihundert Meter, aber die Strecke kam mir endlos vor. Ich wußte nicht, was dort geschah, konnte es nicht mal erkennen, als ich näher kam. Nur daß sie Ellen etwas antaten, das war klar. Drei Personen rangen miteinander. Ellen schrie wieder um Hilfe. Ich raste auf sie zu. Der Weg nahm kein Ende – wie in einem Alptraum.

War Blome uns zuvorgekommen? Gab es doch Wanzen in Adlers Wohnung? Hatte sich der Doktor entschlossen, mich und Ellen gründlich daran zu hindern, ihn umzubringen, indem er uns unauffällig auf der Straße beseitigen ließ? War wieder einmal die Freundin des Helden an seiner Stelle das Opfer? Ich weiß heute nicht mehr, ob ich das wirklich in der halben Minute dachte, als ich auf die Zelle zurannte, doch bin ich sicher, daß sich meine Gedanken überschlugen, bis der Kopf leergefegt war und ich nur noch handelte, ohne zu überlegen.

Ellen schlug mit beiden Armen auf einen jungen Burschen ein. Sie sah mich kommen und sprang beiseite. Ich traf den Kerl im Rücken. Durch meinen Schwung wurde er gegen die Glaswand der Zelle gestoßen. Er schrie vor Schmerz auf, ging aber nicht zu Boden. Der andere junge Mann starrte mich erstaunt an, sagte und tat jedoch nichts.

»Was ist los?« brüllte ich.

»Die wollten mich aus der Zelle zerren!« sagte Ellen.

»Was soll das!« fuhr ich den Burschen an, der noch immer bewegungslos neben uns stand.

»Ich hab nichts gemacht«, sagte der. »Nur er.«

Der andere drehte sich zu uns um. Er hielt sich die Nase mit beiden Händen. Seine Stirn war blutig.

»Was soll das?« brüllte ich ihn an.

»Ich wollte doch nur telefonieren«, sagte er kläglich.

»Er hat dauernd an die Tür geklopft, und als ich den Kopf rausstreckte und um Ruhe bat, hat er mich aus der Zelle gezerrt!« sagte Ellen. »Mitten im Gespräch! Mein Gott …« Schnell ging sie in die Zelle, nahm den herunterhängenden Hörer und fragte etwas. Dann sagte sie noch einen Satz und legte auf.

»Die ist verrückt!« behauptete der Bursche mit der angeschlagenen Nase. »Sie hat mich angegriffen. Wie eine Furie ist sie auf mich los!«

»Was?« fragte ich. »Mitten in einem Ferngespräch ist sie aus der Zelle rausgekommen und hat dich angegriffen? Was Dämlicheres habe ich noch nie gehört!«

»Ich wollte nur telefonieren.«

»Gleichzeitig mit ihr?«

»Die fand kein Ende. Mein Anruf ist dringend.«

»Meiner auch.« Ellen stand in der Zellentür. »Und ich bin noch nicht fertig.«

»Such dir eine andere Zelle«, empfahl ich dem Burschen.

»Ich will aber hier telefonieren.«

»Es ist wirklich dringend«, sagte der andere Bursche. »Und man soll nicht länger als fünf Minuten telefonieren. Das ist eine öffentliche Zelle.«

»Seid ihr wirklich so blöd, wie ihr euch stellt? Die Zelle ist besetzt. Haut ab, wenn ihr es eilig habt.«

Ich fühlte mich stark, weil die beiden mich offenkundig fürchteten. Wahrscheinlich hielten sie den Schwung, mit dem ich den einen an die Zelle schubste, für Kraft. Und dann bemerkte ich die kalte Luft an meinem Schädel. Die Perücke war mir vom Kopf gefallen. Zum ersten Mal nutzte mir die Schur. Ich sah so gefährlich aus, wie man es sich in meiner Situation nur wünschen konnte. Und vor allem sah ich wie jemand aus, dessen Horde hinter der nächsten Ecke auf das Kommando zum Einsatz harrt, gestützt auf Baseballschläger.

»Ich muß echt dringend telefonieren!« maulte der Blessierte immerhin doch noch.

»Verpißt euch!« fuhr ich sie scharf an, und tatsächlich trotteten sie davon. Wir hatten Glück gehabt. Das waren keine Schläger oder Killer. Nur zwei angetrunkene junge Männer, die keine Lust hatten, nachts um halb drei vor einer Telefonzelle zu warten, bis ein geschwätziges Mädchen sich austelefoniert hatte. Sie hatten an die Scheibe geklopft, und als das nichts nutzte, war der eine in die Zelle gegangen und hatte Ellen herausgezerrt. Natürlich wehrte sie sich, konnte gegen seine Kraft aber nichts ausrichten. An ein Mädchen wagte er sich heran. Vor mir kniff er.

Wir umarmten uns. Ellen allerdings war gar nicht schockiert, sondern erheitert.

»Jetzt habe ich gesehen, was du für mich riskierst«, sagte sie. »Du hast mich verteidigt, ohne zu überlegen. Du liebst mich wirklich.«

Wir küßten uns.

Sie ging wieder in die Zelle, um das Gespräch mit ihren Eltern fortzusetzen, und ich bezog vor der Tür Posten und hielt Ausschau nach unseren Schatten. Sie blieben in ihren Verstecken. Uns zu helfen war in ihrem Auftrag nicht vorgesehen.

»Ja, ich bin's wieder. Alles in Ordnung«, sagte Ellen in den

Hörer. »Joseph hat sie vertrieben … Ach was, hier ist es nicht gefährlicher als bei euch …«

Dreißig Meter weiter lag etwas Dunkles auf der Straße. Ich sah mich sichernd um. Niemand in der Nähe, also konnte ich den kurzen Gang riskieren. Es war meine Perücke. Ich setzte sie auf und postierte mich vor der Zelle. Ellen plauderte mit ihren Eltern, bis der Apparat piepte. Arm in Arm liefen wir zurück zur Wohnung ihrer Großtante. Es wurde eine schöne, aber kurze Nacht.

Um sechs klingelte der Wecker. Um sieben ließen wir Murkel mit dem Minisender am Halsband neben dem CD-Player zurück. Diesmal hatten wir *Velvet Underground* aufgelegt, um unsere Vielseitigkeit zu demonstrieren. Wir schlichen durch den Hintereingang davon. Ungesehen, wie unser Gespür behauptete. Kurz nach neun trennte ich mich von Ellen. Sie setzte sich in ein Café, zwei Querstraßen vom Hotel entfernt. Und ich ging langsam auf das Hotel zu. Auf meiner Nase saß eine spiegelnde Macho-Sonnenbrille, unter der Nase klebte ein Chaplin-Schnurrbart. Die Perücke steckte in der rechten Hosentasche. Die Pistole in der Innentasche meiner dicken schwarzen Lederjacke. Außerdem hatte ich meine engsten Jeans und meine Wanderstiefel für die Maskerade ausgewählt. Die Jacke blähte mich auf, und die Stiefel hatten hohe Absätze. Über die Finger hatte ich die Autohandschuhe von Ellens Großonkel gezogen. Ich sah mir nicht ähnlich.

Am Hotel vorbei – kein Blick in Richtung etwaiger Kameras – lief ich zum Zeitungsladen und zur nächsten Querstraße, kehrte wieder um. Dies war eine stockbürgerliche Gegend mit ordentlich verschlossenen Türen und Haussprechanlagen neben den Klingeln, aber das dem Zeitungsladen benachbarte Haus war nicht so gut in Schuß. Von dort aus wollte ich ihn abfangen. Ich klinkte, und tatsächlich ließ die breite, mit Schnitzereien verzierte Doppeltür mit kleiner Glasscheibe in Augenhöhe sich öffnen.

Eine breite Steintreppe führte im kachelverzierten Flur zum ersten Absatz, von dem aus dann die Holztreppe nach oben begann. Wohnungseingänge waren von unten nicht zu sehen, also konnte auch ich von dort aus nicht gesehen werden. Ich hoffte, daß nicht ausgerechnet jetzt einer der Hausbewohner herein- oder hinausgehen wollte, und wartete.

Sofort meldete sich der alte Joseph zu Wort. Es gelang ihm nicht, mich umzustimmen, aber nervös machte er mich doch. Wegen der Bombe hatte er nicht solchen Fez veranstaltet. Wahrscheinlich weil es anonymer war. Was die Bombe anrichten sollte, hätte ich höchstens auf einem Foto in der Bild-Zeitung zu sehen bekommen. Beim Schießen hingegen würde mir Blome direkt gegenüberstehen.

Mein Gewissenskrampf nahm mich so in Anspruch, daß ich Blome erst bemerkte, als er an der Tür vorbeilief. Pünktlich um halb zehn. Ein Mensch mit Prinzipien. Gleich wird er zurückkommen. Und dann werde ich handeln. Ich werde mich befreien von dem Alptraum, den er für mich arrangiert hat. Ich werde meine Freiheit verteidigen.

Da kommt er, mit einem dicken Stapel Zeitungen unterm Arm, kommt angeschlendert in seinem Vertreteranzug, die Designerbrille blitzt in der Morgensonne. Er ahnt nichts von mir, bemerkt mich nicht, fühlt sich so sicher, daß er nicht mal aufblickt, als ich neben ihm aus dem Haus trete. Ich ziehe unauffällig die Pistole, presse sie ihm in die linke Niere, packe ihn am linken Arm und zerre ihn in den Hausflur. Das geht so schnell, daß er erst reagiert, als die Tür hinter uns zuklappt.

»Was soll das?« fragt er und macht seinen Arm los.

Man darf nie mit seinen Opfern sprechen, sonst beschwatzen die einen, und dabei sinnen sie nur darauf, wie sie entkommen können. Was heißt Opfer? Blome war nicht das Opfer, sondern der Täter. Ich mußte abdrücken. Und ich konnte es nicht.

»Lassen Sie den Quatsch«, sagt Blome mit zitternder Stimme. Dann erkennt er mich und wird sofort ruhiger. »Ach, Sie sind es, Kowalski. Das bringt Ihnen nichts ein als Ärger. Sie werden doch nicht wirklich auf einen Menschen schießen! Sie sind doch kein Killer! Waren Sie das mit dem Knallspaß? Ist die Pistole auch ein Requisit aus dem Theater? Und wenn nicht – was wollen Sie von mir? Wenn ich tatsächlich sterben muß, würde ich ganz gern vorher wissen, aus welchem Grunde.

Doch wohl nicht wegen unseres Vertrages! Ich werde Ihnen die zweite Rate überweisen, und das Geld für Ihre Freundin ist bereits unterwegs. Mein Ehrenwort. Ich weiß, daß wir Sie nicht richtig behandelt haben. Sie mußten mehr durchmachen, als von uns vorgesehen war für das Experiment, und es gehört sich so unter ehrlichen Geschäftspartnern, daß Sie die volle Entschädigung bekommen, obwohl Sie nur anderthalb Wochen durchhielten.«

Ich drücke die Pistole gegen seine Schläfe. Krümme den Finger am Abzug. Doktor Blome-Bernhardt schwitzt.

»Kowalski, lassen Sie das. Ich … Wenn Sie mehr wissen … Ich werde alles abblasen. Sofort, wenn ich wieder im Hotel bin. Alles!«

Ich sehe, wie die Tropfen in seinen Kragen rinnen. Sehe die Adern in der Schläfe pulsieren. Sehe, wie sich der Adamsapfel bewegt. Ich schiebe die Pistole auf seine Nasenwurzel. Hebele mit kurzem Schwung die Brille aus. Sie fliegt durch die Luft und zerschellt auf der Steintreppe. Blome blinzelt mit wässerigblauen Augen.

»Bitte! Ich … Glauben Sie mir, ich hatte nichts Böses gegen Sie vor. Ihnen wäre nichts passiert. Und jetzt … Ich sehe ein, daß wir zu weit gegangen sind. Mein Ehrenwort! Gegen Sie wird nichts unternommen. Ich werde das auch nicht anzeigen. Die Brille – das vergessen wir. Bitte … Ich bitte Sie …«

Ich trete einen Schritt zurück. Einen zweiten. Die Pistole weiter auf seinen Kopf gerichtet. Einen dritten Schritt. Greife rückwärts nach der Türklinke. Blome atmet erleichtert auf. Der Anflug eines häßlichen Grinsens huscht über sein Gesicht. Noch immer halte ich die Pistole in der ausgestreckten rechten Hand. Und dann drücke ich ab.

Klartext

Everding entzündete seine Zigarre und gestattete auch mir, zu rauchen, bot mir gar einen seiner Stumpen an. Ich dankte für den starken Tobak und nahm eine meiner milden Cabinet aus der Schachtel. Das Tonbandgerät blieb ausgeschaltet. Wir waren allein in seinem Dienstzimmer, das ich nie mehr hatte betreten wollen. Und doch war ich so gut wie freiwillig gekommen. Jedenfalls verglichen mit dem ersten Mal, als mich eine Zehnerschaft Polizei in diesem Gebäude abgeliefert hatte. Der Hauptkommissar hatte mir einen Vordruck geschickt. Zur Klärung eines Sachverhalts solle ich in seinem Dienstzimmer vorsprechen. Konnte ich diese Einladung ausschlagen?

»Herr Kowalski«, begann er sanft, »was Ihnen im Rahmen des Experimentes in unserer Untersuchungshaftanstalt zugestoßen ist, tut mir im nachhinein leid. Ich habe den Bericht über Ihre Leiden gelesen und möchte mich für meinen Anteil an dem üblen Spiel in aller Form bei Ihnen entschuldigen.«

»Damit ist es nicht aus der Welt«, erwiderte ich.

»Ich weiß, daß es sich nicht ungeschehen machen läßt. Meine Entschuldigung ist dennoch ehrlich gemeint.«

»Haben Sie mich vorgeladen, um sich zu entschuldigen?«

»Unter anderem deshalb, ja. Sicher würde auch Ihr Doktor Sowieso sich entschuldigen, doch ist er durch höhere oder präziser durch niedere Gewalt daran gehindert, wie Sie ja sicher wissen.«

»Ich habe es in der Zeitung gelesen.«

»Herr Körting, Ihr Anwalt, hat uns mit einer stattlichen Zahl von Dienstaufsichtsbeschwerden und Anzeigen überschüttet. Einige der Untersuchungen laufen noch, aber sie werden wohl zum selben Ergebnis kommen wie die bereits abgeschlossenen. Das Experiment war innerhalb unseres Rechtssystems unzulässig und hätte nie stattfinden dürfen, und es wird auch nicht wiederholt werden. Mit einer Ausnahme liegt jedoch kein Straftatbestand vor. Die Beteiligten, darunter ich, wurden ermahnt und werden sich künftig nur noch an die Vorschriften halten.«

»Und die Ausnahme?«

»Ist der von Ihnen behauptete sexuelle Mißbrauch. Das wäre selbstverständlich eine Straftat, jedoch in diesem Fall steht Aussage gegen Aussage. Präziser: Da stehen zwei Aussagen gegen eine.«

»Die Aussagen von Kriminellen!«

»Der Aussage von Mario Dahms messen wir nur insofern

Gewicht bei, als daß sie die Aussage von Walter Tischendorf bestätigt. Herr Tischendorf, bleiben wir bei dem Namen, er hat sich bewährt, Herr Tischendorf allerdings ist kein Krimineller, sondern ein V-Mann, der sich bislang durch die Zuverlässigkeit seiner Angaben auszeichnete und der übrigens eigens zu Ihrem Schutz in diese Zelle verbracht wurde. Den Unterlagen zufolge ist er heterosexuell orientiert und spielt den Schwulen nur. Daß er Sie belästigte, gehörte zu seiner Aufgabe im Rahmen des Experiments. Daß er Sie vergewaltigte, ist hingegen unwahrscheinlich. Wir haben da nur Ihre Aussage gegen einen Lebenswandel, der zwanzig Jahre lang direkt unter den Augen der Polizei geführt wurde.«

»Haben Sie den Fall untersucht?«

»Das war unzulässig. Ich habe mich lediglich informiert.«

»»Die Untersuchung ist abgeschlossen. Vergessen Sie alles««, zitierte ich bitter den Titel eines Mafia-Films.

»Alles zu vergessen ist keine schlechte Empfehlung«, bestätigte ungerührt der Hauptkommissar und ließ einen perfekten Rauchring über seinen Schreibtisch schweben. »Ich muß schließlich auch einiges vergessen. Zum Beispiel meine Erkenntnisse über den Tod von Doktor Blome-Bernhardt.«

Ich ließ mir nichts anmerken und fragte im Konversationston, ob man schon wisse, wer ihn getötet hat.

»Meine Berliner Kollegen tappen noch im dunkeln«, gab Everding bereitwillig Auskunft. »Die Kugel stammt aus einer Waffe, die bereits einmal bei einem Mord verwendet wurde. Vor einem Jahr war das. Erschossen wurde ein vietnamesischer Zigarettenhändler. Wahrscheinlich von der Konkurrenz. Das Verbrechen blieb unaufgeklärt.«

Everding blies einen krepligen Rauchring. Eine Weile schwiegen wir.

»Natürlich wissen wir beide, wer den guten Doktor Blome ermordet hat.«

»Woher wissen wir das?« Ich verzog keine Miene.

»Ich weiß es, weil ich ein erfahrener Kriminalbeamter bin. Und Sie wissen es, weil Sie der Täter sind.«

»Sie können es wohl nicht lassen!«

»Keine Angst, Herr Kowalski, ich habe keinen Beweis für die Behauptung. Dies ist lediglich ein Gespräch, keine Vernehmung. Es ist nicht mein Fall, er geht mich nicht direkt etwas an.«

»Mich erst recht nicht.«

»Ich kann verstehen, daß Sie mir mißtrauen. Darum lassen Sie mich Ihnen sagen, was ich weiß. Es ist nicht viel.«

Er legte ein Foto auf die Schreibtischplatte und schob es mir herüber.

»Das ist ein gewisser Rainer Spengler aus Berlin, der sich zuweilen Aram nennt und behauptet, ein Armenier zu sein, was er nicht ist. Eine recht zwielichtige Figur. Vorbestraft wegen illegalen Waffenhandels. Drei Anklagen wegen des gleichen Tatbestandes wurden mangels hinlänglicher Beweise fallengelassen. Sie haben ihn zweimal getroffen.«

»Nein. Ich habe Freunde besucht. Weiter nichts.«

»In einem besetzten Haus, ich weiß. Aber Sie sind dem Spengler dort begegnet, sonst wüßten Sie nicht, daß ich diese beiden Gelegenheiten meine.«

»Er war im Haus. Ich habe ihn gesehen, aber nicht gesprochen. Oder besitzen Sie ein Tonband von der Unterredung, die nie stattfand?«

»Weder ein echtes noch ein gefälschtes. Ich sagte schon, daß Sie offiziell nicht unter Verdacht stehen. Die Berliner Kommission weiß nicht einmal etwas von Ihrer Existenz, und daran werde ich wohl nichts ändern. Die Kollegen besitzen lediglich die sehr allgemeine Personenbeschreibung eines riesengroßen Skinheads, der zur Tatzeit am Tatort beobachtet wurde. Aber selbst wenn Sie Ihre Perücke absetzen, ist nicht sicher, daß die beiden Zeugen Sie identifizieren würden bei einer Gegenüberstellung.«

»Ihre Drohung zieht nicht. Ich kann es gar nicht gewesen sein.«

»Warum nicht?«

»Sie müssen meine Schuld nachweisen, nicht ich meine Unschuld.«

»Das ist doch nur eine Plauderei. Wenn Sie meinen häßlichen

Verdacht ausräumen können, wird niemals jemand etwas nachweisen müssen im Zusammenhang mit Ihrer Person. Also?«

»Seit meiner Haftentlassung kleben ständig vier Spitzel an meinen Fersen. Die hätten wohl gesehen, wenn ich nach Berlin gefahren wäre, um ihren Chef umzulegen.«

»Man kann selbst geschulte Spitzel abschütteln im modernen Großstadtverkehr.«

»Nicht wenn man einen Peilsender im Arsch trägt.«

Everding strahlte und belohnte sich mit einem stattlichen Rauchring. »Halten wir fest, daß Sie eine ganze Menge wissen. Zum einen, daß Sie überwacht wurden. Zum anderen, daß dies durch den guten Blome organisiert wurde. Und zum dritten, daß Sie ein Implantat mit sich herumtrugen. Letzteres können Sie natürlich nur wissen, wenn es wieder draußen ist. Und wenn es draußen ist, können Sie die Bewacher, die sich auf den Sender verlassen, leicht austricksen.«

»Ja, der Sender ist draußen«, gab ich zu. »Mich drückte was, und da bin ich zum Arzt und habe ihn nachsehen lassen. Er hat mich geröngt und mir das Ding rausgeholt.«

»Wann war das?«

»Gestern.«

»Ach.« Everding verschluckte den Rauch und mußte husten. Seine Theorie war nichts wert, wenn ich den Sender wirklich erst eine Woche nach dem Mord an Blome losgeworden war. »Bei welchem Arzt waren Sie?«

»Doktor Roloff im Ärztehaus. Er hat das Ding einbehalten und eine Anzeige erstattet. Sicher wird sie auf Ihrem Tisch landen, damit Sie auch das vertuschen können.«

»Einen Augenblick bitte.« Everding nahm den Hörer ab, tippte drei Zahlen ein.

»Liegt uns eine Anzeige wegen eines implantierten Minisenders vor? … Wann eingetroffen? … Datum der Operation? … Ja, das weiß ich. Er sitzt mir gerade gegenüber … Ich kläre das. Schicken Sie mir die Unterlagen.« Er legte auf.

»Genau, wie ich es mir vorgestellt habe«, lästerte ich. »Sie klären Ihre eigenen Verbrechen auf. Fühlen Sie sich wohl in diesem widerlichen Sumpf?«

»Nicht besonders«, gestand Everding. »Aber was man angefangen hat, muß man zu Ende führen. Wenn ich Ihnen Genugtuung verschaffen könnte, würde ich dies tun. Aber höhere Interessen stehen auf dem Spiel. Sie wissen ja nicht, was wirklich los ist, gerade hier, in den neuen Bundesländern. Die Zigarettenhändler sind, für sich betrachtet, kleine Fische, aber sie fügen dem Staat Schäden in Millionenhöhe zu. Auch bei denen geht es um größere Beträge, sonst würden sie sich nicht gegenseitig umlegen. Die italienische und die russische Mafia kämpfen gegen den deutschen Mob. Einig sind sie sich nur insoweit, als daß sie abzocken wollen, was sie können. Gewalt ist eher die Regel als die Ausnahme. Jeden zweiten Tag wird eine Bank überfallen. Das Organisierte Verbrechen hat uns den Krieg erklärt. Wir haben nichts dagegenzusetzen als die unzulänglichen Gesetze von vorgestern und ein paar tausend unterbezahlter, schlecht ausgebildeter Polizisten. Und die Spezialisten vom Verfassungsschutz kämpfen um ihre Existenzberechtigung anstatt gegen die Verbrechenslawine, weil der Gesetzgeber ihnen noch nicht eindeutig erlaubt hat, hinüberzuwechseln an die Front, an der der Krieg stattfindet. Und dann noch die Journalisten und Bürgerinitiativen mit ihren Kampagnen gegen einen sogenannten Polizeistaat! Wir brauchen eine starke Polizei und einen starken Verfassungsschutz! Ich kann nicht zulassen, daß unser Ansehen in der Öffentlichkeit weiter demontiert wird. Der Schaden, der dadurch entsteht, ist unverhältnismäßig größer als der Schaden, der Ihnen zugefügt wurde.«

»Das Wort zum Sonntag?«

»Ich weiß«, sagte Everding ärgerlich, »daß Ihnen das alles scheißegal ist. Sie plädieren für einen Mafiastaat. Ich kenne Ihre Akte. Sie sind ein notorischer Unruhestifter mit anarchistischen Ambitionen und demagogischen Fähigkeiten. Zugleich sind Sie weich und weinerlich und klappen beim ersten bißchen Druck zusammen. Trotzdem halte ich Sie für einen gefährlichen Menschen. Ich denke, daß Blome Sie unterschätzt hat. Ich denke auch, daß Sie es irgendwie gedreht haben, ihn aus dem Weg zu räumen. Heutzutage gibt es Mietkiller. Sie haben etwas herausgefunden über seine Pläne, wahrscheinlich mit Hilfe des ehemaligen Staatssicherheitsdienstes. Wir wissen, daß Sie Kontakte hatten. Sie sind skrupellos genug, sich der Dienste von Leuten zu bedienen, die Sie einsperren wollten. Ich weiß nicht, was Sie herausgefunden haben, und ich werde Ihnen auf keinen Fall etwas sagen, um Ihnen auf die Sprünge zu helfen. Ich unternehme nichts gegen Sie, weil wir in Ihrer Affäre eine unrühmliche Rolle gespielt haben, und das muß unter uns bleiben. Wenn die Berliner Kollegen auf Sie stoßen, werden Sie sich wohl hinauswinden können. Aber seien Sie auf der Hut. Ich werde Sie im Auge behalten. Was auch immer Sie von der Polizei im allgemeinen und von mir im besonderen halten mögen, seien Sie sicher, daß ich Mord nicht toleriere. Wenn ich Sie wegen des Mordes an Blome nicht belangen kann, dann werde ich Sie bei etwas anderem erwischen. Und sei es nur beim Falschparken. Sehen Sie zu, daß Sie Land gewinnen. Ihr Anblick ist mir zuwider.«

»Das beruht auf Gegenseitigkeit«, sagte ich und erhob mich. »Übrigens besitze ich gar kein Auto. Und noch eins, Herr Everding. Sie dürfen nicht alles glauben, was in Akten steht. Ich war ein harmloser Philosophiestudent, bis Sie und Blome mir meine Unschuld raubten. Sie halten mich für einen Löwen …«

»Eher für eine Hyäne«, warf Everding ein.

»Auch schlafende Hyänen sollte man besser nicht wecken. Vielleicht berücksichtigen Sie, daß Sie angefangen haben, ehe Sie sich das nächste Mal in wilden Rachephantasien suhlen. Wenn Ihre Leute weiter hinter mir herschleichen, werde ich mich dagegen zu wehren wissen. Mir ist egal, wenn Sie Gesetze brechen, um Ihren Krieg gegen die Mafiosi aus aller Welt zu gewinnen. Aber ein harmloser Bürger besitzt gewisse Rechte. Ich würde Sie auffordern, die Wanzen aus meiner Wohnung zu entfernen, noch ist der *Große Lauschangriff* illegal, aber ich traue Ihnen nicht, also werde ich mir einen Privatdetektiv leisten. Können Sie mir einen empfehlen? Lieber nicht, auch dem würde ich nicht trauen. Soll ich die Presse zum Entwanzen einladen? Keine Angst, ich werde es nicht tun. Ich will nur meine

Ruhe. Ich bin bereit, alles zu vergessen, wenn auch Sie dazu bereit sind. Lassen Sie mir meinen Frieden, und Sie werden meinem Namen nur noch in Berichten über philosophische Kongresse begegnen. Einen schönen Tag noch, Herr Everding. Ich hoffe, daß wir uns nie wiederbegegnen.«

»Das hoffe ich auch, Herr Kowalski«, sagte Everding und zeigte die Größe, mir zuzugrinsen, während er nach seiner in den Aschebecher gefallenen Zigarre tastete.

Mit weichen Knien verließ ich das Polizeipräsidium. Jederzeit gewärtig, daß mir jemand folgen und mich aufhalten würde. Niemand kam. Die Wache am Einlaß beachtete mich nicht. Ich trat ins Freie und atmete tief durch. Ich hatte es geschafft.

Zwei Stunden später saß ich in einem kleinen Neubauzimmer voller Jagdtrophäen. Dies war ein guter Tag, die unangenehmen Pflichten zu erfüllen. Ich teilte Schreiner mit, daß sich nichts weiter ergeben habe bei der Beschattung der Beschatter. Er glaubte mir nicht – schließlich hatte er von Blomes Tod gelesen.

»Denken Sie, ich war das?«

»Eigentlich nicht«, sagte Schreiner nach kurzem Überlegen. »Aber ich bin sicher, daß Sie mehr wissen, als Sie mir erzählt haben.«

»Kommt darauf an, über welches Thema.«

»Ich habe Ihnen geholfen, Kowalski. Völlig uneigennützig. Dafür sind Sie mir wenigstens ein paar Informationen schuldig.«

»Die wichtigste habe ich Ihnen gegeben – daß auch Sie überwacht werden. Iwers hat Sie doch benachrichtigt?«

»Hat er. Aber nur davon, und das wußte ich schon. Wer hat Ihnen die Suppe eingebrockt?«

»Das weiß ich nicht. Es gibt Hinweise, daß es ein Alleingang von Blome-Bernhardt war. Da er tot ist, werden wir es wohl nie erfahren. Ich bin ein Laie. Mich überfordert die Geheimdienstarbeit. Und den Herrn Iwers kann ich mir nicht leisten.«

»Was hat er herausgefunden?«

»Nichts.«

Schreiner war unzufrieden. Falls ich ihn noch einmal brauchen sollte, hatte er dennoch keinen Grund, mir seine Hilfe zu verweigern, denn ich war ja kooperativ gewesen – dem Anschein nach. Leider reizte er mich am Ende doch noch, als er über den kriminellen Verfassungsschutz herzog und im Vergleich dazu sein Organ – so nannte er den Staatssicherheitsdienst – als Hort des Humanismus anpries.

»Lächerlich«, platzte ich heraus. Und setzte fort, nun war nichts mehr zu verderben: »Ich habe nie ein Geheimnis daraus gemacht, daß ich über die Auflösung Ihres Dienstes froh bin. Wer die Show mit mir abgezogen hat, weiß ich nicht. Aber ich weiß, daß Ihr Dienst so etwas im großen Maßstab durchgezogen hat – Leute mundtot gemacht, Karrieren ruiniert, Querulanten in Nervenkliniken durch Elektroschocks verblödet, harmlose Leute, die politische Witze erzählten, ins Gefängnis gesperrt hat. Und alles wurde totgeschwiegen, weil es der Staat so wollte. So weit sind die anderen noch lange nicht. Fühlen Sie sich bloß nicht besser, weil Sie zum erstenmal in Ihrem Leben auf der Seite eines Opfers standen.«

Ich erhob mich, wandte mich zum Gehen. Aber Schreiner war es gewohnt, das letzte Wort zu haben.

»Ich will Sie nicht agitieren. Das hat damals nicht funktioniert, also wird es heute erst recht nicht funktionieren. Aber eines ist mir klar: Sie machen sich noch immer Illusionen über die Menschlichkeit des gewöhnlichen Kapitalismus. Zum Glück sind Sie nicht dumm. Eines Tages werden Ihnen die Augen aufgehen. Dann können Sie ruhig wieder zu mir kommen. Ich werde da sein, Ihre Fragen zu beantworten. Ich freue mich, daß ich Ihnen helfen konnte, Kowalski.«

Phase vier

Per Telefon – aus einer Zelle, noch immer – engagierte ich den Privatdetektiv Falk Iwers zum Entwanzen meiner Wohnung. Diesmal verlangte er lediglich 300 DM. Das war es mir wert. Es wurde Zeit, daß wir unsere Intimität zurückgewannen. Die Adlers waren pünktlich und unversehrt von ihrer Italienrundfahrt heimgekehrt und blockierten durch ihre Anwesenheit die Wohnung. Ellen war wieder gesund geschrieben und fuhr täglich nach Berlin. Abends kam sie zu mir, doch waren wir auch hier noch immer gehemmt. Daß wir die Beschatter sofort nach Blomes Tod losgeworden waren, hatten wir bemerkt. Aber niemand war gekommen, die Installation zu entfernen. Konnten sie gar nicht, denn damit würden sie die illegale Maßnahme ja zugeben. Vielleicht lief ein Band mit, oder Everding saß am anderen Ende der Leitung, um mir doch noch etwas anhängen zu können.

Am nächsten Nachmittag, ich saß vor dem Computer und schrieb in einer kennwortgesicherten Datei einen meiner Berichte vom Überleben, klingelte es. Iwers, genau zur vereinbarten Zeit. Er grinste jungenhaft und legte den rechten Zeigefinger vor den Mund.

Mit einem kleinen elektronischen Gerät suchte er schweigend das Zimmer ab. Wenn es piepte, untersuchte er die Quelle des Geräuschs. Die erste Wanze fand er in einem Hohlraum des Computersockels, die zweite im Telefonhörer. Beide schraubte er auf und entnahm ihnen die Batterien. Er verstaute die Teile sorgfältig in einem Briefkuvert – man könne nie wissen, wofür man sie braucht. Wenn wir durch den Staat belauscht werden, dann lauschen wir privat zurück.

»Die Wanzen haben ins Leere gesendet, glaube ich, aber sicher ist sicher«, sagte er. »Jetzt sind Sie raus aus der Sache.«

»Das klingt zu schön, um wahr zu sein.«

»Stimmt.« Er lächelte wieder sehr jungenhaft. »Etwas bleibt immer kleben. Meist nur eine schale Erinnerung. Manchmal auch ein häßlicher Verdacht. Mir imponiert, wie Sie Ihren Fall gelöst haben.«

»Ich habe gar nichts getan.«

»Sie brauchen sich nicht zu verstellen. Die Wanzen sind stillgelegt. Wir sind unter uns.«

»Ich habe nichts getan.«

»Ich könnte jemanden wie Sie brauchen.«

»Einen Philosophiestudenten?«

»Einen Tatmenschen, der die Gefahr nicht scheut und der im Ernstfall bedenkenlos handelt. Setzen Sie bitte mal Ihre Perücke ab.«

»Ich denke ja gar nicht daran. Was soll das?«

»Ich habe einen Auftrag für Sie.«

»Herr Iwers, mit Ihrer Einschätzung meiner Person liegen Sie voll daneben. Ich bin kein Tatmensch und schon gar nicht bedenkenlos, und ich beabsichtige auch nicht, Privatdetektiv zu werden. Ich schreibe an einer Dissertation für den Doktor phil. Nichts weiter.«

»Ich dachte gar nicht daran, Sie bei mir einzustellen. Schreiben Sie ruhig weiter an Ihrer Dissertation, wenn Sie Muße dafür finden. Einstweilen beabsichtige ich lediglich, Sie mit einem speziellen Auftrag zu betrauen.«

»Irgendwie kann ich dem Gespräch nicht folgen. Nehmen Sie Ihre 300 Mark und verschwinden Sie. Mein Bedarf an Ihren Diensten ist gedeckt.«

»Aber nicht der meine an den Ihren. Es gibt Recherchen, für die ich und meine Leute nicht in Frage kommen. Zu alt. Zu bekannt. Zu auffällig. Ich brauche Sie, Kowalski. Hören Sie erst an, worum es geht, ehe Sie ablehnen.«

»Was es auch sei, es interesiert mich nicht. Ich bin draußen, verstehen Sie mich? Draußen!«

Er steckte die drei Hunderter in seine Brieftasche. Dabei entdeckte er – rein zufällig, wie er sehr durchsichtig spielte – mehrere Fotos. »Sehen Sie sich das mal an«, sagte er und reichte mir eines herüber.

Das Bild zeigte mich beim Abschließen eines Hotelzimmers. Von hinten zwar, aber zu identifizieren, wenn man wußte, um wen es sich handelte. Auch die Zimmernummer war deutlich zu erkennen. 333. Aufgenommen mit einem Fotoapparat, der, wie eine Videokamera, automatisch die Zeit einblendete.

»Woher haben Sie das?«

»Unser Mann hatte das Zimmer gegenüber gemietet. Sie waren so beschäftigt, daß Sie nicht mal bemerkten, wie er die Tür einen Spalt öffnete und Sie fotografierte. Achten Sie bitte auf Datum und Uhrzeit. Elfeinhalb Stunden später knallte es laut, die Gäste aus den umliegenden Zimmern wurden geweckt. Blome trug es mit Fassung und lehnte ab, die Polizei zu rufen. Der Streich eines dummen Jungen, behauptete er und zeigte den Gästen sein Zimmer. Kein Schaden sichtbar, also glaubten sie es ihm und gingen wieder schlafen. Wahrscheinlich hat er die Reste des Weckers von seinen eigenen Leuten untersuchen lassen.«

»Sie haben mich überwacht? Ihren Kunden? Wer hat Sie dafür bezahlt? Schreiner?«

»Lassen Sie sich nicht dadurch täuschen, daß er Sie zu mir geschickt hat. Ich hatte nie mit der Stasi zu tun, und das soll auch so bleiben. Nein, ich habe nicht Sie überwacht, sondern Blome. Aus eigenem Interesse. Schließlich plante er ein ganz krummes Ding, das böse Auswirkungen nicht nur für Sie haben könnte.«

»Sie wollten Deutschland vor ihm retten. Aus reinem Edelmut«, kommentierte ich sarkastisch.

»Aus Verantwortungsgefühl, auch wenn Sie mir das nicht zutrauen«, bestätigte er. »Wenn wir uns demnächst besser kennenlernen, werden Sie mir wohl glauben.«

»Gut, ich gebe zu, daß ich es versucht habe. Aber passiert ist gar nichts. Ein Knall in der Nacht. Kein Schaden. Keine Anzeige. Ein Knallspaß, sagte Blome selber. Der Streich eines dummen Jungen. Mein Versuch war stümperhaft, und da gab ich es auf. Ich glaube nicht, daß Sie mich damit erpressen können.«

»Erpressen? So ein hartes Wort. Herr Kowalski, ich möchte Sie zur Mitarbeit in einer komplizierten Angelegenheit überreden, bei der uns Ihre Kahlschur und Ihre Bedenkenlosigkeit von Nutzen sein könnten. Nichts weiter.«

»Überredungsversuch mißglückt.«

»Dann sehen Sie sich bitte diese Fotos auch noch an.«

Vier Stück waren es. Blome kommt aus dem Zeitungsladen. Ein Skinhead drängt sich an Blome. Der Skin kommt aus dem Haus. Der Skin rennt am Zeitungsladen vorbei. Die Fotos sind mit Datum und Uhrzeit versehen. Zwischen den ersten drei Bildern waren jeweils zwei Minuten vergangen. Zwischen Bild drei und Bild vier nur Sekunden. Der Skinhead besitzt auf den ersten Blick seines kleinen Schnauzers und seines verzerrten Gesichts wegen kaum Ähnlichkeit mit mir, aber mittels Detailvergrößerungen und Retuschen dürfte es nicht schwer sein, mein wirkliches Gesicht unter der Maske zum Vorschein zu bringen.

»Sie Schwein!« Ich zerfetzte die Fotos.

»Das war keine Polaroid«, er lächelte. »Auch diese Beobachtung galt ursprünglich nicht Ihnen. Mein Mitarbeiter wußte nicht, wen er fotografierte. Und stutzig wurde er erst, als der Doktor nicht mehr herauskam aus dem Flur, in den Sie ihn gezerrt hatten. Eine halbe Stunde später wurde Blomes Leiche von einem Hausbewohner gefunden. Da strömten dann Leute zusammen. Mein Mitarbeiter mischte sich unauffällig darunter. Kopfschuß aus nächster Nähe. Kein schöner Anblick.«

»Aber nicht ich habe ihn getötet«, sagte ich. »Ich gebe zu, daß ich es geplant und vorbereitet habe. Und daß mich sein Ende fröhlich macht statt traurig. Aber ich konnte es nicht tun.«

»Hat er sich die Kugel selbst in den Kopf hineingedrückt?«

»Meine Kugel war es jedenfalls nicht. Ich habe einmal geschossen. Ohne zu treffen. Ich hatte vorbeigezielt. Das wäre nicht mal nötig gewesen, denn es war nur eine Platzpatrone. Die Pistole war ein Spielzeug wie die Bombe. Blome lachte mich aus. Ich bin weggerannt. Habe zu Hause gesessen und geklappert, daß sie mich abholen. Wegen Mordversuch oder wegen grobem Unfug. Am nächsten Tag las ich, daß er in genau diesem Hausflur erschossen wurde. Das kann ich mir bis heute nicht erklären.«

»Eine dünne Story«, Iwers schüttelte den Kopf. »Der echte Killer müßte unsichtbar in genau diesen Hausflur eingedrungen und auch wieder hinausgelangt sein.«

»Vielleicht hat das Haus einen Hinterausgang?«

»Hat es, aber woher sollte er wissen, daß Blome gerade dort hineingeht?«

»Er wollte ihn in den Flur zerren, wie ich es dann tat, ließ sich aber nicht blicken, als er den Skin bemerkte. Und als ich wegrannte, schoß er. Mit einer echten Pistole, im Unterschied zu mir.«

»Ein bißchen viel Zufall in Ihrem Konstrukt. Wer soll es überhaupt gewesen sein? Der große unbekannte Mietkiller?

Blomes eigene Leute, weil er sie schlecht behandelte? Oder der Finanzminister, weil Blome soviel Geld für ein sinnloses Projekt verpulverte und sich anders nicht stoppen ließ? Zuviel Mystik, Kowalski. Sie besaßen ein Motiv, Sie waren mit Tatabsicht am Tatort, und Sie besaßen eine Waffe. Wenn ich die Fotos der Polizei vorlege, werden Sie sich nicht hinauswinden können. Nicht mal dann, wenn Ihre Geschichte wahr ist.«

»Sie bekommen auch Ärger, wenn Sie mit den Fotos erst jetzt herausrücken.«

»Der wird sich in Grenzen halten. Kein Vergleich zu Ihrem Ärger. Die Polizei wird selbst die dümmste Ausrede schlucken, weil sie endlich mal wieder ein Verbrechen aufklären kann.«

»Aber Sie wollen nicht zur Polizei gehen.«

»Nein. Ich will, daß Sie für mich arbeiten. Als V-Mann in der rechten Szene. Gegen ein angemessenes Honorar. Im Gegenzug für Ihre Bereitschaft werde ich das Negativ des Films vernichten. Vor Ihren Augen.«

»Sie wollen mit jemandem zusammenarbeiten, den Sie für einen Mörder halten?«

»Ich bin nicht mehr bei der Polizei, und das hat meine Vorstellungen von Gerechtigkeit wesentlich verändert. Ich weiß, was Blome mit Ihnen vorhatte, und hätte auch keinen anderen Ausweg gewußt. Ich glaube nicht, daß ich in der Lage gewesen wäre, so wie Sie zu handeln, aber ich verurteile Sie nicht. Es war Notwehr. Nicht vor dem Gesetz, aber meinem Rechtsempfinden zufolge.«

»Trotzdem wollen Sie mich anzeigen.«

»Habe ich mich so mißverständlich ausgedrückt? Ganz im Gegenteil. Ich wünsche, daß Sie für mich arbeiten. Zeigen Sie mir bitte Ihren Schädel, damit ich sehe, ob Sie auch unverkleidet so aussehen, wie ich Sie für den Job brauche.«

»Wenn ich nein sage, werden Sie mich auch nicht anzeigen. Sie haben nichts davon, wenn ich sitze.«

»Sind Sie bereit, darauf zu wetten?«

»Für meine Freiheit bin ich bereit, viel zu riskieren. Fast alles.«

»Selbst Ihre Freiheit?«

Finster sah ich dem Privatdetektiv in die lustigen graublauen Augen. Ich zog mir die Perücke vom Kopf und zeigte ihm meinen stoppelbedeckten Schädel.